平行世界
爱情故事

〔日〕东野圭吾 著

王维幸 译

パラレルワールド ラブストーリー

南海出版公司

新经典文化股份有限公司
www.readinglife.com
出 品

平行世界爱情故事

目录

序章 1

第一章　不协调的感觉 23

第二章　不安 49

第三章　丧失 71

第四章　矛盾 107

第五章　混乱 141

第六章　自觉 167

第七章　痕迹 195

第八章　证据 229

第九章　觉醒 251

第十章　回归 297

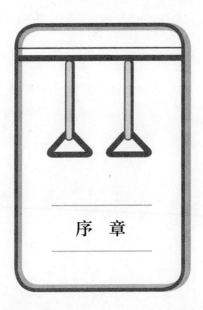

序　章

生活中时常会存在这样一种情形：尽管两条线路完全不同，两列列车在两条完全不同的轨道上行驶，却朝着同一个方向，还会在同一个车站停下来。田端和品川之间的山手线与京滨东北线就属于这种情形。

　　念研究生的时候，敦贺崇史一周要乘坐三次山手线，目的地是位于新桥的大学资料室。每天早晨，他都会在固定的时刻乘坐同一趟列车。虽然上班高峰已过，车内仍几乎无处可坐，所以他总是站在车门的一侧。每次都是同一节车厢，同一个车门。

　　他会漠然地凝望车外的景色：杂乱的楼群，灰暗的天空，粗陋的招牌。即使是这样的景色，也经常会被京滨东北线上并行的列车挡住。那列车若即若离地向同一个方向行驶，由于速度几乎相同，当两者最接近时，连对面车厢里的乘客都能看清，简直就像是在同一节车厢里。当然，从对面看这边也看得一清二楚。不过，无论两者如何接近，也不会存在交流。对面是一个世界，这边则是另一个世界。

有一次，崇史的视线不觉间落在了对面车里的一个女孩身上。跟崇史一样，她也是站在车门旁看着车外。她头发很长，眼睛很大。根据她休闲的衣着，崇史觉得她可能是大学生。

又乘坐了几次山手线后，崇史发现，这个女孩每周二都会乘坐对面的列车，而且每次都乘同一趟，站在同一车厢的同一车门旁。

于是崇史开始期待每周二的早晨。在看到她的日子里，他一整天都会莫名地兴奋，相反，偶尔没能看到她时，他便会产生一种莫名的焦虑和担心。总之，他喜欢上了她。

不久，崇史有了一个重大发现。

她，是否也在看着崇史呢？

在彼此的车门离得最近的一瞬间，二人几乎面对面。

崇史当然在看着她，而不知从何时起，她也开始注视他了。短短的两三秒间，二人对视，只隔着两层玻璃。

干脆送她一个微笑吧——崇史好几次都这么想，却没能付诸行动。他怕所谓的对视只是自己的错觉，说不定她只是在望着玻璃外面。

最终，崇史只能装出一副并未在意她的表情，靠门而立，而她也未发来任何信息。

就这样过了将近一年，崇史完成了硕士课程，马上就要参加工作，以后自然也就无法继续在周二乘坐山手线。

这是最后的机会了。在最后一次乘坐山手线的星期二，他决定冒一次险，乘坐一次京滨东北线，来到她一直站的位置，到以前只能隔着玻璃望见的她的身边。

她会有怎样的反应呢？吃惊？完全无视自己？光是如此想象，就已让崇史悸动不已。

　　可是，崇史没能在那个老地方发现她的影子。难道弄错车厢了？他在车厢内往返多次，仍未发现她的身影。她并未乘坐这趟车。

　　崇史很沮丧，返回了原先的地方。这时，此前他一直乘坐的山手线列车从玻璃窗对面映了过来。原来那列车是这种样子啊，他呆望着想。

　　当两列车跟往常一样接近时，崇史不由得睁大了眼睛——她的身影竟出现在了对面的车里。她并未将视线投向他这边，而是缓慢地在车厢内走动。

　　列车一靠站，崇史便下了车，急忙换乘山手线，继续寻找她的身影。

　　可刚才还在的她，现在却不知去向。崇史也顾不上周围乘客的侧目，在狭窄的车厢内钻来钻去。尽管才三月，他的两鬓已经汗涔涔的。

　　他最终未能找到她。她宛如海市蜃楼一般消失了。

　　崇史望着窗外，京滨东北线的列车正徐徐远去。

　　或许对面是这边世界的一个平行世界吧，他想。

SCENE 1

"我正在创造一个平行世界。"

听我这么说，夏江停下正拿着勺子舀冰激凌果冻的手，斜过脸来，褐色的长发也随之一甩。冰激凌上堆满了厚厚一层水果。

"就是虚拟现实，virtual reality，这个词你没听说过吗？"我补充道。

"我当什么呢。"夏江露出不以为然的神情，舔了一口奶油，"这个我知道啊，就是把电脑制作的画面给人看，让人觉得仿佛身临其境，是这种东西吧？"

"不光是给人看，还给人听声音、给人触感呢。总之，就是让人产生错觉，以为人工制作的世界就是现实世界。训练飞行员用的模拟装置也是其中一种。"

"说起来是很久以前了，我在电视上看过。让做实验的人戴上很夸张的护目镜和手套，那人眼前便会出现一个水龙头。接着让那人关上水龙头，那人就做出拼命拧的动作。据说，那人真的会有握着水龙头的感觉呢。"

"那也是一种虚拟现实，只不过是很初级的一种。"我将咖啡一口喝完，视线投向玻璃窗外的大街。

我们正待在新宿大街旁的一家咖啡厅里。右手腕上的手表时针就要指向下午五点。今天是周五，大街上满是上班族和学生模样的年轻人。

"那么，你正在研究的，是更复杂一点的？"夏江一面用勺子灵巧地吃着看上去并不可口的甜瓜，一面问道。

"这个嘛……不是复杂一点，而是相当复杂。"我抱着胳膊说道，"你刚才说的也算是一种，但现在的现实工程学终究只是一种经由人类的感觉器官给人以现实感的系统，而我们正在做的并非如此。我们希望直接对神经系统施加作用，从而制造出现实感。"

"什么意思？"

"比方说……"我伸出右手，轻轻握住她的左手腕。她的手柔软小巧。"你现在会认为是左手被握住了。不过，如此认为的不是你的左手本身，而是从左手接收到信号的脑。所以，即使不握住你的左手，只是往你脑中输送这种信号，你也会认为是左手被握住了。"

"会有这种事？"夏江问道，仍让我握着左手。

"从理论上来说可以实现。"

"就是说现在还没有实现？"

"如果能让脑露出来，就能实现了。"

"露出脑？"

"就是切开头颅，给裸露出来的脑接上电极，根据程序输送脉冲电流。"

夏江撇了撇嘴，一副恶心的样子。"讨厌，真瘆人。"

"所以我们才在开发不需要这么做就能给脑输送信号的方法啊。"

"是吗？"她仍带着不快的神色，搅动着剩余的冰激凌，然后忽然又想起什么似的看向我，"喂，那样做出来的世界，跟现实一模一样吗？"

"这就是制作方的个人喜好问题了。如果想造得跟现实一模一样也可以，但跟现实一模一样的平行世界有什么意思呢？"

"到最后连哪个是现实都弄不清了。"夏江缩了缩肩膀，做了个鬼脸。

"安部公房的小说《完全电影》描绘的内容跟我们构想的系统就很接近。小说中的人物混淆了现实和假想，故事的结尾也使用了这种系统，但事实上是不可能制作出这样的系统的。"

"什么啊，早说嘛。"夏江顿时泄气地噘起嘴。

"要让系统成为可能，就需要拥有超大容量和超强计算能力的计算机，但估计二十世纪是开发不出来了。虽然威廉·吉布森在《重启蒙娜丽莎》里描述了一种能存储现实世界所有信息、容量接近无穷大的生物芯片，但在现阶段也只不过是空想。在平行世界中出现的人类大概全都像模型一样，背景的细节也一定很粗劣。"

"是吗？也就是说，不会跟现实混淆？不过也没什么，我就是想看看那种平行世界而已。"

"我很想让你看到，但眼下还很难。毕竟，按照我们现在使用的向脑里输送信号的方法，光是让实验对象对一个用线条勾勒的极简单图形产生视觉意识，就已经非常不容易了。"

"是这样啊，太让人失望了。"夏江用勺子搅动着冰激凌的奶油，然后渐渐停了下来，"今天要来这儿的人，也是研究这个的吗？"

"算是吧。虽说跟我的研究方法不一样，可目标是相同的。"

"是你高中的同班同学？"

"初中。从初中到研究生都是一个班。"

"到研究生？你们脾气还挺相投的。"

"是铁哥们儿。"

听我这么一说，夏江像漫画里的猫头鹰一样睁圆了眼睛，她或许是觉得我的用词太老掉牙了。不过除了"铁哥们儿"一词，我再也想不出可以描述我们关系的词语了。"有一点我要提前声明。"我竖起食指，看着夏江的脸，"我想你一看到那家伙就会注意到，他是拖着右腿走路的。他的腿有点瘸，好像是小时候严重的发热留下的后遗症。"

"哦，真可怜。"说完，夏江啪地击了下掌，"知道了，我说话注意点，不提他的腿不就行了？"

我摇摇头。"没那必要，他讨厌别人那么看他。我想要你明白，拖着右腿走路就是他的走路方式，对他来说根本就不是什么痛苦。你没有必要过度在意，当然也不需要同情他。明白了吗？"

夏江边听边慢慢点头，然后加快了点头速度。"把它当成他的一个特征就行了。"

"没错。"我也满意地点点头，顺便看了看手表，已经五点五分了。

"啊，不会是他们吧？"夏江望着我身后说道。

我回过头，只见身穿灰色夹克、肩背挎包的三轮智彦正在店门口东张西望。他旁边站着一个身穿牛仔裤的短发女人，看不清面孔。

我轻轻抬起手。他似乎注意到了，望向这边，脸上浮现出孩子般的微笑。

二人走了过来，智彦跟平常一样拖着右腿。夏江说着"我最好还是到这边来吧"，移到我旁边的座位上。

智彦与短发女人来到桌旁。

"我来晚了，很抱歉，找路花了点时间。"智彦说道。

"没事，快坐下。"

"啊，好的。"智彦先让短发女人坐下后，自己才坐下来。

他竟让别人先坐，这种情形在我的记忆里还从未有过。

就这样，我们相对而坐。短发女人坐在我对面，我无意间与她视线交会。

怎么会！一瞬间，我愣住了。

智彦对她说道："他叫敦贺崇史，从初中时就是我的铁哥们儿。"然后又看看我，有点不好意思地继续说道："崇史，她是津野麻由子。"

怎么会这样！我又一次在心中自语。

智彦说想要把女朋友介绍给我，还是昨天的事。在学校食堂吃午饭时，他扭扭捏捏地开了口。

当时正在喝茶的我差点把茶水喷了出来。"喂，真的吗？"

"怎么，就不能是真的吗？"智彦扶了扶眼镜，眨眨眼睛。这是他心情不安时的习惯动作。

"谁说不能了。哪儿的女孩？"

智彦说出了一所私立大学的名字。女孩是今年三月即上个月才从那儿的信息工程学系毕业的。

"什么时候？在哪儿认识的？"

"嗯，是去年九月前后，在电脑店。"

智彦说，当时他听到一个女孩向店员提问，可问的内容太过高深，店员招架不住，智彦便给出了建议。二人由此相熟起来，开始约会。

"好你个家伙。"听完故事，我故意提高了嗓门，"都交往这么长时间了，你居然连半个字都不肯透露给我，也太见外了吧？"

我并非真的生气，只是想开个玩笑，智彦却慌忙解释起来："之所以没告诉你，是因为我还没弄清楚她是不是真的喜欢我。以前不是也有过这种情况吗？我自作多情，误把别人当成了恋人，介绍给你后却丢尽了脸，那种尴尬事我再也不想做了。"

我闻言沉默了片刻。事实上，对于智彦不幸的过去，再没有人比我更清楚了。"这么说，"我把手搭在他的肩上，"这次的女孩是真心喜欢你的，是这个意思吧？"

"嗯，算是吧，但我也不是那么有自信。"他嘴上这么说，脸上却不是那种没自信的男人的表情。

于是我拍拍他的后背。"这不挺好的吗？"

智彦露出羞怯的微笑。"对了，有件事我现在必须告诉你。"

"什么事？"

"嗯……就是……"智彦又频频伸手去扶眼镜，不断地眨眼睛，"她要进入 MAC 了。"

我顿时瞪大了眼睛。"进 MAC？就是进了 Vitec 了？"

"没错。昨天她联系我，说是被 MAC 正式录用了……"

"喂喂喂，都到这一步了？你怎么回事啊。"坐在食堂桌边的我

11

托着腮，"简直是棒极了！亏你还瞒着我。"

"昨天才刚刚正式决定下来嘛。"

"你这家伙！"我戳了一下智彦的胸膛。那家伙既高兴又有些不好意思地挠起头来。

MAC是我们现在就读的学校，正式名称是MAC技术科学专修学校，但不是单纯的专修学校，而是某一企业为研究尖端技术和培育精英职员而创设的机构。这家企业就是总部设在美国的Vitec公司。这是一家综合计算机生产商，在硬件方面从超级计算机到家用电脑全都生产，在软件开发方面也居世界领先地位。

我和智彦都是这家公司的员工。一年前，我们从一所私立大学的工学部研究生院毕业后进入该公司。很幸运，我们的实力和潜能得到了认可，被送进了MAC。像我们这样刚毕业的研究生，通常要在MAC待两年，其间一面研究公司分配的课题，一面获取知识提高技术。由于既能接受教育，还能拿到工资，对于立志想成为研究者的我们来说，再没有比这更幸运的事了。只是公司经常检查我们的研究进展状况，要求之严格是懒散的大学无可比拟的。

而智彦的女朋友竟也进了MAC。

"这样一来，我们在学校中不定什么时候就会碰面，早晚都会让我发现。与其到那时慌忙解释，还不如现在就招供，对吧？"

听我这么一说，智彦用食指挠挠鬓角，害羞地露齿而笑。看来是被我猜中了。

"你挺厉害啊，居然能瞒我半年多。"

"不好意思。"

"我算是服了。"我用力拍了一下智彦，拍得这家伙单薄的肩膀前后摇晃起来，"不过挺好的。"

"虽然不知道能持续多久。"

"必须持续下去才行。是个好女孩吧？"

"嗯……我怕别人说我配不上她。"

"真拿你没办法。"我摆出举手投降的姿势，心里却是由衷的高兴。我甚至想，他获得幸福的时刻终于到来了。我很自负地认为世界上最了解他的人就是我。

我跟智彦成为好朋友是在刚上初中一年级的时候，是我主动打的招呼。当时正值午休，智彦正读着科学杂志。

"你认为磁单极子真的存在吗？"这是我们之间值得纪念的第一句话。

他立刻答道："在量子物理学领域，即使假定它存在也不会产生矛盾吧？"

这是我们彼此认可的一瞬间。之后我们互不相让，争论了许久。初中一年级的学生是不可能理解基本粒子理论的，无非是交流一点皮毛知识玩而已，但我们之间的交流充满了此前从未体验过的新鲜感和兴奋，我们立刻成了好朋友。

智彦的一条腿有残疾一事并未影响到我们的友谊。他身上拥有很多我没有的东西，比如深邃的理智和敏锐的感性。他的想法经常会刺激我，让我在几乎要选择平庸时回归正确的轨道，而我也不断地把外界的春风吹给一直把自己关在壳里的智彦。我们的关系是互惠互利的。

虽然我们一直保持着如此友好的关系，唯有一条鸿沟万难消除。我们双方都意识到了它的存在，但都刻意避免提及。

那就是恋爱问题。

我加入了很多兴趣小组，交友范围也广，有不少异性朋友，还跟其中几人谈过恋爱，但几乎从不跟智彦谈论她们。我也曾尝试着满不在乎地要跟他谈谈，可每次都闹得不欢而散，最终我们俩就都对此避而远之。

哪怕智彦只交到一个女性朋友，这个问题也能轻易解决，可事情没那么简单。的确，他身体单薄，又戴着高度近视镜，总给人一种体弱多病的印象。有一些男人明明长相比他强不了多少，身边却总不乏漂亮女友，这种人我就认识好几个。年轻女孩对智彦敬而远之的原因自然是他的缺陷。我上高中时就曾听到女生们对他议论纷纷。我痛心不已——难道仅仅因为腿有点瘸，就要让他失去这么多吗？

上大学时，我拉着智彦参加过一次跟女子大学的联谊活动。我听说那所大学的学生很朴实，是近来少有的，倘若这样，智彦大概也能融进去吧。可我的期待只过了三十分钟便被击碎了。女大学生们关心的问题几乎全都集中在男生们滑雪或打网球的本事有多高，或者开什么样的车。对于智彦提出的关于她们专业的问题，没有一个人认真回答。智彦遭到了鄙视。一名有心的男生提醒她们留意智彦的腿，随即便是令人窒息的沉默。智彦终于忍无可忍离席而去，我追在他的身后。

"以后联谊会你就一个人去吧。"智彦回过头来对我说道。我无言以对。

之后，我与智彦之间就很少提及有关恋爱的话题。在我们考入研究生院后不久，他跟学校一名大三女生走得很近，然而对方只不过是佩服他的学习能力而已。误将其当成爱情的智彦把那女生介绍给我，结果她当即表明无意与智彦交往，那一幕尴尬的场景至今想起来都让人打战。

正因为有过这种经历，智彦现在的一番话让我欣喜不已。从某种意义上说，我或许比他还高兴。

津野麻由子这个名字是智彦告诉我的。虽然无法想象她长着什么样的面孔、是一个什么样的女孩，我还是向未知的她祈祷，希望她能一直爱智彦，与他幸福地结合。

可是，就在跟津野麻由子碰面的一瞬间，我的这种念头消逝了。

出现在我眼前的，是一直乘坐京滨东北线的那个她。尽管头发变短了，但绝对是她。大约一年的时间，我每周都注视她的脸，后来也常常回想起她的身影。

看到我，她似乎也愣住了。我们四目相对。自从不再隔着列车的门互相注视以来，这是第一次。

她立刻微笑起来，说了声"请多关照"，声音不高不低，很是悦耳。

"客气了。"我应道。

遗憾的是我无法知道她到底有没有想起我来。她的表情看起来发生了变化，但或许是我的心理作用。更重要的是，我不能确定当时她有没有注视我。

"听说你也在进行新型现实的研究？"打完招呼，津野麻由子向我问道。

"啊，嗯……是的，刚才还跟她谈论这个话题呢。"说着，我望向夏江。

"他说要制造一个平行世界，可我一点都不明白。"夏江望着智彦二人，吐了吐舌头。或许是我的视线刚刚离开麻由子的缘故吧，只觉得做出这个动作的夏江竟显得那么轻佻。我开始后悔把她带到这里。由于觉得两个男人跟一个女人待在一起有些性别失衡，我便约了以前同在网球小组的夏江，现在想来，什么平衡之类的根本就无所谓。

"必须连大脑的信号系统都要弄清吗？"麻由子问道。

"算是吧。这正是令人头疼的地方，对吧？"我与智彦相视一笑。

正如刚才我向夏江解释的那样，通过给人展示电脑制作的图片或是让人听声音来刺激人的感官，从而制造的假想现实，通常叫作虚拟现实。与此相对，给脑直接输入信号，使人在大脑中产生假想现实，在 Vitec 公司被称为新型现实。

在 Vitec 公司，这种新型现实的开发是作为优先课题进行攻关的，它要求的知识不仅限于电脑技术。MAC 从数年前就开设了脑机能研究班，我和智彦的研究室也在跟那个团队合作推进研究。

"事实上，她也很可能会被分配到现实工程学研究室呢。"智彦有些拘谨地说道。我和智彦都属于这一研究室。

"哦？这么说，我们很可能会一起进行研究了？"

"嗯。只是不知道愿望能否实现。"麻由子说着扫了智彦一眼。

"要是真能在一起，那可就拜托你了，我正愁人手不够呢。"

"你们视听觉那边取得了不小的成果。"智彦感叹道。

我隶属视听觉认识系统研究班，智彦则属于记忆包研究班。的确，他所在的研究班还未取得像样的成果。

"我经常听他说敦贺实在是棒极了。"麻由子直视着我的眼睛说道。

我身体里的某种东西似乎立刻被她的目光吸了进去。"哪有的事。"我移开目光。

出了咖啡厅，我们决定去吃意大利菜。我和夏江走在前面，智彦和麻由子跟在后面。我估摸着智彦的步速，故意走得很慢，还不时回头望望。智彦一直在向麻由子认真地说着什么，麻由子则一直盯着他倾听，好像生怕听漏一个字。

"很漂亮的女孩啊。"夏江在我旁边说道。

"还可以吧。"

"说实话，我觉得他们不大般配，但只要他们自己满意就行，对吧？"夏江压低了声音。

"别乱说！"我不禁提高了嗓门，因为此时的我正在考虑同一件事，但不想让她看穿我的心思。本想开个小玩笑的夏江看起来有点恼火。

在餐厅里，我们只谈了些个人爱好的话题。麻由子说她每月都要去看一次音乐剧或听一次音乐会，我这才明白，若是这样，她或许能跟智彦合得来。智彦小时候就学过小提琴，现在仍是古典音乐迷。

不知为何，当智彦说起这些事情时，夏江竟也表现出了兴趣，说她也学过小提琴。二人热烈地谈论起来，我和麻由子则成了听众。

我不动声色地望着麻由子的脸。比起隔着列车门注视的时候，这张脸上更增添了几分魅力。她脸形圆润，是标准的日式美女，但她真正的魅力却是从别的地方散发出来的。她的嘴唇有着无比的亲切感和母亲一般的包容力，眼睛则透出睿智和坚强的意志。所谓内在美流露于表情之中，说的大概就是这种女人吧。我立刻就领悟了，既然是一个能发现智彦的优点并去爱他的女人，心里自然会有闪光之处。然而，我却不得不承认，一种截然不同的心情正像灰色帷幕一样渐渐遮住我的心。

为什么这个女人要选择智彦这种人呢？我想。连我自己都感到意外。我努力控制感情，觉得必须把这种邪恶的想法从大脑里驱走。

"你喜欢什么样的音乐呢？"麻由子问我。

"没有特别喜欢的。不光是音乐，我跟艺术基本没有缘分。我觉得自己没有那方面的才能。"

"但智彦给我看过一幅你制作的CG，棒极了！谁说你没有艺术才能，那绝对是撒谎。"

我上学时的确用电脑制作过一幅叫《异星植物》的画作，看来她说的就是那个。

"很高兴你能这么夸我，但CG这玩意儿任谁来制作，都能做得很漂亮的。"

麻由子摇摇头。"不光是漂亮，还让人感动。在看的时候我就想，制作这幅CG的敦贺，一定能看到整个宇宙吧。"不觉间，她十指在胸前交叉握紧。这或许是她加重语气时的一个习惯动作。发现我看着她的手，她一愣，慌忙把手藏到桌子下面，然后害羞地笑笑。"不是吗？"她又问道。

"能得到你如此夸奖，我实在荣幸，但连我自己都稀里糊涂的。"

"我觉得很了不起。"麻由子坚持道，又露出那种吸引我的眼神。我忸怩起来，把膝盖上的餐巾折起又打开。当然，我的心情不坏。

说不说从山手线上注视她的事呢？我想，她说不定也想确认一下。我不由得做起美梦来。可刚要张口，我却犹豫了。犹豫的原因中有顾及智彦心情的考虑，但更重要的是，倘若她一点都不记得我，那岂不是太丢人了？

"你们已经考虑好将来的事了？"当蛋糕端上来时，夏江打量着麻由子和智彦的脸问道。

智彦似乎差点被蛋糕噎到，慌忙喝了口水。"啊，这些事还从来没有……"

"啊？你们不是已经交往半年了吗？"夏江不依不饶。

"那都是将来的事情，现在还不好说。"智彦说着，不时瞧两眼麻由子。麻由子也一度低下头，然后回应般地望着他，端丽的嘴唇上绽满微笑。看到这一幕的瞬间，我的心里竟不由得产生了一种莫名的焦躁感。

"为你们的将来干杯。"我举起盛满浓缩咖啡的杯子。

夏江睁大了眼睛。"你突然发哪门子神经啊，用咖啡干杯？"

"刚才忘记用啤酒干杯了。来，智彦。"

"嗯，那就……"智彦也举起咖啡杯。

"好奇怪啊，不过也好。"夏江说着端起杯子。

麻由子也举杯加入我们。她的指尖和我的指尖轻轻碰到了一起，我不由得看了她一眼，她却像是根本没察觉一样。

走出餐厅，智彦说要送麻由子回去。夏江约我去喝一杯，可我哪有这份心情，就一个人从新宿车站回去了。

我从电车中仰望昏暗的天空，努力想象着麻由子的脸。那张面孔以前在我心中出现过那么多次，今天却怎么也回忆不起来。于是我尝试着回忆在餐厅时邻桌那对中年夫妇中的女人。那女人频频打量我们的菜肴，我实在忍不住，便看了她好几次。结果，我一下子就想起了那女人的脸，简直都能画肖像画了。

我又一次挑战，试图回忆麻由子的面容，可还是不行。那一头短发和亲切的嘴角，还有充满魅力的眼神，明明已深深印在了脑中，可就是构筑不起她的脸来。

到达早稻田的公寓时已是十点左右。刚打开屋里的灯，电话就像恭候已久似的响了起来。是智彦，他刚与麻由子分开。

"你觉得怎么样？"智彦问道。

"什么？"

"她啊。"

"啊……"我咽下一口唾沫，"挺好的一个女孩啊，又温柔，又是美女。"

"是吧？我知道你也会这么看的。"智彦似乎得意扬扬起来，"甚至都觉得我配不上她吧？"

我无言以对，但他并没听出我的沉默别有意味，接着说道："她似乎也对你印象不错，说你是个不错的人。"

"那太好了。"

"我也安心了，看来今后能很好地相处下去了。"

"是啊……结婚的事情考虑了没有？"我一横心问道，感觉像在按压疼痛不已的白齿般难受。

"正在考虑呢，不过还没跟她说。"

"哦……"

"可是，"智彦语调认真地继续说道，"我想跟她结婚。除了她，别的女孩我不考虑。"

"这样啊。"

"你支持我吧？"

"当然了。"我条件反射般答道。

挂断电话后，我在地板上闷坐许久。尽管无法回忆起麻由子的脸，可脑子里全是她的影子。

另一个我说道：别傻了，你在想什么？今晚不是才见过麻由子吗？她丝毫不记得你。而且她还是智彦的女友，是你的铁哥们儿智彦的女友！

无意间抬头望望窗户，我的影子正映在玻璃上，脸孔丑陋地扭曲着，简直令人怀疑是玻璃表面扭曲造成的。

真是一张充满嫉妒的男人的脸，我想。

第一章

不协调的感觉

醒来的时候，敦贺崇史就觉得有些不对劲。

他觉得有种东西跟平时不一样，却又弄不清到底是什么。双人床上的毛毯跟往常一样凌乱，阳光从窗帘缝隙里射进来的角度跟昨天没什么两样，椅子上的长袍也保持着他昨夜脱下后扔在那儿的状态。倘若一定要说出与昨日不同的地方，恐怕就是厨房里飘来的香气了吧。今天的早餐看来是烤饼，崇史边嗅边推测着。不过，这香气很难成为让他觉得不对劲的理由。

他从床上爬起，睡眼惺忪地开始换衣服：穿上休闲裤和衬衫，打上领带。他只有四条领带，其中一条还是刚工作时乡下亲戚送的，他不太中意，平时只作为备用。但三条领带怎么也轮换不过来，他只好让那一条也加入。今天是必须打那一条不中意的领带的日子。对着镜子打领带时，崇史陷入了深深的忧郁。

"总觉得这涡纹图案有些怪怪的。"崇史把上衣搭在肩膀上，走进饭厅，"无论怎么看都像是线粒体。"

“啊，早啊。”正在用煎锅烤饼的麻由子回过头来笑嘻嘻地说，“又开始唠叨了，每次打这条领带时都要唠叨。”

“是吗？”

“但上周是说像眼虫。”

崇史皱起眉来。“无论是线粒体还是眼虫，都让人觉得没劲。”

“再买条新的不就行了？”

“可又总觉得浪费。去公司要穿工作服，领带看不见。现在为了上班正儿八经打领带的，也只有新员工了。”

“那有什么办法。你正式分配过来才两个月，本来就是个不折不扣的新员工嘛。”麻由子往桌上摆着二人份的烤饼和熏肉蛋。这周的早饭轮到她做了。

“入职仪式早在两年半前就举行了。当时一起入职的家伙们，有的早就以骨干自居了，可就连他们也动辄把我当成新来的对待，一想起来我就生气。”崇史将叉子插进烤饼的中心。

“那当初不去MAC的话就好了吗？”麻由子边说边往崇史面前的杯子里倒咖啡。

崇史把黑咖啡端到嘴边，噘起了下嘴唇，扭过脸来。“啊，倒也不能这么说。”

“谁让你是拿着工资学习的呢？被当成新人看待也无所谓，你就忍忍吧。”

“这点我也知道，但实际上是很痛苦的。麻由子，你到明年就知道了。”崇史喝了一口咖啡，看着杯子陷入了思考。

“怎么了？咖啡的味道不对？”看到他的表情，麻由子也呷了一口咖啡。

"不，不是。"崇史轻轻转动咖啡杯，咖啡表面随即出现了细碎的波纹。他端详了一阵子。

他脑中总有什么放不下，像是刚才醒来时就让他觉得不对劲的东西。究竟是什么呢？究竟是什么让自己如此心神不宁？他想。

"喂，你怎么了？"麻由子略显不安地问道。

崇史从杯子上抬起视线，说道："小咖啡杯。"

"啊？什么？"

"我说小咖啡杯，就是盛浓缩咖啡的小杯子。"

"这我知道啊。杯子怎么了？"

"我梦见那东西了，就是这样……"崇史把咖啡杯举到眼前，盯着麻由子的脸，"你似乎也在梦里。"

"什么啊，什么梦？"

"不知道，只是让我惦念不已，似乎是颇有意味的一个梦。"崇史直摇头，"不行，怎么也想不起来。"

麻由子长舒一口气，嘴唇放松下来。"崇史，你最近满脑子都是研究，所以才产生了那种感觉吧？"

"梦和研究有什么关系吗？"

"听说，那些找不到灵感的小说家、画家之类的，有时会在做梦后茅塞顿开，觉得梦可以直接作为题材，然后就趁着还没忘记时匆匆记下来。"

"这么说，我也在哪里听说过，研究遇到瓶颈的汤川博士①也是这样想出介子理论的。不过，"崇史又摇了摇头，"我的情况是，睁开眼睛时早把所有东西都忘干净了，连笔记都没法做。"

---

①汤川秀树（1907－1981），物理学家，1949 年获得诺贝尔物理学奖。

"你也没必要那么懊悔。就说我刚才说的艺术家们吧，听说他们事后再读自己记下来的那些东西，往往会觉得不可思议，不知当初为何会觉得有意思，结果最后就一弃了之了。"

"上天的启示之类的，哪能那么容易得到？对吧？"

崇史往烤饼上抹上黄油，切成小块后扔进嘴里。无论是火候还是柔软度，都跟麻由子平常做的一样。

崇史把手伸向咖啡杯，脑中忽然浮现出一个场景：四个人在用咖啡杯碰杯。

"干杯。"崇史喃喃自语，"用咖啡杯在干杯，为什么要这么做呢？我一点都不记得……"

虽然前后的场面是模糊的，四个咖啡杯却能清晰地回忆起来。由于太过鲜明，甚至让人怀疑那不是梦。

不久，崇史扑哧一声笑了。

"无聊吧。谈论梦话是最无聊的了。"他自嘲道，看了麻由子一眼，心想，她大概也会惊讶地笑起来吧。

可她并没有笑，反而停下了切烤饼的手，一双杏核眼瞪得大大的。

这一动作她并未保持很久。在崇史问"你怎么了"之前，她已经露出了微笑。

"累了吧？或许换换心情就好了。"

"或许吧。"崇史点点头。

吃完早饭，把收拾桌子的事交给麻由子后，崇史提前离开了家。从这栋公寓可步行去 MAC，但若要去赤坂的 Vitec 中央研究所，需要换乘两次地铁，而且从永田町下车后还要步行一段路。

崇史到达研究所时已将近十点。由于引入了弹性工作时间，上午任何时候到公司都行，但崇史的顶头上司习惯十点到公司，考虑到工作效率，崇史也把上班时间调到了十点。

他乘电梯来到七楼。紧挨电梯的地方有扇门，门的一侧设有身份识别卡的插口和小型数字键盘。他插入识别卡，按下只有他知道的数字，门锁咔嚓一声开了。

打开门，脚下是一条笔直的米色走廊，两侧排列着一扇扇门。崇史在最外侧的门前停下脚步。那里也装有识别卡的插口。在这儿，不要说是公司外部的人，就连公司内的人也不能擅自进入与自己无关的房间。

崇史打开的门上印有"现实系统开发部第九部"，这就是他所属的部门。

一进入房间，便有某种东西在动的沙沙声传来。房间里面放着两个笼子，其中一个装着一只雌性黑猩猩，另一个空着。

"早上好，乌比。"崇史跟黑猩猩打招呼。

乌比没有理会。她蹲在笼子一角，似乎正凝望着远方。不光今天早晨，这是她一贯的表情。

房间大致被隔成了两个工作区，分别属于崇史的研究小组和另一个课题组。但交流是没问题的，由于隔断材料是透明的丙烯树脂，他们能看见彼此的研究状况。

另一个小组的四名成员早已到齐开始工作。崇史一面换上灰色工作服，一面望着对面。跟崇史同期进入公司的桐山景子注意到他，轻轻招了招手，另外三人只是瞥了他一眼。

严格来说，在丙烯树脂板对面不光只有四名研究人员。被他们包围的桌子上安有一张小床，一只黑猩猩正躺在上面，手脚已被固定。这只名叫裘伊的雄性黑猩猩戴着特殊的头盔，上面连着近百根电线，分别伸向脉冲控制台和分析装置。

他们的研究课题是视听觉信息的直接输入，他们不是给实验对象看东西或听声音，而是直接向实验对象的大脑输送信息。事实上，这也是崇史在 MAC 时的研究课题。两年间，他一直在学习这项研究的基础知识。所以，当今年四月被分配到这里时，他坚信不疑，自己一定会继续从事这项研究。

可是，他的实际职务与他预想的大相径庭。尽管进了同一部门，分配到的课题却完全不同。获知详情时，他向顶头上司须藤提出了质疑和抗议，但未能得到满意的回答。

"那边的研究其他人也能做，而这边的研究只有你才会，所以才让你来做。"须藤如此解释。

可是，分给崇史的却是他几乎毫无了解的课题。当他提出疑问时，须藤只回答："至于具体情况，那就是公司的安排了，我也不清楚。"

这个新课题是关于空想的，就是用电脑分析人类空想时大脑回路的情况，以求从外部控制空想的内容，这一最终目标就写在研究报告的第一页上。但崇史想，这一天恐怕不会在自己上班期间到来。在眼下这个阶段，能够判断实验对象黑猩猩乌比是否处于空想状态，就已经很不容易了。

况且他还抱有疑问，就算目标实现了，又能有什么用处呢？空想这东西，任何人不用电脑的力量也都会。光是空想还远远不够，还要有假想现实才行，而制造假想现实正是现实系统开发部的工作。

看到正在研究如何以人脑成像方式制造完美的假想现实的桐山景子他们，崇史不由得感到焦躁，想到他们使用的参考资料中肯定有自己在 MAC 时发表的报告，他的情绪就更加强烈了。

崇史在座位上整理着数据。将近十一点时，须藤出现了。相较于平时，他今天算是来晚了。他腋下夹着文件包，两手插在裤兜里，只是冲着崇史点点头，交换一下眼神，就算完成了早晨的问候。

须藤是崇史在 MAC 时的导师之一，似乎才三十五六岁，据说学生时代练过剑道，体格魁梧。不过，与外形对比强烈的是，在崇史看来，他常常有些神经质，话语不多，情绪也从不外露，是令崇史感到棘手的类型。

"这是昨天的数据？"须藤看了一眼崇史面前的电脑问道。

"是。"

"有明显不同吗？"

"没有。"也就是说，结果并不理想。

须藤似乎并不怎么失望，点点头坐到椅子上。他的座位跟崇史挨着，但各自的桌子由屏风包围，二人若都坐在桌前，是看不到对方的。

"我有个问题。"崇史说道。

须藤并未回答，而是投过冷漠的眼神。

"我觉得，我们现在的做法并没有遵循控制空想时大脑回路的方针。"

须藤的右眉微微一颤。"什么意思？"

"为什么要干预记忆回路呢？"崇史问道，"空想是根据记忆产生的吧？这是基础。如果修改了记忆，就无法知道能提取到什么数据了。"

"空想和记忆都是思考活动，无法分开处理。"

"这一点我知道。但能不能把对记忆的干预控制在最小限度呢？否则就无法准确捕捉到空想时大脑回路的变化。"崇史说出了最近一直担心的问题。

须藤抱着胳膊思索片刻，然后松开胳膊对崇史说道："我明白你的意见了，我会考虑的。但最初提出的研究项目是这样的，就先照原计划做吧。"

"可是——"

"抱歉，"须藤伸出右手打断崇史，站了起来，"头儿在叫我呢，这件事以后再说吧。"他说着取过桌上的文件夹，不等崇史回答便走出了房间。由于关门的方式十分粗暴，笼子里的乌比怯生生地发出了细微的叫声。

这一天，须藤再没有返回座位。崇史一个人分析数据，直到七点才离开研究所。

他恍惚地走在通往地铁站的人行道上，途中走热了，就脱掉了外套。

一个男人走在他前方，体格纤弱，身材矮小。崇史注视着那背影，忽然想起一个人。

三轮智彦。

崇史不禁停下脚步，身后一个职员模样的女人差点撞上他。女人一脸不快地走了过去。

很久没想起智彦了，这令崇史感到意外。崇史从初中起就一直跟他在一起，应该不会忘记他，可最近却从未想起。崇史想，或许是因为自己太忙了，可痛苦时最能信赖的不正是好朋友吗？

对啊，那家伙正在做什么呢？想到这儿，崇史惊呆了。他刚意识到，自己对智彦如今在哪里、在做什么一概不知。他试图回想最后一次与智彦见面的时间，但怎么也想不起来。自己究竟是从什么时候起不再跟他见面了呢？

不对！崇史睁大了眼睛。他觉得最近才跟智彦见过面。什么时候？又是在哪里？

他不由得倒吸一口凉气。

昨天的梦。他出现在了梦中。可那真的是梦吗？简直就像在回想昨天发生的事情一样充满了现实感。

太荒唐了！他打消了这个念头，因为他想起来了，那的确是梦，证据便是里面有跟现实明显不同的部分——智彦把麻由子以女友的身份介绍给了他。

"真无聊。"崇史喃喃自语，再次迈开步子。

SCENE 2

午休铃响了，我一个人留在房间里，修改着电脑的模拟程序。这份工作并不是很急，我只是想跟大家错开一点时间去食堂吃饭。严格来说不是"大家"，而是"那两个人"。

已是五月了。我桌前窗外的那棵樱树，花瓣已完全凋落。温暖的风徐徐吹来，却吹不乱翻开的笔记本。当然，也只有现在才能开窗。再过一段时间，那些业余球员吃完饭后就会汇集到正前方的网球场上。他们跑起来尘土飞扬，若是开着窗户，桌上的图表和数据表上便会落满一层沙土。

敲门声传来。我回头一看，智彦站在门口，身后是津野麻由子。

"不去吃饭吗？"智彦问道。

"啊，当然去，但工作还剩下一点点。"我说着看了一眼麻由子的手。她跟往常一样提着一个大纸袋。

"那也用不着连吃饭时间都搭进去啊。这种工作方式应该是老师禁止的吧？"智彦边笑边用他拖着右腿的独特走路方式靠近，看了看电脑显示屏，"什么啊，还说有急事，我还以为是报告，这不是在弄程序吗？"

"我哪有说很急了？"

"那就去吃饭吧，今天好像是鸡肉三明治呢。"他回头看了看麻由子，"是吧？"

麻由子轻轻往上拎了拎纸袋。"做得好不好吃我可就说不好了。"

"没问题，既然是你做的。"说完，智彦把手搭到我肩膀上。"走吧。"

我的视线依次扫过智彦、麻由子和电脑显示屏，最后我望着智彦点了点头。"OK，那你们先走。"

"快来啊。"

"嗯。"

目送两人出去后，我深深叹了口气。本以为一直压在心头的石头可以落地了，不料却没有任何变化。

四月，和社会上多数学校一样，MAC 技术科学专修学校也迎来了新生。从高中毕业生到研究生毕业生，总数接近五十人，尽管仍不及 Vitec 公司新员工的百分之十。

以高中毕业生为主的新生大半都参加了基础技术培训课程，而被分配到专门研究室的，则是本科或研究生时期被公认为成绩优异的一小部分人。

进入我们所属的"现实工程学研究室"的是两男一女。唯一的那名女性就是津野麻由子，她想研究现实工程学的愿望得到了满足。

我们的研究室由五个班构成，每个班配有二至八名研究员，人数不统一是因为不同的研究内容负担不一样。

我所在的视听觉认识系统研究班有四名成员。我们递交的要人申请是最少两人，可结果只分给我们一个姓柳濑的大学毕业生。

智彦所在的记忆包研究班收获颇丰。他们并未做出像样的成绩，却获得了其余两名新生——津野麻由子和一个姓筱崎的大学毕业生。他们班人数的确过少，这也是此前大家公认的，毕竟仅由须藤老师和智彦二人组成。其他班并未对这次的新生分配发牢骚，也是因为这种背景的存在。

对这结果最感欣喜的，不用说非智彦和麻由子莫属。相爱的两个人今后可以在同一个房间里接受同样的教育，从事同样的工作，还能有比这更好的结果吗？

"恭喜恭喜，真是太棒了！你们是不是贿赂幸运女神了？啊？"新生分配结果公布那天，我特意来到智彦的座位祝贺。

"多谢。"智彦脸都红了，这是他兴奋时的反应，"或许是你一同祈祷的结果吧。"

"当然了，肯定是，所以你得请客。"我强颜欢笑，同时感到强烈的嫉妒和自我厌恶。说实话，我并没有为智彦祈祷。尽管知道该为他祈祷，却做不到，潜意识里希求的是完全相反的结果。我实在害怕麻由子被分配到智彦身旁。同时，我希望麻由子最好到我这边来。如此一来，我就能每天和她碰面，共同工作，拥有相同的目标，还能待在一起说说话。种种妄想浮现在我脑中，最后甚至生出了无视智彦存在的幻想：或许有一天，她会变成我的女友。

我意识到拥有这些念头是对挚友的背叛，痛骂了自己一顿：你是最差劲的人，是垃圾，是无耻之徒。可另外一个我却歪着头懦弱地反驳：喜欢一个人有什么错？她现在还不属于任何人。

　　我终究未能克服本能。证据便是当得知麻由子的分配情况时，我全身涌上一种突然加重的虚脱感。就连对智彦说"恭喜"时那莫名其妙亢奋起来的声音，也是扭曲的心理造成的结果。

　　必须斩断这种念头，我想，这种事得尽早了断。可麻由子却越发走进我心里，虽说研究班不同却时时碰面，我的心混乱起来。她的身影哪怕稍稍进入视野，本该看的东西就再也进入不了我的眼睛。走廊里一传来她的声音，我的听觉神经就立刻把其他声音尽数屏蔽。一想起她，我的大脑就形成一个封闭的圆环，反复进行漫无边际的思考。

　　就连偶尔有事跟她说话时，我的脉搏也会剧烈跳动起来。她的声音就像音乐，她注视着我的眼神令我的心怦怦乱跳。我故意用公事公办的语气应对她，视线从她的脸上移开，甚至为了掩盖自己想跟她多待哪怕一秒的真实心理，把无处可投的目光频频投向手表。所以，每当跟她分别时，她总会向我道歉："抱歉，耽误你时间了。"

　　即使在返回住处后，麻由子的影子仍无法从我脑中离去，独处时就更是只想她一个人。她的脸会浮现出来，肢体会在眼前复苏。手淫的时候，我会在想象的世界里抱着她。我幻想她是一个丰满娇艳的荡妇，以各种各样的方式取悦我。玷污挚友恋人的罪恶感给我带来了一种倒错的兴奋。最近，就连白天在学校里跟她碰面时，我也会不顾智彦在场，不由得在脑中描绘那种猥亵的情景。

　　我必须设法忘掉麻由子。我很不安，不知道自己这样下去会做出什么。对她的欲念如果继续膨胀，恐怕最终会无法承受智彦跟她结婚带来的切实的失恋打击。

食堂在大楼的五层。我一走进去，坐在窗边的智彦便向我招手。一排排座位几乎都已坐满，智彦的对面却空着。不用说，是他们给我占下的。

　　"怎么这么慢？"我走近后，智彦说道。

　　"稍微耽误了一下。"我自然无法说自己故意拖延时间。

　　我在椅子上坐下后，麻由子说了声"给"，把一个方形塑料餐盒递给我。透过半透明的盖子，可以看到里面的三明治。

　　"不好意思，总麻烦你们。"我一面不时地看她几眼，一面拿过盒子，"我那一份就不用麻烦了。"

　　"做两人份和三人份是一样的。"说着，麻由子微笑起来。真是灿烂的笑容。我正想回应什么，可刚与她四目相对，心就怦怦乱跳，说不出话来。为了掩饰，我连忙打开盒盖。"看上去真美味！"我叹道。

　　"多亏让她做了吧。"智彦手托着腮调侃道。

　　我没回答，而是问了一句："你们都吃完了？"智彦和麻由子面前放着空盒子和自动售货机的纸质咖啡杯。

　　"嗯，你来得太晚了。我们本来想等你的。"

　　"没事，不用等我。"我咬起鸡肉三明治。肉很细嫩，酱的味道也恰到好处。

　　"怎么样？"智彦问道。

　　"好吃。"

　　"太好了！"麻由子双手握在胸前，唇间露出的门牙映着窗外的光，闪闪发亮，"光是智彦一个人这么想，我还不放心呢。"

　　"你就这么不相信我啊。"智彦挠挠头。

大约从两周前开始，麻由子不时会带亲手做的便当。若只是为她自己和智彦准备还可以理解，可令我吃惊的是，她竟给我也带了一份。智彦不可能请求她这么做，一定是她主动的。

每当吃着她做的便当时，我的心里总会五味杂陈。在为能尝到她的手艺而喜悦的同时，我也不由得一种受人之托的感觉——"今后还请继续关照智彦"。

"智彦，要不要再添杯咖啡？"麻由子问道。

"啊，好的，来一杯。有零钱吗？"

"有。"她朝我嫣然一笑，"敦贺，你也来杯咖啡吗？"

"啊，不用了，我自己买吧。"我站起身来。

"没事，你就坐着吧。"智彦摆摆手制止了我。于是我又坐回椅子上。

麻由子笑着站了起来。她穿着宽松的罩衫。由于背对着窗户，光线透过薄薄的衣料，一瞬间把她的身体轮廓勾勒了出来。这已足够我幻想了。我一面目送麻由子朝自动售货机走去，一面在大脑中想象她的裸体，想象裸体的她拿着托盘，排在自动售货机前的队伍里。

"刚才她说了一件奇怪的事。"智彦压低声音，悄悄对我说道。他恐怕做梦也不会想到，自己的女友正被眼前的朋友想象成裸体的样子。

"奇怪的事？"我吃着三明治，视线平静地转回他身上。

他瞥了一眼麻由子，有些不好意思地说道："她说：'崇史是不是在躲着我们？'"

我口中塞满三明治，盯着智彦，默默地咀嚼着，这样就不用出声了。我决定趁机思考一下该如何回答。

"我说这是不可能的，可她似乎总有这种感觉。据她说，原因是在她身上。"

我停下嘴，朝他眨眨眼睛，示意他说下去。我想听听原因。

智彦压低了声音。"喂，崇史，你怎么看她这个人？"

我咽下三明治，感觉喉咙上像是被架上了刀子。"怎么看？"我心跳加速。

"她，"他又朝麻由子扫了一眼，继续说道，"她有些担心，说你是不是讨厌她。"

我差点噎住。"我讨厌她？为什么？"

"不知道，但她似乎那样觉得。说即使在跟你谈工作的时候，你对她也很冷淡。还说我独自一人时，你会来找我，可跟她在一起时，你就不来了。"

真是天大的误解。"这是误解。"

"我也这么认为，可她很在意。"

"我有什么理由讨厌她？"

"所以我也糊涂了，但喜欢和讨厌也是不需要理由的。而且她说的这件事，我也不敢说完全是她的误会。"

"什么意思？"

"比如说今天，"智彦看了看一旁，在确认麻由子仍未返回后继续说道，"你似乎就有意不跟我们一起吃午饭。"

我默然。到底还是被察觉了。

"喂，崇史，"见我沉默，智彦面部有些僵硬，他似乎已确信麻由子的担心并非杞人忧天，"你若是对她有什么不满意的地方，能不能坦诚地告诉我？若是因为她而使得我们一直以来的关系出现裂痕，那就太遗憾了。那样的话，我也需要重新考虑要不要跟她交往。"

"等、等、等一下。"我张开两手伸到他眼前，"我不是已经说是误解了吗？我可从未说过一句对她不满意的话。"

"那为什么要躲避？"

"那是因为……"说完这几个字，我想，完了，既然到了这个地步，必须编个理由了。我用手指敲着桌子边，一个主意浮了上来。"我当然要回避她了。"

"回避？"

"我跟你吧，从初中就一直在一起，当然有很多共同的朋友和话题。如果跟我待在一起，那些只有我们二人知道的话题就会增加，无形中会让她产生一种被疏远的感觉。这样就不好了。"

智彦露出不以为然的神色。"她说她也挺喜欢这些。她喜欢听我们从前的事情，从不觉得会因这些而变成一个外人。"

"那就好。"

"就是因为这个吗？"智彦盯着我。他敏锐的目光告诉我，他不相信只有这些。

"然后，剩下的嘛，"我装出滑稽的表情，"自然是我比较识趣了。两个人单独在一起绝对会快活得多嘛。"

怀疑的神色顿时从智彦的脸上消失了，他露出害羞的微笑。"是你太多心了。"

"我可不想做那种蠢事。"

"说实话，我还是希望你跟我们在一起。光我一个人话题也有限。如果你不嫌弃……"

"我什么时候嫌弃了？绝对没有。"

"那今后你也不用那么多心了，继续跟我们相处吧，行吗？"

"嗯，我知道了。"

"好，这件事就算说定了。"智彦靠在椅子上，抱着胳膊。看到他高兴的神色，我再次被罪恶感包围。一般男人在有了女友后，就不想再让她接近其他男人，可智彦对我却是一百个相信。他全然不知我在心里描绘麻由子的裸体、苦闷度日的事情，也想象不到我每夜都会让她扮演荡妇，沉溺于欲望中。

麻由子用托盘端回三人份的咖啡。智彦忽然想起来似的说道："对了，好久没三人一起去喝上一杯了，今晚去吧？"

麻由子的表情顿时灿烂起来。"我同意。"

"你也没问题吧？"智彦看着我问道。

毕竟刚谈了这件事，我也无法拒绝，便应道："啊，好啊。"

我们去的餐厅叫"椰果"，位于新宿伊势丹附近一栋楼的五层。一下电梯，眼前便出现两棵大椰子树，这就是餐厅的入口。我们被安排到一张靠墙的桌子。对面的墙边有一个舞台，三个样子古怪的男人正在演奏夏威夷风情的音乐。我们点了几道中国风味的海鲜和啤酒。菜单的内容和夏威夷音乐毫无关联。

"今天有一件好玩的事。"喝了一口啤酒后，智彦说道。身旁的麻由子一看他的表情，似乎就已明白他要说什么。

"我们以筱崎为实验对象，给他的侧头叶做了刺激实验。崇史大概也知道吧，就是那种闪回效果的确认实验。"

"唤起记忆的那种？"

"嗯。最近终于能够稳定地唤起闪回反应了。"

"可那实验不是必须有脑机能研究班的成员在场才能做吗？尤其是用人做实验的时候。今天那些家伙没来吧？"

"我也是这么说的。"前菜已用大盘子端了上来，麻由子一面分到三个碟子里一面插上一句。

"没事，只是那种程度的电流。"智彦像个挨了母亲骂的孩子，嘟着嘴说道。

所谓闪回效果，是指通过电流刺激大脑，使实验对象回想起往事的现象，是由加拿大的脑外科医生彭菲尔德发现的。当然，像今天这样的非接触式刺激法在当时尚未确立，只能采取给裸露的脑表面接上电极、输入微弱电流的原始手段。

"筱崎就开始说起有趣的回忆来了？"我想象着那个和麻由子一起加入智彦他们的研究班的年轻人，问道。筱崎皮肤白皙，面相和善。

智彦将一块腌章鱼扔进嘴里，一面像嚼口香糖一样嚼着，一面探过身子。"倒也不是很有趣，是很奇怪。他说出的是错误的记忆。"

"错误的记忆？"

"没错，就是把幻想当成了事实。"

"你怎么知道？"

"因为嘛，"智彦喝了口啤酒，轻轻摊开双手，"针对同样的提问，他的回答跟从前不一样。"他说着转向麻由子。"对吧？"

麻由子也纳闷地点点头。

"筱崎到底想起了什么？"我问道，稍微有了一点兴趣。

"小学时的回忆，"智彦答道，"六年级时候的事。他给我们详细描述了当时教室的样子。首先是一排同学的后脑勺，看来他的座位是在后面。右面是窗户，窗外能看见高压线的铁塔。教室似乎在三楼或四楼，黑板上用粉笔写着算术应用题，他正拼命地往笔记本上记那道题。黑板旁站着班主任，正注视着学生们。"仿佛在描述自己的记忆，智彦侃侃而谈，随后竖起食指，"问题就是这个老师。"

"老师？"

"上次实验，筱崎说老师是一个大腹便便的中年男人，今天却说是个年轻高挑的女人。你们说奇怪不奇怪？"

我深吸了一口气，看了看麻由子，又看看智彦，吐出气来。"哪个是正确答案呢？"

"中年男人。"他答道，"实验结束之后，我们告诉他这次说的跟以前不一样，问他到底哪一个是真的。他想了一会儿，说是男人。他也不明白为什么自己会认为是个年轻女老师。"

"嗯……"

"你不觉得有意思吗？"

"有意思。"我说道，"既然不是单纯的记错，那就是记忆被修改了。"

智彦啪地拍了一下桌子。"是吧？你也这么看吧？"他兴奋地说，接着转向麻由子，"你看，崇史也跟我看法一样。"麻由子带着半信半疑的神色低头思索。

"可怎么会发生这种事呢？"我说。

"问题就在这儿。我一直想把这儿弄清楚，让同样的情况再现。如果能实现，研究就会推进一大步。我感觉自己就像在一条长长的隧道里奔跑，前面终于透出了一丝光亮。"智彦把啤酒喝完，让正好经过的服务员又添了一杯。

我们视听觉认识系统研究班是通过直接刺激视神经和听觉神经来制造假想现实的，与此相对，智彦他们的记忆包研究班通过从外部给记忆中枢注入信息的方式来实现这一目标。说白了，我们想让实验对象实际体验假想现实，他们则只给实验对象一种已体验过假想现实的记忆。不过，即使在对脑的组织结构已十分清楚的今天，对于记忆形成机制的研究也仍未获得突破。智彦他们甚至连记忆信息的打包形式都没有掌握。

平时不胜酒力的智彦，今晚却以加倍的速度，喝下了接近平常三倍量的酒，而且话也变得很多。研究出现了曙光自然是让他情绪高涨的原因之一，而当着挚友和女友的面，想必他觉得自己必须要扮好主人的角色，这才做出了非同寻常的举动。有一个身穿夏威夷衬衫的男人走到我们桌前，说要拍一张店内宣传用的照片，智彦不仅一口答应，还十分配合地把那人递来的花环戴到头上。四周响起一片哄笑声，他却挥手向众人致意，全然不像是平常的他。

或许是一连串的异常行为让他神经疲劳了，不久，他靠在墙上昏睡过去。

"他太折腾了，让他睡会儿吧。"

麻由子点点头，咪咪地笑了。她也感到了智彦刚才在硬撑着。

我一面喝着波本威士忌苏打，一面考虑着合适的话题。没想到天赐良机，我竟得到了单独和她谈话的机会。我的良心却在说：你想利用机会干什么呢？

麻由子仍保持微笑，视线落在还剩下半杯的橙汁上。我并非讨厌她一事，智彦应该已经告诉她了，但在我主动开口之前，她或许羞于抬起脸吧。

"已经适应研究室了吧?"考虑再三,我问了个无关痛痒的问题。

"嗯,差不多。"她抬起脸来,眼睛眯成了月牙形,"都忙糊涂了。"

这张单纯的笑脸让人觉得她的心中丝毫没有阴暗的一面,让我平静下来。倘若将这笑脸据为己有……狂妄的念头又在我心里翻腾起来。

"也可以适当偷偷懒,转换一下心情。"我看向昏睡的智彦,"不过跟智彦在一起,也不需要了。"说完,我撇撇嘴笑了。真是讨厌的微笑,我感到一阵自我厌恶。

"在现实工程学研究室里,似乎有很多人通过打网球来放松。"

"是啊,毕竟球场就在眼前。"

"你不打吗?"

"倒也想打,但硬式的不行。"

"啊?"麻由子一愣,"你打软式?"

"嗯,高中的时候。"

不知为何,她听后竟开始忸怩起来。她看了看智彦的侧脸,确认他已睡熟后,才开口说道:"呃,我也是打那个……"

"那个?"

"就是软式,高中和初中时。"

"啊?"此前一直靠自制力关闭的心门霍然洞开,我不禁喜形于色,"软式网球?你也打?"

"只是打得不好。"她缩缩肩膀,吐了吐舌头。我从未见过她如此孩子气的表情。

找到共同的话题后,我们聊得忘记了时间。失败的故事,辛酸的经历……她接着我的话继续说，我再继续把话题拓展下去。话题无尽，热度不减，我们聊得热火朝天。我察觉到，麻由子似乎从未跟智彦提过以前打软式网球一事，也尽力避免体育运动的话题。

这段无比快乐的时光忽然停止了。昏睡的智彦难受地扭动起身体，我跟麻由子心照不宣地都闭上了嘴。

我摇晃智彦，让他完全醒过来。"起来，该回去了。"

他搓搓脸。"啊，我怎么睡着了。"

"你喝多了。"

"看来是。那你们都做什么了？"

"少了你这主角，我们还能做什么呢？只好瞎扯呗。"

"是吗？抱歉抱歉。"他继续搓着脸。

我结完账走出店门时，智彦正在电梯前问麻由子："你跟崇史都谈了些什么？"

"很多啊，什么学校的事情啦，电影的事情啦。"她说着注意到了我，朝我回过头来。我朝她微微点头。

"嗯。"智彦没再多问。

电梯里很拥挤。我们挤在狭窄的空间里，麻由子的脸就在眼前。为了不给她和小个子的智彦增添负担，我把手撑在她背后的壁上。她嘴唇微微动了动，是"谢谢"的口型。没关系，我用眼神回应她。

由于和她共有了这一秘密，我产生了一种优越感，又觉得这似乎是背叛智彦的第一步。

第二章

不安

敦贺崇史清醒过来时，发现一旁有一面灰色的墙壁，自己正靠在上面。这是一个狭小的房间，光线昏暗，四面闭锁。

　　崇史站起身来。自己究竟在哪里，又是在干什么？他一时没回过神来。可看到自己的姿势后，他苦笑起来。原来他正坐在马桶上，裤子褪至膝盖，下半身完全裸露。

　　他想起来了。在工作时，他感到了轻微的便意，便来到厕所。在褪下裤子坐上马桶时，他似乎还清醒，可突然间睡意袭来，他竟不觉间打了个盹。虽不记得已解完大便，便意却没有了。他解完小便后提上裤子。

　　从小屋出来时，崇史忽然感到自己对这种单间有印象。他只觉得梦见了电梯，却想不起来细节。大概是因为在一个狭小的空间睡着了吧，他劝慰自己。

　　他看看手表，距离进厕所过了约十分钟。打盹的时间比想象的要短，他松了一口气。已是该结束工作的时候了。

崇史返回研究室，一名今年刚高中毕业的物资材料部的年轻职员正等在入口前，一旁放着一辆手推车。

　　"今天还做实验吗？"他问崇史。

　　"不，已经行了。带走吧。"崇史打开门，把他带进房间。须藤不在里面，另一个小组则正在隔断对面开会。

　　年轻职员点点头，把裘伊和乌比的笼子放到手推车上。实验动物由物资材料部负责管理。平时的照料是由借用这些动物的部门分别进行，但从星期四晚上到星期一早上，必须要将它们还回物资材料部饲育科。他们会检查动物的健康状态，若发现问题，将要求各部门重新考虑实验方法。

　　"乌比的样子还是那么奇怪，该不会有什么异状吧？"崇史指着蜷缩在笼子里的雌性黑猩猩问道。

　　年轻职员略加思索。"这个嘛，他们从未教过我健康检查的事情……但如果有异状，他们应该会联系你的。"

　　"那倒也是。"崇史低头看着乌比，试图将正在心中萌芽的不安抹去。最近，这只小动物在实验中时常露出的虚无表情一直让他有些担心。

　　"我一直都想到饲育室看看。"崇史对正要推走手推车的职员说道，"你能领我去看一眼吗？"

　　"啊？"对方面带犹豫，有些慌乱地打量着笼子和崇史，很快便低下了头，"这恐怕不合适吧。"

　　"不合适？为什么？"

　　"这个，我也不知道，那儿不让随便领外人进去，一旦被发现要挨骂的。"男子挠着头，语无伦次。

"啊，是吗？那就没办法了。"

"抱歉。"男子点了点头，走出房间。

只是随意一说，没想到物资材料部的职员反应竟如此强烈，这反倒让他在意起来。这年轻职员大概什么都不知道，只是被上司吩咐，绝不能把外人带入饲育室。为什么要如此神经质呢？崇史百思不得其解。

出了公司，崇史绕了点路来到新宿。他没有目的，只是忽然间心血来潮，想来这里走走。这种心情就像在寻找特别怀念的东西一样。

在大街上溜达了一会儿，他走进纪伊国屋书店。正当他在专业书的区域停下脚步时，有人从身后拍了拍他的肩膀。他回过头，看清对方的脸后，露出了惊讶的神情——是大学时的朋友冈部。

"好久不见，最近还好吗？"崇史问道。

"马马虎虎吧，反正没让人炒鱿鱼。"冈部仍跟学生时代一样声音洪亮。

两人离开书店，走进一家临街的咖啡厅。在和崇史他们一样从工程学系自动控制学专业毕业后，冈部进入了一家运动器械企业。他黝黑粗犷的脸一如从前，可灰色的西装非常合身，这无疑是他已十分老练的证据。而我呢，事实上直到今年春天才进入社会，崇史想。

热烈地聊了一阵子学生时代令人怀念的话题后，二人又谈起同学们的出路，如有男生已结婚生子，还有人据传去了外地的工厂，正为不同的风俗而苦恼。

"对了，最近我隐约听说，你已经和女人同居了。"从学生时代起就性格直爽的冈部单刀直入地问道。

"算是吧。"崇史简短地答道。

"真让人羡慕。"冈部摇摇头,"我从来就不招女孩喜欢。可你呢,一直有女人缘。Vitec 的女孩?"

"嗯。"崇史点点头,简单介绍了一下麻由子的情况,她去年进入 Vitec 公司,和崇史一起在 MAC 待了一年。

"是吗?这么说,那个女孩一进公司就让你盯上了?"冈部嘿嘿地笑着。

"不,准确地说,是在她即将进入 MAC 时认识的。是别人介绍的。"

"哦,谁介绍的?我认识吗?"

"当然认识了,是三轮。"说出这几个字后,连崇史自己都惊呆了。没错,将麻由子介绍给自己的就是他,可之前却忘记了。为什么呢?难道仅仅是因为没机会想起来吗?

"三轮?啊,是他啊。"冈部恍然大悟般用力点了点头,"那家伙跟你是死党啊。他竟然有那么一个年轻的女性朋友,真意外。"

"说是在电脑店里认识的。"

"哦,三轮有女朋友吗?"

"这个嘛,有没有呢……大概是没有吧。"崇史说着,感到莫名的不安。

"那他真是个怪人啊。"冈部苦笑道,"自己都还没有女友呢,倒先给你介绍起来了。"

"或许是吧……"崇史低下头,凝视杯中的咖啡。

当时智彦把麻由子介绍给崇史,说是在电脑店里认识的,而且只是普通朋友。正因为要介绍他们认识,崇史才在那一天来到新宿。

至少在他的记忆中是这样的。

不对。崇史心中掠过一阵不安。

当真如此吗？

思绪中突然闯进一个疑问，记忆在摇晃中模糊起来。智彦不是把麻由子以恋人的身份介绍给自己的吗？而自己曾对她一见钟情……

不，不对，崇史当即否定了这个念头。这是自己前几天的梦，并非现实。他竟然混到一起了。

"那家伙现在怎么样？"冈部又问道。

"啊？"崇史从咖啡上抬起视线，"怎么样？"

"他不是跟你一起进入 Vitec 的吗？过得还好吗？"

"啊，啊，是啊。"崇史呷了一口开始冷却的咖啡，"嗯，我想过得挺好的。"

冈部诧异地睁大了眼睛。"你们现在不大交往了？"

"嗯，他现在在洛杉矶的总公司呢。"崇史答道。

"哦，在美国啊。被调到美国总公司，看来是相当优秀了。"冈部对别人的公司的事情很了解，"最近不回来吗？"

"这个嘛，"崇史低头沉思，"不清楚。"

"是吗？亏你们以前还总待在一起。"冈部感慨地不断点头，"人一旦进入社会，就再也无法像学生时代那样了。"他老成地说道。

二人一起走出了咖啡厅。冈部要去车站，崇史与他告别，朝相反的方向走去。他一边走，一边又禁不住思索起来。

是三轮智彦的事。

事实上，崇史也是最近才知道智彦去了洛杉矶。在做了那个怪梦的次日，他去找须藤，得知了此事。在 MAC 的时候，直接指导智彦的就是须藤。

"事情很急，他连打招呼的时间都没有，但不久后他肯定会联系你的。现在应该已经安定下来了。"面对惊愕的崇史，须藤如此解释。

崇史却完全无法理解。就算事情再急，智彦也不会不跟他打招呼。临出发前在机场就可以打电话。

更匪夷所思的是，两个多月了，一直牵挂挚友去向的自己竟这么疏忽。这两个月里，我究竟做了些什么？他想。虽能清楚地一一记起，可为什么智彦的事情却一点都想不起来呢？他对此无法解释。

洛杉矶？

他感到心中隐隐作痛。被调到美国总公司曾是崇史的梦想。如果在 MAC 的成绩获得认可，这个梦想就有实现的可能。可总公司没有点名让他去，而是选中了智彦。直到现在，崇史仍抑制不住那嫉妒心的萌芽。

智彦说不定是不想伤害挚友，才默默地去了美国。崇史脑中浮现出这样的想法，但又立即否定了。他认为，以他们的关系，不可能这样。

崇史郁郁寡欢地继续走着，经过伊势丹前面，穿过路口后，他的目光无意间投向了旁边的一栋楼，那里有一大排餐饮店的招牌。他的视线定格在其中一块上，停下脚步。

那上面写着"椰果"。

复杂的念头和连思考都称不上的杂乱思绪在崇史脑海里回旋。与这家店有关的回忆首先浮现出来：一年前带麻由子和智彦来这儿、烂醉的智彦、与麻由子聊起软式网球。

可就在这一瞬后，另一个念头像糯米纸一样溶解开来，让他回想起另一个情景。这情景酷似他刚才描绘的记忆，却又有某种不同。他深吸一口气，看清了事情的真相。这种不同就是回忆中的他自己的心情。他对智彦感到内疚。当他明白这种内疚是出于自己对挚友的女友抱有的爱慕时，他愕然了。继前几天的梦之后，麻由子是智彦女友的错觉再次进入他的思考回路。

他越发仔细地回忆起当时的情景来：他一面喝酒一面与麻由子聊天，又叫起烂醉的智彦走出餐厅，之后又把麻由子送回公寓……

这些记忆都变得模糊了，另一幅场景清晰地浮现了出来——智彦与麻由子并肩离去。

不可能！崇史摇摇头。跟自己分手后，那两人不可能一起回去。可他又扪心自问起来，若不是现实，他又能在哪里看到这种场面呢？

他的额头上渗出了汗水。几个公司职员模样的男女诧异地打量着呆立在那儿的他，从旁边走过。他这才回过神，迈步离开。

难道又做梦了？在回程的电车上，他一面随车摇晃一面思索。难道是梦让人产生了一种犹如实际发生过一般的错觉？只能这样解释。可为什么会突然做这样的梦呢？这和最近想不起智彦的事情有什么关联吗？

崇史百思不得其解，怀着沉重的心情回到公寓。麻由子似乎已经回家了，窗户里透出灯光。

"怎么了？脸色这么奇怪。"迎接崇史的麻由子说道。崇史连鞋都没脱，就上上下下地打量起她来。

"不，没什么。"他脱下鞋走进房间。餐桌上放着盒装寿司，大概是麻由子从学校回来时买的。

崇史换完衣服,在桌前坐下。麻由子在他面前放了一碗由速食产品稍稍加工而成的清汤。在端过碗之前,崇史问道:"喂,麻由子,智彦的事你还记得吗?"

"三轮?"她的右眉微微上挑,除此之外表情并无变化,至少崇史没看出来。"记得,当然记着了。"她微微一笑,"怎么了?突然问起这事。"

"那家伙现在怎么样了,你知道吗?"

"这个,"她眨了眨眼睛,"什么也没听说过。"

"果然如此。"

"果然?"

"那家伙现在好像在美国,洛杉矶总公司。我最近才听说。"

"是吗?这么厉害。"麻由子喝了口清汤,伸出筷子夹了块寿司。在崇史看来,她似乎毫无感觉。"三轮在 MAC 的时候就深受老师好评呢。"

"你不觉得奇怪吗?"崇史说道,"为什么我们此前没有注意到智彦的事情呢?完全忘记了那么重要的朋友。"

"不是忘记,而是没时间去想。这两个月光是适应新生活,就把人给累死了。"

"可是完全没想起他,这不是很奇怪吗?在 MAC 的时候,明明天天都待在一起的。"

麻由子本想吃大虾寿司,却又放回盒中,困惑地皱起眉来。"就算你这么说,想不起来又能有什么办法?"

崇史点点头,把筷子伸进碗里搅动。"是啊,就算再怎么匪夷所思，事实就是这样，那又有什么办法？”

“你到底想说什么呢？想不起三轮的事情又能怎么样？”麻由子诧异地盯着崇史。

“我自己也弄不清楚，只是放心不下。”崇史直接用手抓起一块寿司卷扔进嘴里嚼了起来。海苔并不脆。

麻由子似乎受不了崇史净说些莫名其妙的事情，开始泡茶。望着她泡茶的样子，一幅不可思议的影像又在崇史心里膨胀起来：她旁边就是智彦，她正往他的茶碗里倒茶。崇史轻轻摇摇头，想把这幅影像驱赶出去。

他当然还没告诉她前几天那奇怪的梦。他不知道她会对此一笑了之还是恼羞成怒。可一想起今天在“椰果”的招牌前产生的感觉，他就再也无法沉默。

“我能不能问你一件奇怪的事？”他说。

“你已经说了够多奇怪的事了。”麻由子把茶碗放到他面前，“说吧，什么事？”

“你和智彦的事。你们两人，呃，也就是说，只是普通朋友吧？”

麻由子的嘴角瞬间收紧，光是这样就足以令人感到她的严肃。“什么意思？”她连声音都低了下来，“你怀疑我和三轮的关系？”

“不，不是这样的。我想知道的是……”崇史语塞了。

自己究竟想知道什么呢？他想。坦白说，他一直想知道去年麻由子是不是自己的女友。可他自己也明白，这个问题实在是荒谬至极。正因为二人是恋人，才过着如今的生活。

“抱歉，我脑子有点乱，请不要介意。”他把手掌按在额头上，心里一阵不安，连眼前的寿司都不愿吃了。他站了起来。“我想躺一会儿，有点头痛。"

"没事吧？"麻由子立刻挨到他身边。

"嗯，或许有点累了吧。"

"一定是累了。"麻由子轻轻握着他的手腕，用忧愁的眼神仰视着他。她一定是担心我的身体才露出如此表情，崇史想。

洗澡后下国际象棋是二人的娱乐之一，可这一夜他们并未展开棋盘，早早便上床睡了。崇史稍稍张开右臂，麻由子钻进他怀中。他稍稍扭动身体，左手向她的腰部伸去，手指径直钻进她的睡衣。当他的手进一步碰到内衣时，麻由子笑了。

"你不是累了吗？"

"没事。"他说着开始了爱抚。他剥掉她下半身的衣服，自己也脱去睡裤。两人的腿缠在一起，冒出汗来。她的手朝他的阴茎伸去。他勃起了。二人面对面笑着，他径直去亲吻她，她也闭上了眼睛。

就在这时，一个不祥的念头造访了崇史。智彦的脸浮现出来。一股罪恶感油然而生，不安占据了心灵。这突如其来的风暴一样的压迫感足以从崇史身上夺走性欲。

麻由子睁开眼睛，一脸诧异。他的阴茎在她的手里急剧萎缩下去。

"你怎么了？"她小声问道。

"没什么。"他答道。

至少这一夜是不会发生什么了。他终于未能勃起。麻由子轻轻拍拍他的胸膛，说道："这种事有时也会有的，不要在意。"

崇史并未回答，两眼直直盯着黑暗。

SCENE 3

我独自一人坐在房间里，一面凝视着黑暗一面思索，有麻由子的事情，还有智彦的事情。

我的良心在耳畔窃窃私语——不能再接近麻由子了。我将会失去无可替代的挚友，而且更重要的是，她不可能爱我，不是吗？

可另一个我却说道：做人要诚实。爱一个人又没有错。

烦闷、痛苦、苦恼、焦虑……不久，我便在极度的精神疲劳中昏睡过去——这种夜晚一直在持续。日历已翻到六月了。

这天上午休息时，我正在自动售货机前买咖啡，麻由子走了过来。她在 T 恤外面套着白色外套，由于脸形紧致，比起华丽的装束，这种打扮似乎更合适她。当然，不管她怎么打扮，我都喜欢。

她冲我微微一笑，说道："今天智彦休息。"最近，她终于不再对我使用敬语了。

"生病了？"

"好像是感冒。刚才我打电话问了一下。"

"厉害吗？"

"说是发烧，吃过药了。"她有些焦虑。

"那今天回去时顺便去看看吧。或许连东西都吃不下呢。"

"好啊。"麻由子莞尔一笑。

五点离开 MAC 后，我们朝智彦的公寓走去。他的公寓在高田马场，步行得花三十分钟以上，麻由子却提出要步行，理由是"今天的风很舒适"。我想尽量多跟她待在一起，自然不可能有异议。

"你经常去那家伙那里吗？"我若无其事地问道。

"只去过一次。他要我看看电脑。"麻由子答道，淡淡的语气不由得让我安下心来。倘若她有半点犹豫，就会不由得让人立刻联想到她与智彦已发生过关系，虽然这种淡淡的语气也并不能说明他们之间什么事都没有。

"他去过你的住处吗？"

"还没有。我都是让他送到公寓前面。"

我刚想问为什么不让那家伙进屋，又咽了回去。这实在是个奇怪的问题。

"你独自生活了很长时间吧？"

"从进入大学后就开始了，已经是第五年了。"她张开手掌。

她的公寓在高圆寺，这是我听智彦说的。

"你老家是在新潟？"

"是啊，而且还是很偏僻的乡下。"她皱着鼻子笑了，"我一般不告诉别人。"

"你父母知道你们的事情吗？也就是说，那个，你跟智彦交往的事情。"

笑容瞬间从她的脸上消失了。尽管前方的晚霞映在她脸上，阴影还是眼看着浮了上来。她挤出一丝凄凉的笑容，摇摇头。"不知道，没告诉过他们。"

"为什么？"

"因为，"她停下脚步，路口的信号灯刚好变成了红色，"我想他们一定不会理解我的。总之，他们思想十分守旧，就像老古董一样。"

"可男女交往之类的事情他们还是会认同吧？"

"不是这样的。"她似乎在选择用词，然后下定决心一般把脸转向我，说道，"歧视是无法消除的。"

"歧视……"

"没错，就是歧视身体和智彦相似的人。"她加强了语气，声音中透着愤怒，"真是恶劣，都这年头了。"

"是这么回事啊。可智彦的腿也不是多大的事啊。"

"与身体情况无关。总之，只要跟常人有一点不同，就会受到歧视。很多人嘴巴上说得好听，心里却充满了偏见。我若是把他介绍给家人，我妈肯定会这样骂我：就算是个一无是处的废物也行，可你起码得给我找个四肢健全的男人回来啊。"

"不会吧？"

"听起来像玩笑吧？可这是真的。我都烦透了。"麻由子瞪着信号灯，仿佛那是她的母亲。信号变绿，我们继续向前走。

"可早晚也得说啊，"我说道，"如果你们要继续交往。"

"是啊，消除他们的歧视眼光是我的义务。可是……"麻由子边走边盯着自己的脚边。

"你怎么样？"

"我？什么怎么样？"

"怎么看待智彦的身体？不可能没有丝毫芥蒂吧？"

"这……"她支吾了一会儿，随即恢复了果断的语气，"刚认识他的时候，看到他的走路方式，我的确觉得不舒服，这是事实。可我从未讨厌过。我想帮他一把，而且觉得如果真能帮得上，那该有多好。"

"智彦可真让人羡慕。"

"是吗？"麻由子似乎有些害羞起来。

"可是，"我说，"这难道不是同情吗？"

她停下了脚步。这一次既不是在路口前，也没有信号灯，而是在柏油路中间。她慢慢地望向我。"我想不是。"一双杏核眼里透着认真的目光。

"是吗？"

"我帮了他，就等于帮了我自己啊。如果他幸福了，我也就幸福了。"

"那还不是在可怜他吗？"

"这……"麻由子的眼神游移起来。我感到她微微动摇了。

"还是在这么想吧？"

麻由子的肩膀顿时瘫软下来。她轻轻展开双手。"不可能没那种想法。"

"对吧？"我点点头，"我也一样。若要问我是不是真的没有一点同情的成分，我也无法给出明确的回答。"

"不过也不全如此。"

"当然了，但这种心情肯定不会少的。你一直在留意吧？生怕伤害到他。"

"我没怎么考虑过这种事。"

"你已经仔细考虑过了。"我断言道，"上次去喝酒的时候，我们谈论网球的事，你不就没告诉他吗？"

"这……"麻由子支吾着说不出话来。

"我并不是指责你，只是想确认你的心情。智彦是我的挚友，你也是，"我咽了口唾沫继续说道，"对我来说是很重要的人。"

这是我第一次说出对她的感受。麻由子当然不可能读透这番告白的本质。"谢谢。"她只是爽朗地笑了笑，又迈出步子。

之后一段时间，她陷入了沉默，沉浸在思绪里。我感到自我厌恶。因为我清楚自己把明知没有正确答案的问题硬塞给她，背后隐藏的是一种潜意识的算计。我企图动摇她对智彦的感情。

"真不该对他撒谎。"过了一会儿，她忽然冒出一句。

"这也不好说。"我答道。

途经一家超市，我们决定买点探望用的食品。麻由子对智彦喜欢吃什么一无所知，于是我掌握了选购的主导权。

出了超市不远，有一家打折售卖宝石和贵金属的商店。麻由子在店前驻足，浏览起陈列柜来。

"有喜欢的东西吗？"

"嗯。不过五万元也太贵了。"她缩了缩脖子，吐吐舌头，"不好意思，咱们快走吧。"

我望向陈列柜，看见一枚镶有蓝宝石的胸针上标着她所说的价格。

来到智彦的房门前,我从兜里掏出钥匙,插进锁芯轻轻一扭,锁开了。智彦把一把钥匙交给了我保管,因为他母亲觉得"让敦贺保管一把钥匙比较放心"。我从未在智彦不在的时候擅自进去过。

"喂,你在吗?"我打开门,喊了一声。在窗边的床上,蓝色的被子动了起来。

"啊,你来了。"智彦发出倦怠的声音,从床上爬起来,身上穿着一件蓝白条纹睡衣。他迅速从枕边拿过眼镜戴上,脸上浮起微笑。"麻由子也来了。"

"怎么样了?"

"有点发烧。没事,明天就能出门了。"他看着麻由子说道。

"别太勉强,要是不注意让病情加重可就不好了。"

"但现在可不是闲着的时候,正是关键阶段。"说完,他看了麻由子一眼,"实验计划跟须藤老师商量过了吗?"

"让他调到下周了。"

"哦。"智彦躺回床上,"今天脑机能研究班本来是要过来的,真可惜!"

"有什么好着急的?做出很厉害的数据了吗?"

智彦枕头的一边摊放着一个文件夹,里面夹着一张表格。我的目光投向那里。

"嗯,啊,以后再说吧。总会有机会说的。"大概是注意到了我的视线,他合上了文件夹。

"智彦,吃午饭了吗?"麻由子问道。

"吃了碗方便面。"

"我猜就是这样。"我拿着超市购物袋站起来,"等着,现在就给你做特制的菜粥。"

"啊，我来吧。"

"不用，交给崇史就是。"智彦笑道，"崇史的简易料理别有风味。"

但麻由子仍来到旁边帮我切菜。

我做了三人份的菜粥，又煎了带鱼，三个人的晚餐就算完成了。菜粥的味道很一般，但麻由子仍夸赞道："太好吃了，刮目相看。"

"我记得去年这个时候，崇史也给我做过一次菜粥。"饭后，智彦喝着袋装绿茶说道。

"是啊，没错。"

"我感觉每到这个季节就会感冒。"

"所以才要多加注意。"麻由子说道。

"得感冒的总是我。崇史从来不得。"

"才不是。"

"但从来没有卧床过。若不是盲肠炎，初中就是全勤了。高中时如果不逃学也是全勤。"

我哈哈大笑。智彦继续说道："看来还是身体锻炼得好啊，毕竟从初中时就一直参加运动社团。"

我收起笑容，凝视已经空了的餐具。

智彦对麻由子说："崇史曾是软式网球运动员，在静冈的高中时还小有名气呢。"

"也没那么厉害。"

"不是吗？别谦虚了。"

"这么说来……"麻由子说道。我和智彦同时看着她，她反复打量我们二人的脸，不觉浮出一丝僵硬的微笑。"这么说来，我也一样。"她勉强用轻松的语气说道。

"一样？"智彦问道。

"我上高中的时候也一直打软式网球。我说过吧？"麻由子对智彦说道。

我低下头，不忍再看她那僵硬的表情。

"没有，我没听你说起过。"智彦答道。不知为何，他的语气低沉下来。"若是听到过，我肯定会记得。这种事我是不会忘记的。"

"那倒是……"麻由子的声音越来越小。

"哦，你也打软式啊……崇史早就知道了？"

我抬起脸。智彦的眼镜上反射着荧光灯的光，我无法看清他的眼神，这让我不安起来。"不。"我只回答了一个字。

"嗯，是吗？"智彦的目光落到被子上，之后又立刻转向了麻由子，笑意在他嘴角复苏，"既然这样，下次跟崇史一起打多好。难得这儿有网球场，对吧？"

最后的"对吧"是对我说的。

"那下次一起吧。"麻由子看着我说道。

我含糊地点点头。

后来，我们聊起我和智彦的高中时代，气氛却怎么也热烈不起来，其间还出现了多次令人尴尬的沉默。智彦是个音乐迷，我们播放起他推荐的 CD 和 MD，结果只增加了冷场的次数。

到了十点，我站起身。麻由子也说要回去。

"麻烦你们特意来看我，不好意思。"智彦躺在床上目送我们。

我抬手回应。

我和麻由子走向高田马场站。她明显很消沉，脚步沉重。

"那种事，要是不说就好了。"走了一会儿，她开口道。

"网球的事？"

"嗯。"

"也怪我不好，来之前说了些多余的事情。"

"和那个没关系，问题在我这边。"她轻轻叹了口气，"他听得出那是谎言，一定的。"

"就是我不知道你曾打过网球的事？"

"是啊。"

"嗯……"对于智彦敏锐的直觉，我比谁都清楚，"大概吧。"

麻由子长叹一声。

我们在高田马场站分别。她乘坐的电车率先进站。

"不用太在意。"我最后说了一句。

她微笑着点点头。

目送电车离去，两个念头在我心里纠缠起来。麻由子对智彦的感情分明已开始产生微妙的变化，而诱发这种变化的罪恶感和欢迎这种变化的念头正交织在我的心头。

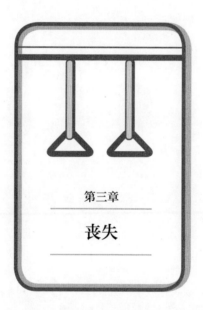

第三章

丧失

听到崇史说要去公司，麻由子不禁一怔。现在正是星期六的上午，跟平常的星期六一样，二人正在吃早午餐。餐桌上摆着烤面包片、咖啡、沙拉，还有炒蛋和香肠。除了咖啡，其余都是崇史准备的。

"休息日去上班，可真够新鲜的。"麻由子带着怀疑的神色说道。她仍穿着睡衣，外面披着一件白色开襟棉线衣。

"我有一些数据需要整理。本来昨天想整理，可主机出了故障。"崇史往烤面包片上抹着黄油，不敢正视麻由子的脸。

"你昨晚怎么不说啊？"

"昨晚还没打定主意呢，但今天还是决定去一下。"

"非得今天不可吗？很急的活儿？"

"下周很早就有部门会议，我想到时候作为参考资料提交。"

"是吗？"麻由子仍是一副未能理解的样子，但还是耸了耸肩膀笑了，"本来今天想让你陪我购物呢。"

"抱歉，你一个人去吧。"

"明天也不行吗？"

"不好说，弄不好也不行。"

"哦……那我只好一个人去了。"

"你自己去吧，抱歉。"说着，崇史连番茄酱都没蘸就把炒蛋塞进嘴里。

吃完饭，他返回卧室，打开和麻由子共用的书桌的第二个抽屉，里面放着办公用品和电脑相关配件。他取出一个装订书针的小盒子打开，盒里装的不是订书针，而是钥匙。他把钥匙托在手心，思忖了一会儿，只觉得一股奇妙的感觉袭来。这究竟是因何产生，连他自己都弄不清楚。

换完衣服，崇史向麻由子招呼道："那我走了。"

她正在清洗餐具。"那种打扮能行吗？"她回头问道。崇史穿着牛仔裤配网球衫。

"休息日加班没事的。"

"是吗？可别太晚了啊。"

"不会太晚。"他穿上运动鞋，出了房间。

赶到地铁早稻田站后，他买了票，上了与公司方向截然相反的电车，在下一站高田马场站便下了车。三轮智彦的公寓就在这里。

昨天，崇史从公司里打了两个电话。一个是打给智彦在 MAC上学时住的公寓。本以为他已搬家，没想到他的住处竟还保留着。应答的是电话留言。

"我现在不在家，请在听到提示音后留下您的姓名和事由。"

这并非智彦的声音，而是事先设置在电话里的合成录音，但崇史有印象。他确信智彦的住处仍在。

第二个电话是打给智彦老家的。

智彦和崇史一样，老家也在静冈市。他们以前经常互相串门。智彦的父亲从事印刷业，崇史记得他是那种为了独生子的成长而埋头工作的男人，母亲则是温柔善良、身材娇小的女人。崇史最后一次见到她，是在进入 Vitec 公司前回家探亲的时候，当时她仍称儿子为"小智"。

接电话的是智彦的母亲。崇史一面报出姓名一面想象，她一定很怀念自己吧。

可智彦母亲的反应极不自然。"啊，敦贺……"她只说了这一句便语塞了。

"怎么了？"崇史问道。

"哦，没什么。先说说你的事吧。怎么突然打电话来？"

"是关于三轮的事情，有点事我想问问您。"

"智彦……啊，是吗？什么事？"

"最近我和他完全失去了联系。我想问问他现在怎么样。"

"啊，智彦啊，没人告诉过你吗？他啊，去美国了。"

"是洛杉矶，对吧？这个我知道。可他在那边过得如何，我一点也不知道。他也不给我写信。"

"信……啊，是啊，这么说来，家里这边也没来信。不好意思，这孩子懒得动笔。不过，你不用为他担心，他过得挺好的。"

"来过电话吗？"

"嗯，来过几次。"

"最近一次是什么时候？"

"这个嘛，好像是上星期后半段吧。正在吃晚饭的时候。"

"能不能把电话号码告诉我呢？我想打给他。"

智彦的母亲稍稍顿了顿，一阵不自然的沉默后，她说道："那个，他的住处似乎还没有安电话呢，那屋子是临时宿舍，他说还要搬家呢……"她支支吾吾地没再说下去。

"那家里有事的时候，你们怎么和他联系呢？"

"是啊，我们也正在担心呢，好在眼下还没有特别的事情，那孩子也应该会常常打电话来的……"说到这里，智彦的母亲沉默了，似乎在等待崇史的反应。

"是吗……"

"是啊。你好不容易打一回电话，实在不好意思。"

"那他下次大约什么时候来电话呢？"

"这个就不好说了，每次总是突然就打过来。"

"您说他的住处没有电话，那他是从公司打过来的？"

"好像是。"

"……知道了。呃，阿姨，他下次来电话时，麻烦您让他给我也打一个吧，接听方付费的电话也行。"

"嗯，好的。我一定转达。"

"拜托了。"

挂断电话，崇史在便条上飞速写着数字，计算两地的时差。既然是在晚饭时打来的，那么智彦那边正值半夜。

这不可能，崇史想，至少不可能是从公司打来的。

智彦母亲的话里还有诸多疑点，最奇怪的是，她对无法与儿子联系一事竟没有丝毫不满。

难道是想隐瞒什么？崇史立刻产生了怀疑。三轮智彦消失一事定有隐情。

智彦的公寓距高田马场站步行只需五分钟，是一栋墙上贴着仿砖瓷砖的细长公寓楼。他住在五楼。崇史按下电梯的按键。这里的电梯很旧，移动缓慢。

"着急的时候也会爬楼梯上去。"崇史想起智彦曾如此说过，或许是有意表明自己的腿脚并无不便。

到达五楼，崇史来到智彦的住处前。这里是五〇三室，门牌上用签字笔写着"三轮"。崇史摸了摸牛仔裤兜，掏出钥匙。是装在订书针盒里的那把。

他心中生出一种奇怪的感觉。

昨天确认智彦住处的存在时，他还没想到要来这里，因为即使来了也进不去，毫无意义。

可今天早晨，他忽然想起自己有智彦住处的钥匙。他记得装进订书针盒，放到抽屉里了。于是他忽然想去智彦的住处看一看。

他深感不解，为什么此前竟完全忘记了这把钥匙呢？为什么一下子又想起来了？虽说在日常生活中忽然想起遗忘掉的事情并不鲜见，可自己想起这把钥匙时的感觉却完全不同。这种感觉和想起智彦时一样。

不过再怎么想也无济于事。他插进钥匙一扭，门顺利地打开了。他拽开门。

这是一个宽敞的单间。他扫了室内一眼，呆立在门口。

房间里乱糟糟的，仿佛被风暴袭击过。

墙边的两个钢质书架上几乎没有一本书，本该整齐摆放在那儿的大量书本都杂乱地堆在地板上。书桌也一样，抽屉里的东西都被翻了出来。衣柜中的衣服也被扯了出来，录像带和CD也散落一地。

崇史脱了鞋，尽量避免踩到地板上的东西，小心地进入房间环顾四周。

他的第一感觉是这里失窃了。崇史见识过遭遇小偷的人家，是附近朋友的家。当时的崇史还是小学生，比起同情心，他更多的是抱着好奇心去看遭窃的情形。那里的情形正是这样，整个房子被翻了个底朝天。

他首先想到应该报警。若是进了小偷，理当如此，但他需要能做出这种判断的根据。

他一面避免无谓地碰到附近的东西，一面朝窗边靠近。窗边放着一张床，一条毛毯自然地翻卷着，仍保持着智彦最后起床时的样子，只是床下的收纳抽屉被拽了出来。

崇史看了看窗户。玻璃未碎，月牙形窗锁也关着。这样，侵入路径就只能确定为门了。

崇史得出结论，这并非职业小偷所为。

若是老道的小偷，或许不用钥匙也能开锁，偶尔也会有小偷趁着门未锁好而入室盗窃。但小偷离开时会把门给锁上，这无论如何都匪夷所思，而这里的房门恰恰是锁着的。

既然不是小偷，又有谁会做这种事呢？

或许是智彦自己。莫非是去美国之前翻找过什么东西？崇史立刻就否定了这种想法。他深知智彦的性格，而且可以断言，无论发生什么，他都不可能做出造成如此破坏的事。

还有一个可能性，就是有人并非为了盗窃而把房间弄乱了。既然不为盗窃，那就很可能是为寻找什么。

他无意间从桌上拿起一张 MD。崇史等 Vitec 的研究人员经常使用 MD 作为电脑的外部储存装置，因为它的容量是软盘的一百倍以上。这张 MD 或许是智彦为工作而买的。

桌上均匀地覆着一层灰尘，只有放 MD 的地方清晰地留下了一个四方形痕迹。侵入者来这里似乎已是很久以前的事了。

该不该把情况告诉智彦的父母呢？崇史思索了一会儿，最终决定不告诉他们。在昨天的电话中，智彦的母亲虚与委蛇，让他很在意。他有种直觉，这房子变成这样，他们或许早已知道。智彦已离开两个多月，不需要的房子应该退掉的，智彦没退，其中必有隐情，而且与这种异常状况不无关系。

崇史把 MD 放回桌上，首先检查起堆在地板上的书。分子生物学、脑医学、机械工程学、热力学、应用化学……都是自动控制学专业的必备书籍，其中的大半崇史也有。此外还有小说和影集等，音乐专业书也有几本，因为智彦一直喜爱小提琴。

看了一会儿，崇史不禁为自己的愚蠢苦笑起来。因为再怎么看，也无法弄清侵入者究竟要找什么，想知道侵入者的目的，最需要弄清的并非剩下的东西，而是丢失的东西。

崇史并不了解智彦的全部物品，可这里他毕竟来过多次，哪里有什么大致有印象。他一面把书放回书架，一面搜索着记忆。

他立刻就察觉到，原本摆在书架顶层的文件夹都不见了。智彦在 MAC 时的实验结果和报告都按照课题分门别类地保管，崇史知道这一点。

很快他又想起了什么，环顾电脑周围，不出所料，原本装着

MD 和软盘的盒子都空了，只剩下空白的 MD 和软盘。他又检查了桌面和抽屉，不要说笔记本，就连便条之类的也都不见了。

难道是让侵入者抢走了？不，不能妄下结论，崇史转变了念头。最可能的推论是智彦带到洛杉矶去了。倘若是崇史被调到美国，也一定会把以前的研究成果全部带走。

可如果是这样……崇史再次望向书架。如果是这样，这里的专业书也该同时带去。这些都是继续研究必备的书籍，尤其在美国，想买到它们是很难的。

同样的疑问也存在于衣服上，崇史想。散乱的衣服都是智彦常穿的，连崇史都看着眼熟。他为什么不把这些衣服带到美国呢？

崇史在床上坐下，视线扫向室内的各个角落，最后在音像架上停了下来。他走过去看了看。

依然是 MD 不见了。不是电脑用的 MD，而是原本用作音响软件的 MD。那上面应该录着智彦喜欢的古典音乐。那些熟悉的盒式磁带也没有了，只有市场上销售的 CD 还放在那里。只把磁带带到美国，怎么想都让人觉得不正常。

经过进一步查看，他又发现录像带也消失了，剩下的只有那些尚未开封的新品。刻录的希区柯克电影录像带和智彦每周不落的连续剧录像带都不见了。

崇史开始梳理思路。从这个房间里消失的有文件夹、笔记、软盘、MD、盒式磁带和录像带，这些东西的共同点是什么呢？

都能够写入信息。

也就是说，被智彦存了信息的东西都不见了。

一股恶寒顿时笼罩了崇史的后背。这种事情不可能是智彦自己做的，只能认为是侵入者带走了全部信息。

侵入者究竟想得到什么信息呢？MD和软盘还可以理解，但盒式磁带和录像带都被抢走了，这显然不同寻常。盒式磁带用作电脑的存储媒介已经是很久以前的事了。至于录像带，市面上销售的种类还从未听说有这方面的功用。当然，利用电脑的存储媒介并非留下数据的唯一途径，还有一种通过影像留下数据的方法，但据崇史所知，智彦从未使用过。

简单地考虑，侵入者的目标最有可能是智彦的研究成果。可为什么是这些？崇史心中充满疑问，智彦他们的研究根本没有抢夺的价值，毕竟连头绪都还没有……

不！崇史心里迷惘起来，难道真的是这样？难道他们真的取得了骄人的成果？

"颠覆现实工程学常识的重大发现。"脑中似乎响起了一个声音，崇史不由得抬起头来。

是什么呢？他想。

他觉得似乎听某人说过这句台词。有人在称赞智彦的研究。究竟是谁？又是在哪里？崇史摇摇头。他怎么也想不起来，一切甚至像错觉一样。

崇史再度环顾室内，想得到能够解释这种状况的一丝灵感。侵入者是什么人？目的是什么？达到目的了吗？这些事情智彦自己知道吗？

崇史的目光落到立体音响一旁的架子上。那里摆放着乐谱和影集。影集并没有华美的硬封皮，而是照相馆送的那种薄薄的类型。

崇史翻开影集，一个好久没见的面孔顿时映入眼帘。刚进入MAC

时，崇史和智彦二人去东北部旅行了一趟，眼前就是当时的照片。智彦在一块大石头上挥着手，他罕见地晒黑了，看上去很健康，身后的水流大概是严美溪。第二页是二人在恐山上拍的合照。记得当时还开玩笑说，要把背后的幽灵也照上。

随后是智彦的单人照。没有注明日期，根据身上的运动服和牛仔裤判断，大概是在五六月份。他笑着坐在长椅上，身后的城堡依稀可见。

这是在东京迪士尼乐园，崇史认了出来。他接着往后翻过两页，又看到一张似乎是拍摄于同一时期的照片，是智彦在迪士尼乐园入口前面的单人照。他右手拿着纸袋，左手比着 V 字形。

奇怪的是，这两张照片之间是空着的，看起来像是照片被抽走了。

这究竟是什么时候的照片呢？崇史想。他不记得曾跟智彦去过迪士尼乐园，也不觉得那是两个男人该去的地方。

当然，那也不是一个男人该去的地方。那么，智彦一定是和某个女人一起去的。既然这样，大概会有他和那女人的合影，也应该有那女人的单人照。这些照片也应该在这本影集里。

可这些照片被清除了。为什么？崇史不解。那个女人会是谁呢？结合东北旅行的时间来推测，照片应该拍摄于去年初夏。当时有女人和智彦交往吗？

没有，崇史当即得出答案。不光是去年初夏，他一直遗憾地认为，智彦应该没有与女人交往过，否则一定会第一个通知他，这份自信他还是有的。

可这时，麻由子的面孔忽然浮现在脑海里，几天来一直萦绕在心头的不快再次蔓延开来。

麻由子是智彦的女人？

他不断摇头，劝慰自己不可能有这种事。她是自己的女友，现在是，一年前也是。可他的心已经不安到了必须那样安慰自己的地步。为什么会如此自然地把智彦和麻由子想成一对呢？相反，当他努力回想自己与麻由子一年前的样子时，记忆却变得模糊了。

他终于忍受不了这种不快，合上了影集。本能拒绝他继续考虑此事。

先弄清侵入者的身份和目的再说吧。可是，就算待在这里，也得不到有效的信息。崇史出了门，穿上运动鞋，决定先设法跟智彦取得联系。

他的视线再次转回室内，想最后再看一眼房间，忽然觉得有样东西在窗外闪过。原来窗帘一直半开着。

对面也有一栋一模一样的公寓，公寓外的楼梯上正站着一个人，是个男人。那人手持相机般的东西，看来是相机的镜头反射了阳光。

崇史脱了鞋，跑到窗边。男人消失了，看来是进了某一户或者电梯。

崇史打开窗户，寻找男人的身影。不久，一个身穿灰色西装的男人从一楼的大门走了出来。崇史拿不准是不是同一个人，但那人的步子看上去有点慌乱。他钻进停在路边的车，疾驰而去。

离开智彦的住处后，崇史赶往 MAC。他本想在工作日来这里一趟，可那样就会与麻由子碰面。他想避开她，不想把现有的疑问和烦恼坦诚地告诉她。

和 Vitec 公司一样，MAC 星期六也休息，大门内静悄悄的。传达室里有一位年老的警卫在值班。崇史出示了 Vitec 公司的证件，走了进去。

一走进楼内，就能感到些许动静。那些即将举办学术会议或研究会的研究室是无暇休息的。

崇史敲了敲一楼最靠边的一个房间的门，门内传来一声含糊的"请进"。崇史打开门，一个正在桌前写着什么的男人回过头来。男人很瘦，脸颊凹陷，曾担任崇史他们的导师，姓小山内。

"哟，"看到崇史，小山内转过椅子，笑得眼角的皱纹更深了，"好久不见啊。你还好吗？"

"还算凑合吧。"崇史在一旁的椅子上坐下，"我就知道小山内老师周六也肯定在。"

"你是不是以为我们又在研究上遇到麻烦了？你要那么想也没办法，谁让我们仍在做同样的事情呢。"

"中研那边每天也在做动物实验。"所谓"中研"，是指崇史所在的中央研究所。

小山内拿起烟灰缸上冒着烟的香烟，吸了一口，哼了一声。"那边也没什么成果吧？我还听人说，他们只是用追加实验把这边整理的基础数据确认一下而已。"

"的确是不顺利，似乎还远未达到应用水准。"

"不过，来年视听觉认识的研究恐怕要全被收归到中研了。"

"啊，真的吗？"

"还没正式决定。"小山内吐着烟，一脸忧愁。

当研究同一个课题时，MAC 和中央研究所往往分别承担基础研究和应用研究的任务。当基础研究被认为已基本完成时，这项课题就会全部交给中央研究所。届时，MAC 的人也会被吸收进去，这是惯例。

"那您来年也会去中研？"

"那倒不是。"说着，小山内把烟蒂掐灭在烟灰缸里，"上面有指示，我们老师留下，寻找新的研究课题。"

"到底怎么回事？这样不就等于压缩规模吗？"

"没错。看来 Vitec 的高层们似乎已放弃通过视听觉认识系统来实现新型现实的想法。"

"放弃？那用什么？"

小山内拿起桌上的烟盒，抽出一根，放在鼻子下面嗅了嗅，对崇史说道："只有记忆包了。"

"真混账！"崇史骂了一句，"那儿才应该缩编呢。MAC 这边早就不做了吧？在中研那边也早成了冻结课题。就连曾在 MAC 做过导师的须藤老师，现在都在和我做别的课题呢。"

"好像是吧。是空想时的大脑回路解析研究……对吧？"

"可是这个也没取得进展啊。"崇史自嘲地笑笑，就差说"这研究太没劲了"。

小山内点上香烟，连吸了三大口，周围的空气顿时混浊起来。

"我听说，"他吐着烟说道，"Vitec 仍钟情于记忆包。脑机能研究班似乎增加人员了。"

"真的吗？可就算这样，也未必是从事那项研究啊……"

"嗯，具体情况我也不是很清楚。"小山内皱了皱眉。

令人窒息的沉默持续了数十秒。在此期间，崇史朝小山内后面的窗户望去。窗外是樱树，樱树前则是无人的网球场。

好久没打软式网球了，他想。上次打是什么时候？他想起来了，是跟麻由子打的。强烈的阳光，淋漓的汗水……

"那么，"小山内说道，"今天来有什么事？该不会是专门来听我发牢骚的吧？"

"那倒不是。不过跟刚才的话有点关联，是有关三轮的事。"

"碎纸机三轮？"小山内笑道。由于智彦特别聪明，他在 MAC 时一直被大家这么称呼。"他怎么了？"

"您知道那家伙现在在做什么吗？"

"不是在洛杉矶吗？"

崇史点点头。"嗯。您什么时候听说的？"

"这个……得一个多月以前了吧，我去中研的时候听须藤说的。说实话我也吃了一惊。倒不是对三轮被调到美国感到意外，只是平时这种事情都是会传达给我们老师的。"

"我也是最近才听说。"

"真的？你们不是很亲密吗？"

"所以我很吃惊。"

"是吗？"小山内面带不解，继续抽烟。烟灰落到了裤子上，他慌忙伸手掸了掸。

"您听说过三轮在那边干什么吗？"

"没有。你呢？"

"没听说。他根本不和我联系。"

"或许是没空吧。既然要在那边生活，肯定得先打拼一阵子。"小山内似乎有着自己的解释。

可崇史没有释然。他甚至觉得,智彦是被有预谋地隐藏起来了。可为什么要这样做呢?有这种必要吗?

"我说,新生活怎么样?惬意吗?"小山内嬉笑着问道。

"惬意?"

"别装蒜了。听说津野经常出入你的住处,不是吗?"

"啊……"

岂止是出入,事实上已经同居了。崇史沉默不语。

"脑机能研究班都很失望。好不容易调来了一位美女,没想到早有了男人。"

"是吗?"崇史挠挠头。

麻由子所属的记忆包研究班今年春天已经解散,她被调到了脑机能研究班。她并非研究生毕业,所以只能给主研究员做助理。

"连我都吃了一惊。没想到你竟然跟她走到了一起。"

小山内的话触动了崇史的内心,他的眉毛猛地一颤。"我一直以为我们交往的事情大家都知道呢。"

"你们来往密切,这一点大家都知道,你和津野,还有三轮。谁让你们三个人总是形影不离呢。可我总觉得,津野是与三轮恋爱,而你和三轮关系亲密,于是就三个人一起进进出出了。我一直是这样理解的。"

"她和三轮……"崇史觉得心中像是灌了铅似的。

"啊,这或许是他们二人同属一个班,出双入对的机会多的缘故吧。不过冷静想想,以津野的美貌,还是你更适合她。"小山内注视着崇史,有些抱歉地说道,"若是伤害了你,那我道歉。我也是未经思考随便说的。"

"没有事。"崇史摇摇头。

他回想过去，自己与麻由子的关系的确未在 MAC 公开过。出于对智彦的顾虑，也总是三人一起行动。可有人却认为智彦和麻由子是恋人，这是一个不容回避的事实。持这种想法的只有小山内一人吗？想到这里，崇史焦虑起来。为什么会如此不安呢？麻由子是自己的女友，自己明明是最清楚的。

"你打算和她结婚吗？"小山内又问道。

"有这打算。只是得等她从这儿结业，在 Vitec 的分配决定下来之后。"

"嗯，那就好。她是个好女孩，若是和你在一起，肯定能幸福。最近，Vitec 也摒弃了夫妻必须隶属不同部门的旧思想，你们说不定还能在一个部门呢。"说着，小山内露出因抽烟而变了色的牙齿，笑了起来。

没什么要问的了，崇史打算告辞。临走之前，他忽然想起一件事。"对了，他现在在哪个研究班？就是被分配到三轮手下的那个姓筱崎的大学生。"

"筱崎？"小山内皱起眉。

"他也在记忆包研究班待过。"

筱崎一直协助智彦研究，或许会了解智彦的近况。崇史想找他问问。然而，小山内的回答让他深感意外。"他不可能在这儿啊。"

"不在？"

"咦？原来你还不知道啊，他好几个月前就离开了。当时你不是还在这儿吗？"

"啊……"崇史思索起来。自己和筱崎不是很熟，可碰面时还是会打招呼的。记忆终于复苏了。是去年秋天的事，当时大家都在议论筱崎。"啊，如此说来……"

"想起来了？"

"是突然就不来了吧？"

"嗯，他一直无故缺勤，最后就退学了，退学申请大概未经过Vitec吧。总之，他本人一次面都没露。我原本以为已经习惯了最近新员工不负责任的态度，可他还是让我大跌眼镜。"

不用说智彦和麻由子，就连筱崎的同学都很意外。

崇史仍未释然。自己将这件事忘得干干净净，这究竟是怎么回事？

"你找筱崎有事吗？"小山内问道。

"啊，也没什么。"既然早就离开了，见面也没有意义，崇史想。

"说起筱崎，前一阵子还有个奇怪的女人来找他呢。"小山内抱着胳膊，望向墙上的日历，"是在两个月前。"

"找他？怎么回事？"

"我也不清楚。先是传达室打进电话，说有个女人想见筱崎的上司，问该怎么办。筱崎的上司不就是你现在的上司须藤嘛，可那时他已经不在这里了。没办法，只好决定由我去见她。那女人也就二十岁上下，她说筱崎失踪了，和老家失去联系，公寓也一直没人，她不知如何是好。听到我说他早在几个月前就离开了，她吓了一跳，还一直追问知不知道他去了哪里。我当然无法回答，就说他退学后我再没见过他，她这才死心离开。"

"真奇怪啊！"

"确实奇怪。之后她又打来两次电话，我无能为力，她就又跟其他人打听，可谁都说不知道。后来也不知怎么样了，反正电话是不打了，也不知找到没有。"小山内频频露出担心的神色。

这事还真让人在意，崇史想，这和三轮智彦消失一事会不会有联系呢？

筱崎与智彦在同一研究班，这一点实在让人放心不下。当然，也可能是偶然。无论如何，先问清详细情况再说。

"那个女人是筱崎的女友？"崇史问道。

"我想大概是吧。毕竟感觉不像亲人，姓也不一样。"

"那您知道她的联系方式吗？"

"你等等。"小山内打开桌子抽屉，里面塞满了零碎的小物件和小纸片，他从中拿出一张便条。"就是这个。"

住址和电话号码都写在上面。女人叫直井雅美，住在板桥区。崇史要了一张便条，抄了下来。

"难道你想起什么了？"小山内问道。

"不，也不是。我想和三轮联系一下，顺便问问筱崎的事情。若是知道了点情况，我会联系她的。"

"你可真够热心的。可怎么说呢，我想，三轮大概也什么都不知道。大家都一样，没再见过筱崎了。"

"或许是吧。"崇史说着站起身来。

"回去吗？"

"嗯。对了，我还有一个请求……"

"什么？"

"我今天来这儿的事，能否请您对津野保密？我讨厌被她拽去购物，就谎称要工作才出来的。"

小山内扑哧一声笑了出来。"这话听起来怎么就像中年夫妇一样？现在就这样，以后可想而知喽。知道了，我是不会告诉她的。"

"拜托了。"崇史点头致意。

出了 MAC，崇史一看到公用电话就试着打给了直井雅美。对方不在家，电话中只传来请留下姓名和事由的录音，声音有点娇媚，感觉还不到二十岁。

崇史留言说，自己在 MAC 一直待到三月，想询问筱崎的事情，希望能和直井取得联系，然后说出了自己住处的电话号码。

崇史回到早稻田的公寓时，麻由子并不在家。大概是独自出去购物了，崇史想。他看了看表，已过下午六点。麻由子大概以为他会更晚一些才回来。

在卧室换上休闲装后，崇史在床上躺了下来，脑中交织着种种思绪：麻由子的事情，智彦的事情，还有自己的事。他努力想把这些梳理清楚，可无论怎么试都没用。思绪无法成形，只是无始无终、漫无边际地飘浮在宇宙中而已。想要得到最终答案，未知数仍太多了。

那个人又会是什么人呢？

崇史想起在智彦住处时从对面楼上窥探的那个人。崇史确信，那人就是在窥探自己。

他为什么窥探？又是在窥探什么呢？

眼下，崇史没有一点线索可以用于推测，只能干着急。

他在床上辗转反侧。无意间，装饰在整理柜上的一个小相框映入眼帘，里面嵌着麻由子的照片。他站起来，拿过相框。照片上的麻由子穿着黑色 T 恤，外面罩着牛仔夹克，戴着红色耳环，面朝镜头微笑。

她的背后是湛蓝的天空和茶色栅栏般的东西。好眼熟的背景。是在哪里照的呢？崇史思索起来。他很快想了起来。

这是在东京迪士尼乐园拍的照片！

大概是去年初夏，二人去了迪士尼乐园，拍了照片。记忆到这里变得模糊起来。是吗？真的去了吗？崇史努力回忆。他确实记得去迪士尼乐园的事。他们玩了各种游乐设施，太空山、加勒比海盗、星际旅行等等。麻由子在灰姑娘城堡前面还把爆米花打翻了……

不对。崇史轻轻摇了摇头。打翻爆米花的不是麻由子，而是大学时交往的另一个女孩子。

和麻由子去的时候都发生了哪些事情呢？她穿了什么样的衣服？似乎是翩翩的迷你裙，每次上下车时都让人提心吊胆的。"要是穿牛仔裤来就好了。"听崇史这么一说，她立刻回答："这样不是更好看吗？"

不对。这也不是麻由子。不是跟麻由子一起的回忆。

崇史再也坐不住了，在房间里踱来踱去，边走边环视室内。那时拍的其他照片又怎样了呢？应该还在某处，他想。

不久，他在房间中央停了下来，一股冷风吹穿过背后。

没去——这就是他得出的结论。他并未和麻由子去过东京迪士尼乐园，之所以觉得去过，完全是跟过去的回忆混在了一起。

为什么会觉得去过呢？这反倒是更不可思议的地方。崇史的视线落到手里的相框上，他注视着麻由子的笑脸。

一种不祥的预感开始占据崇史的内心。照片上有某种似曾相识的氛围。

今天白天在智彦住处看到的照片又浮现在眼前。影集里只有智彦的单人照。

麻由子的这张照片是不是和智彦出去的时候照的呢？难道她是和他去的迪士尼乐园？会不会是智彦给麻由子照，麻由子又给智彦照了？

不可能。

我到底是怎么了？崇史不安起来。为什么会想象这种不可能的事情？

他头痛起来，一股轻微的呕吐感袭来。他把照片放回原处，在床上坐下，难以言喻的不适在心头蔓延。他试图想些别的事情，却没有成功。

这时，传来了开门的声音。"我回来了。"是麻由子。接着又传来拖鞋的摩擦声，她走进了卧室。

"我回来了。这么早啊。"她看了一眼崇史，露出不安的神情，"怎么了？表情这么奇怪。"

"没什么，"崇史摇摇头，"没什么，就是有点累了。"

"工作都完成了？"

"嗯，差不多吧。"

"是吗？那太好了。"

麻由子打开整理柜的抽屉，开始换衣服。她似乎并未注意到相框的位置发生了微妙的变化。崇史犹豫不决，该不该问问她照片的事情呢？应该只是个无所谓的问题，可不知为何，他就是害怕说出口。很可能会招致无法挽回的后果——他有这样的预感。

"赶紧吃饭吧，我买回了一些小菜。"说完，麻由子离开沉默不语的崇史，出了房间。

吃晚饭时，麻由子讲着今天购物的事，什么夏季衣服打折买到了便宜货，回来时在电车里被一位大婶搭话之类的。崇史能感觉到自己面色阴沉，却无法挤出笑容，只得随声附和。幸亏她没有起疑，他想。

饭后喝茶的时候，电话响了。麻由子拿起无绳电话递给崇史。他们并未公开同居的事情，所以平常电话还是由崇史来接，他不在的时候就设成录音应答。只有在通过扬声器确认了对方的声音，觉得没问题的时候，麻由子才会拿起听筒。

"喂。"他说道。

"啊，那个，是敦贺崇史先生府上吗？"是一个年轻女人的声音，有点耳熟，是那个电话留言的声音。

"我是，你是哪位？"

"我是直井，那个，因为你给我留了言……"

"啊，是的。冒昧打搅，十分抱歉。"崇史看了一眼麻由子，她的脸上挂着疑惑的表情。崇史拿着电话站了起来。"那个，请稍等一下。"他捂住话筒，小声对麻由子说了一句"我得看一下工作的资料"，然后朝卧室走去。麻由子有些诧异。

在自己桌前坐下后，崇史先致歉道："让你久等了，抱歉。"接着又小声说道："呃，正如我在留言中所说的，关于筱崎，有点事我想请你确认。"

"关于伍郎失踪的事情吗？"

"你说的伍郎是筱崎的……"

"啊，抱歉，是他的名字。"

"啊，原来是这样。是的，是关于他失踪的事情。"

"你知道伍郎，不，筱崎的下落吗？"

对方听起来很兴奋，看来仍未弄清筱崎的下落。她肯定是听了崇史的留言后，心里十分期待地打来了电话。崇史觉得有点抱歉。

"不，不是这样的。我只是跟他比较熟，想详细问问他的事。其实他失踪一事我是今天才知道的。"

"是吗？"电话那端似乎叹了一口气。一定是失望了。

"就是说，现在仍不知道他的下落？"

"杳无音讯。"她答道。

"从什么时候起不见的？"

"不知道。跟他完全联系不上了，今年元旦也没回老家。"

"最后一次联系大约是在什么时候？"

"我想是去年的秋天。"

正是离开 MAC 的时候。

"直井小姐，我能不能跟你见一面？如果谈得更详细一些，或许还能帮你点什么。"

"嗯，没问题。我也想找一些线索呢。"直井雅美立刻就答应了。

"那明天两点在池袋如何？"想起她住在板桥，崇史说道。

"没问题。啊，具体去哪儿？"

崇史指定了位于池袋西口的一家咖啡厅，直井雅美说可以。

"我会在餐桌上放一个 Vitec 公司的纸袋作为标志。"

"明白了。"

挂断电话后，崇史正微微出神，门开了，麻由子用托盘端着茶碗走了进来。"打完了？"

"嗯。"

"谁打来的？"

"工作关系。"崇史拿过茶碗，呷了一口茶后答道，"明天我还得出去一趟。"

"啊？这么辛苦啊。"麻由子把手伸向崇史的肩膀，摘下粘在上面的线头。

崇史说起筱崎一事是在二人上床之后。为避免麻由子把话题和刚才的电话联系起来，他空出了足够长的时间，至少他这样觉得。

"你说的就是那个筱崎？"她朝崇史转过身来，问道。

"对。你知道他现在在哪儿吗？"

"不知道。那个人去年秋天不是就离开了 MAC 吗？"

"嗯，好像是突然不来了。"

"具体情况我也不清楚，须藤他们好像很生气，说他没有身为已经进入社会的人的觉悟。"

"既然是擅自离开，也难怪人家会那么说他了。你跟他熟吗？"

"也谈不上熟。但因为被分配到了同一个研究班，说话的机会自然多一些。"

"他突然离开没什么征兆吧？"

"没有啊。"她摇摇头，"怎么突然谈起他了？筱崎出事了？"

"今天在公司碰到 MAC 时代的一个同伴，听到了一些奇怪的传闻。筱崎似乎下落不明。"

"下落不明？"

"失踪了。所以，呃，他家属还来公司打听了。"

"啊……"

"你没听过这种传闻？"

"这么说来，前段时间倒是听老师说起过。但现在换了班级，我也想不起什么，很难回答。"

"哦。"

"你好像很在意啊。你和筱崎不是不大熟吗？"

"也没什么，只是觉得奇怪，就留意了一下。"

崇史把麻由子的肩膀搂过来，闭上了眼睛。

SCENE 4

六月过半,下雨的日子多了起来。气象厅的预报长期显示为"干梅雨",今年仍没有预报准确。虽说天气预报原本就不可靠,但以午休时打网球为唯一乐趣的家伙们自然耿耿于怀。

今天也一样,从早晨起就一直下着阴郁的小雨,可临近中午时天放晴了。那些胳膊发痒的家伙一打发完午饭就会穿着网球服飞奔到球场了吧,我一面眺望窗外一面想。

"总之很了不起!具体的我也说不上来,但肯定是划时代的,堪称从根本上颠覆了现实工程学常识的重大发现。"

正兴奋地说话的,是记忆包研究班即智彦所属班级的一个研究员。他与麻由子同期进入 MAC,姓筱崎。说话的对象则是同为新人的柳濑。

"别卖关子了,到底是怎么回事?"柳濑催促道。

"我倒是想说啊,可他们说只有在进一步得到确认之后才能公开。在此之前,我也不能说。"

"什么啊,一定又是雷声大雨点小的那种。"

"才不是呢。真的是太棒了,不久你就会明白的。"筱崎稍微正经起来。

"好像是修改了一下记忆吧。"我尝试着加入对话。

大概是没想到我也在侧耳倾听,筱崎一愣,立刻使劲点点头。"没错。敦贺,你很了解嘛。"

"上次隐约听智彦提起过,说是你把小学时的事情说错了,跟事实不一样。"

"嗯,差不多是那样,但后来又获得了长足的进展。"

"哦,够厉害啊。"

筱崎一副还想说说研究成果的表情,可大概是忽然想起还不能说,便笑着搪塞道:"不久三轮或须藤会公开详细情况的。"

正在这时,敲门声传来。我应了一声,门开了,智彦探进头来。他先瞅了筱崎一眼,筱崎慌忙从椅子上站起。

"要带到脑研那边的数据都整理好了吗?"

"啊,差一点点。"

"那你能不能快点?我想这周就拿到分析结果。"

"啊,是。"筱崎对我点点头,从智彦旁边溜出了房间。

智彦苦笑着走了进来。"一不盯着他,就出来开小差,真服了他。"

"不过听他兴奋的语气,对你们的研究成果很自豪啊。是吧?"我征询着柳濑的赞同,柳濑笑着点点头。

"他的另一个毛病就是口无遮拦。"说着,智彦在我身旁的椅子上坐下,"你们怎么样?进展顺利吗?"他翻看起摊在桌上的数据资料。

"可以说时好时坏吧。"

"哦。"智彦微微点头。

他有话要说，从他的表情就可以看出来。现在房间里除了我们只有柳濑，于是我对柳濑说道："你能不能去一下资料室，帮我找找下次学习会用的资料？到了中午，直接去吃饭就行了。"

大概是领悟了我的意图，柳濑并未迟疑，径直离开了房间。

"那么，有什么事？"我问智彦。

智彦挪了挪椅子，往我身边靠了靠。"有点事想找你商量一下。"他脸颊泛着红晕。

"她的事？"

"差不多。"智彦挠挠后脑勺，扭扭捏捏地开了口，"下个月是她的生日，我该送她什么礼物好呢？"

听到这句话，我一瞬间忘记了回答。这是多么令人高兴的事情，我却立刻难过起来。智彦到了这个年纪却没有和姑娘交往过，送礼物的机会自然也就没有了。"下月几号？"

"十号。"

我看了一眼墙上的日历。十号是星期五，第二天就是休息日，所以吃饭后还可以找个地方住下来，他一定是这么计划的吧？一想到这里，刚才对智彦抱有的同情眨眼间变成了急剧膨胀的嫉妒。我感到焦虑。

"还是饰物比较合适吧？"智彦浑然不觉地说道。

"随便什么都行吧？送什么她都会喜欢的。"

"或许吧，但若是能送她想要的就更好了。"

"那你可难倒我了。"

"就算是戒指和胸针之类的，也有喜好的问题啊。"智彦抱着胳膊。

一听"胸针"，我的脑海里冒出一件事来。智彦感冒休息，我和麻由子一起去看望时，她曾在途中的廉价珠宝店留意过一枚胸针，还透露出想要的意愿。若是把这事告诉智彦，他肯定会毫不犹豫地买来送她。

"喂，崇史，怎么办？"

"耳环怎么样？"我说，"她留短发，耳环肯定挺配她的。"

"耳环？那也行。可选起来也很头疼啊。"

"让店员推荐一下不就行了？告诉人家预算，剩下的就全凭你的感觉了。"

"很难办啊，要不就照你说的试试。"智彦的视线投向远处，或许是在考虑该去哪里买吧。

"你要说的就这些？"

"不，还有一件。"智彦扶了扶眼镜，露出郑重的表情，"是关于房子钥匙，我住的地方。你那儿也有一把吧？"

"啊，对，是阿姨拜托我保管的。"我一面回答，一面猜测智彦的意图。

"那把钥匙你现在带着吗？"

"没，现在没带，在家里。"我撒了谎。其实那把钥匙就跟其他的串在一起，装在我右裤兜里。

"你要用吗？"

"不，也不是马上就用……"他扶了好几次眼镜，耳朵红了起来。

我刻意避免露出不自然的神情，做了个取笑他的表情。"说实话吧，是要交给她吧？"

"不……"他先是否认，接着又露出害羞的笑容，"其实就是这么回事，只是我还没有跟她说。"

"你们的关系已经发展到这一步了？"

"也不是。我想把这个当成一个机会。"

"机会？"

"嗯。"他点点头，垂下视线，然后又直直看着我。他的笑容消失了，眼神变得认真起来。"我想让我们的关系更进一步。"

"哈哈……"我含糊地答道，但已理解了他的意思。我确信，他和麻由子之间还没有发生关系。智彦大概还是处男。正因如此，要想跨过这一步就更需要倍于常人的勇气。他是想创造一个让自己拿出勇气的机会。

"明白了，那我尽早给你拿来。我拿着的确也没什么用。"我说道，语气无意识地生硬起来。

不知智彦是如何理解的，他的表情有些慌乱。"也不是很急，你能想着就行。"

"我先找个地方记下来吧。"我正寻找记事本，午休铃响了，同时传来了敲门声。"请进。"智彦应了一声。

"啊，果然在这儿。"麻由子出现在门口，"去吃午饭吧。"

"好啊。走吧，崇史。"智彦拍拍我的肩膀，站了起来。大概是刚才一直在谈论她的缘故，他的声音有些夸张。

今天麻由子没做便当，我们吃了食堂的套餐。虽然并不可口，我心里却很轻松。

"听筱崎说，你们获得了相当大的进展，究竟怎么样？"吃完汉堡套餐后，我问智彦。

智彦还剩下近一半的汉堡肉，他咽下仔细切好的一块，略加思索道："怎么说呢，现在还不好下结论。准确地说，现在还没有得到有意义的结果。"

"可听筱崎的口气，好像不是这样啊。"

"所以我才说他口风不严。对吧？"智彦向麻由子征求意见。

正用汤勺舀着虾仁烩饭的她顿时停下手，打量了一会儿我和智彦，嘴角露出不置可否的笑意。

智彦那家伙在研究方面一定有什么瞒着我。看到二人的表情，我产生了这种感觉。上个月三人一起去喝酒时，他只是稍稍看到了一线曙光就开始兴奋不已，可现在竟出奇地慎重，或许不是因为研究停滞了，而是由于正处于敏感阶段。我的推测仿佛得到了证明，出了食堂后，智彦仍毫无条理地和我谈论最近看的录像和喜欢的音乐。

乘电梯时，他终于闭上了嘴。两个穿网球服、脖子上搭着毛巾的男人走出电梯，看来是在吃饭之前先出了点汗。

我有种不祥的预感，麻由子大概也有同感。不出所料，等电梯里只剩下我们三人时，智彦说道："崇史，你打网球的用具就放在衣帽间里吧？"

我飞快地瞥了麻由子一眼，点点头。"啊，是。"

"球拍有两个？"

"对。"

"既然这样，"他看了麻由子一眼，"你们俩现在就去打球吧。那两个人回来了，现在球场正空着。"

"可是……"麻由子有些为难地把脸转向我。

"今天就算了吧,"我说道,"肯定马上又会有人用了。"

"是吗?"

电梯到了一楼。智彦走到窗边望望外面,然后朝我们回过头来。"果然空着,你们打就是。"

"可是没衣服啊。"

"现在的打扮不行吗?"

麻由子穿着牛仔裤和T恤。她并没穿这身来上班,而是来MAC之后才换上的,因为做研究时体力活儿也很多。

"偶尔活动活动身体也不错。"智彦又说道。

麻由子用迷惘的眼神望着我,显然不知该怎么做才能不伤害智彦。我也很迷茫。我是有跟麻由子一起打球的意愿,此时却无法表现出来。

"怎么办?"麻由子最终问我。

"我怎么都行。"尽管我觉得这样做太狡猾了,却只能这么回答。

"那就去打吧。"智彦说道,"反正我现在有点事,要去一下资料室。"

"啊,是吗?"

"嗯,你们只管玩好了。"智彦朝我和麻由子笑了起来。

麻由子看了看手表,略一思索后抬起脸对我说道:"那就打一小会儿吧。"

"好吧。"我当然不可能有异议。

大约五分钟后,我和麻由子出现在网球场上。不知是跟谁借的,她把牛仔裤换成了黑色运动裤。

"他果然很在意。"麻由子说道。她指的大概是前几天探望智彦时的事情。

"那是因为他喜欢你。"

"可他这么做，让我很为难。"她耸耸肩膀。

"别想太多了，这样才不会伤害他。"

"也是。"她嫣然一笑，抓起球，"好久没打了，不知道还行不行。你可别打得太猛。"

"我也有好几个月没打了。"我们分别进入各自的场地。

雨刚停，地面有点软，却没有尘土，正是轻松享受几回合的绝好机会。最初，我不知道麻由子的实力，就试探着抽了几拍，结果她的回球旋转都不错，于是我也逐渐往球拍上加力。没想到她的反拍很强，关键时候经常会打出一些斜线球来让我手忙脚乱。在追球时，麻由子的表情中带着一股韧劲，堪称精悍。

仅仅打了十五分钟，我就痛快地出了一身汗，心更是被麻由子生气勃勃的表情所吸引。"辛苦了。真开心。"

"我也是。我打得很烂，你一定觉得没劲吧？"

"不会啊。你的击球很有力嘛，简直让我吓了一跳。"

"是吗？那我太高兴了。以后再打。"

"好啊。"

麻由子脸现红潮，仰视我的眼睛熠熠生辉，脖子上汗水淋漓。我不禁产生了一股想抱住她的冲动。

这时，她的嘴唇动了动。"那个……"

"什么事？"

麻由子微张着嘴，然后立刻摇了摇头。"没什么。"

"哦……"

莫非她要说在京滨东北线上注视过我的事情？我有这样的直觉。

当我们并肩走向大楼时，我发现有个人影正从二楼的窗边望向我们——是智彦。几乎同时，麻由子也注意到了。不知为何，她慌忙与我拉开距离。我向智彦招手，他回应了一下，脸上却没有笑容。

当晚回到家后，我便把智彦住处的钥匙卸了下来，装进订书针的空盒，放进了抽屉。

在下次他催促之前，就先放在这里吧。就假装忘记了。

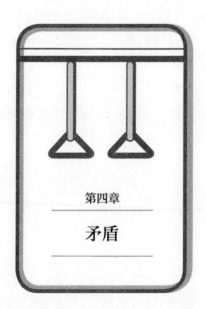

第四章

矛盾

距下午两点还有五分钟时，崇史赶到了约定的咖啡厅。这家店毫无情调，宽敞的空间里纵横摆满了方桌。他点了咖啡后，便在桌上摆了一个印有 Vitec 公司标志的纸袋。

　　旁边顿时就有了动静。崇史转过身，只见一个身材小巧的长发女子打量着崇史和桌上的纸袋走了过来。她穿着薄荷绿色衬衫和白色紧身迷你裙。

　　崇史稍稍直起腰。"直井小姐？"

　　"是的。"她点点头。她的脸很小，眼睛和嘴却很大。大概是紧张的缘故吧，给崇史一种略微僵硬的感觉。

　　"我是敦贺。"崇史微微点头。

　　雅美的座位就在斜后面，桌上放着她点的咖啡。崇史决定把座位换过去，便跟女服务员打了声招呼。

　　"冒昧把你约来，很抱歉。"他寒暄着坐到雅美对面，递上名片。雅美认真地凝视名片。

"你跟伍郎……跟筱崎，在 Vitec 的学校时同班吗？"她放下名片后问道。

"研究班不一样，但在同一个楼层，经常碰面，也不时会聊上几句。"为了让对方安心，崇史添枝加叶地说了一通。

雅美默默点头，一副钻牛角尖的表情。

"呃，你是筱崎的女朋友？"

她稍微犹豫了一下，答道："我们从高中时开始交往的。"

"同班同学？"

"不是，我比他小两岁，都在羽毛球部。"

怪不得，崇史这才明白。若是跟筱崎同岁，现在也该有二十三四岁了。而按雅美的外貌，说是高中生也会有人相信。

"这么说，你现在还是学生？"

她摇摇头。"我是去年从短期大学毕业的。"

"哦。"正当崇史点头时，女服务员端来了咖啡。崇史加了牛奶后继续说道："你跟他经常见面吗？"

"以前每天都见面，可是从去年四月起就少多了。"

"去年四月，也就是他进入公司之后？"

"是的。伍郎……筱崎他……"

"叫伍郎就行。"崇史实在看不过她叫得如此别扭，带着一丝苦笑说道，"那些生硬的敬语也都省了吧，这样我也好说话。"

雅美的表情顿时放松了一些。她喝了口咖啡润了润喉咙。"我们老家在广岛，大学都是在当地念的，那时候随时都能见面。可自从他在东京工作之后，就变成一两个月才见一次面了，而且每次都是我跑到这儿来跟他约会。"

"你不在这边工作吗？"

"我是今年才来这里的。由于家庭原因，去年在家乡工作。"

"是吗？"究竟是什么家庭原因呢？崇史一面想一面决定切入正题，"那么，你从去年秋天起就跟筱崎联系不上了？"

"是的。打电话也没人接，写信也不回。我还一直以为是工作忙呢。"

"当时他已经离开了 MAC 和 Vitec。"

"好像是。我吓了一跳……"

"那他的家人是怎么说的？"

"伍郎原本就不大往家里打电话，他的父母似乎也不是特别担心，说完全不知道他从公司辞职……即使是新年没回家这件事，伍郎也早在盂兰盆节①的时候就打好招呼了，所以他们也没怎么往心里去。"

"那你知道他失踪了是什么时候的事？"

"两个月前。我来到东京，跑到他的公寓，结果看到一张字条。"

"字条？"

雅美把大挎包放到膝上，取出一张折叠的便条，展开后递给崇史。"就是这个。"

崇史接过便条。上面用圆珠笔写道：

　　我要外出旅行一阵子　勿念　筱崎伍郎

斜上方记的是"十月二日"。

---

① 日本在夏季举行的迎接和供奉祖先亡灵的民俗性佛教活动，一般在 7 月或 8 月中旬举行。

"我看到这纸条吓了一跳，然后就去了那个什么MAC，就是伍郎的学校。结果他们说他早就离开了……"

小山内与雅美见面似乎就在那时。

"这件事通知他家了吗？"

"立刻就通知了。他父母也很吃惊，阿姨就来东京了。"

从她的口吻中，崇史推断二人的关系已得到双方父母认可。

"后来如何？"

"然后阿姨就向他大学的朋友和熟人委婉地打听了一番，可没有一个人知道。阿姨也不知怎么办才好。"

"没有报案吗？"

"阿姨去附近的警察局咨询过，可他的情况跟离家出走不太一样，又留下了这样的字条，所以警察也不积极帮忙。"

"有可能。"崇史抱着胳膊应了一声。

这到底是怎么回事呢？他想。年轻人忽然想一个人去旅行，然后就付诸行动——难道只是这样吗？筱崎究竟是不是这种人呢？崇史十分迷惘，有关筱崎的事也什么都想不起来。

"你说MAC那边也都一无所知吗？"雅美问道。

"嗯。他离开之后再没人见过他。"

"是吗？"雅美垂下眼帘。

"他的公寓还租着吗？"

"对。"

"房租怎么办？"

"好像是银行自动扣款，房东说并无拖欠。"

"你见过房东了？"

"是的。据房东说，伍郎往他家信箱里塞过一封信，说要外出一阵子，拜托他照看房子。"

"那是什么时候的事？"

"还是去年秋天。"

"哦。"崇史移开视线，凝望远处。

跟智彦的情况非常相似，他想。当然，细节是不一样的。智彦留下了去洛杉矶总公司的记录，无论公司还是家人都承认这一点。但相同的是，他们连最亲近的人都没打个招呼就忽然消失，以及租借的房子仍旧保留。从这个角度，两件事整体上给人的感觉还是相通的。

崇史将目光移回雅美身上，问道："筱崎的住处怎么样？"

她一愣。"什么怎么样？"

"有没有被弄得乱七八糟？"

"没有。"她摇摇头，"但阿姨说，随身物品和贵重物品不见了。我觉得是伍郎带走了。"

"是吗？"这一点跟智彦的情况不一样。智彦家里消失的是软盘和 MD。

"呃，敦贺先生，你手头有没有掌握什么线索呢？"雅美瞥了一眼敦贺，问道。

"我也说不上来，但我会调查的。对了，你有没有听说过三轮这个人？三轮智彦。"

"三轮？没有。那个人是谁？"

"是跟筱崎同一研究班的，现在正在洛杉矶。我跟他联系上之后会问问他知不知道筱崎的事情。"

"拜托了。"

看到雅美低头致谢，崇史感到一片茫然。向智彦询问筱崎的事情根本就不可能，既然二人的失踪之间存在某种关联，其中任何一个人都不可能单独出现。

"那有消息后咱们再联系吧。"说完，崇史拿过两张账单。见此情景，雅美一愣。"没关系。"崇史说道，"毕竟约你出来的是我。"

"抱歉。"她再次恭谨地行了个礼。

"你现在做什么？"

"上专修学校，同时还打工。"

"专门来东京就是为了寻找他？"

"不是，我决定来这边时，做梦都没想到他会失踪。"

"那就是觉得能经常跟他见面了？"

"是的。"她无力地答道，"要是去年四月我能跟他一起来这边，就不会发生这种事了。"

"我记得你说过是家庭原因吧？"

"父亲病了，必须有人看护。妈妈忙着照料店里。说是店，只是个无足轻重的小美发店。"

"照顾父亲？你很孝顺啊。"

雅美的眉毛顿时一颤。"你是这么看的吗？"

"不对吗？"

"我一听这个词就生气。"

"啊，为什么？"

"你不觉得孝顺这个词包含一种不拿孩子当人的意味吗？"

"是吗？"

"说白了，我很讨厌伺候父亲大小便。每次接触到那发臭的身体，帮他换尿布的时候，我真恨不得这个老头子赶紧去死。这已经不是孝顺这么简单的事了。"

"啊，或许真的是这样。"

"每当这时，一些偶尔在场的姑姑婶婶们总会发出感慨：啊，雅美啊，你可真孝顺。这种话背后的含义就是，你是女儿，照顾父母是应该的，所以其他人就没必要做了。绝对是这样的。无论多么辛苦，只一句孝顺就给打发了，简直让人恶心。我真恨不得把沾着大便的尿布扔到她们脸上去。"

看似懦弱的雅美竟突然怒气冲冲地凶狠起来，崇史吓了一跳，拿着账单呆呆地望着她。她这才猛地回过神来，伸手拢了拢头发。

"抱歉，说了些没趣的事情。"

"没事。"崇史笑笑，"你来到东京，你母亲就该辛苦了。毕竟没人照看了。"

雅美摇摇头。"不麻烦，已经没有看护的必要了。"

"啊？你是说……"

"去年年底死了，否则母亲也不可能让我来东京。"

"还请——"

崇史话没说完，雅美便抬起右手阻止了他。他闭上了嘴。

"请不要说什么节哀顺变之类的话，因为我和母亲都很高兴。"

崇史不禁苦笑。"我明白筱崎选你当女友的心情了。"

雅美害羞地露齿一笑。

从星期一起，做实验和写报告的日子又开始了。

在崇史看来，从物资材料部返回的乌比似乎多了几分生气。尽管她仍不怎么在笼子里活动，只用忧伤的眼睛凝望着天空，表情一如从前。

崇史让乌比坐在约束椅上，再用皮带将其固定住。每当这么做的时候，崇史总怀有一种罪恶感，想着若是让动物保护团体看到就完了。这只刚开始很暴躁的雌猩猩最近已完全顺从，可崇史仍无法释怀。

崇史首先给被固定在椅子上的乌比戴上一种特殊的网罩，紧贴头部的部分连着一百个以上的电极。这是捕捉大脑发出的微弱信号的装置，但不只收集脑电波，还可以通过电脑来分析其模式和大小，推断神经元的具体活动状况。具体说来，就是把神经元的活动看成是一个偶极子，一面同模拟模式作比较，一面分析出偶极子出现在脑的哪个部分。由于产生的偶极子未必只有一个，所以实验时的计算量很庞大。这可以说是一种伴随着电脑处理速度提高而同步发展起来的技术。

崇史在网罩的上面扣上一个头盔。头盔内侧带有数十个产生电磁波的端子，这是给脑施加刺激的装置。

在乌比的身体上安装了数个测量装置后，崇史把一个白色盒子放到她前面。这个盒子是崇史亲手制造的，棱角的结合部分有点错位。

"准备OK。"崇史说道。

"好，开始吧。"正在修正电脑程序的须藤答道。

若是从旁边看，这实验一定十分好笑。白盒子朝向乌比的一侧有门，会在一定时间里或开或闭。门的对面一侧也可以打开，但只有在替换盒子里的东西时才打开。放在盒子里的都是些黑猩猩感兴趣的东西，如苹果、香蕉。每当白盒子的门在乌比眼前打开时，她都能看见里面的食物，可打开之前无法知道里面放的是什么。所以，当门保持关闭状态时，乌比会不会发挥她独有的想象呢？这一点正是崇史他们关注的地方。

"果然如同设想的那样。"须藤一面盯着电脑显示器一面说道，"T1 的模式完全是乌比想象香蕉时的情形。"

"好像是。"崇史赞同道。所谓 T1 模式，在一无所知的外人看来只是一堆杂乱的曲线，可崇史他们却能看出其中的差异。

"好，那么这次 T1 模式出来之后，就用程序 9 刺激一下试试看。"

"程序 9？"须藤的话让崇史皱起眉头，"干预记忆中枢？为什么？"

"调查一下想象的内容是如何作为记忆来处理的，这是研究计划中的内容。总之，继续作业。"

"用程序 9 设置。"崇史故意用刻板的语气说道。

被分配到现在的岗位有两个月了，可崇史仍未弄清须藤的意图。虽说是上面的命令，可究竟有何种意图，他仍无法理解。由于他之前一直在做视听觉认识系统，工作情况变化后，他最初很担心能否很好地把握。可最近他不这么想了。他感觉须藤指示的工作毫无连贯性，只是在随意摧残实验动物的大脑而已。

一天的工作结束后，崇史向须藤问起筱崎。须藤当然记得，但看上去并不是特别怀念，也未说出新情况。

"他毕竟不是那种肯待在研究室的类型。不会是去了国外吧？"得知筱崎下落不明，他并不惊讶，反倒这样说道。

这一天，崇史在餐桌旁读书读到很晚。麻由子先上床睡了。去卧室之前，她问道："读得那么着迷啊，很有趣的书吗？"

"算是吧，推理小说。一直惦记着结局，就想一口气读完。"崇史答道。其实这本书一点意思也没有，是他从公司回来时顺路在书店随便买的。

就是这本毫无意思的书，崇史竟一直读到深夜三点，连情节都没弄清。然而这对他来说根本就无所谓，重要的是能熬到深夜又不被麻由子怀疑，这就足够了。

他拿起无绳电话，为避免被麻由子听到，躲进了卫生间，然后把一张便条放在洗脸台上，上面是洛杉矶总公司的号码。他看着号码按下数字键。打国际电话的时候，他总是有点紧张。

电话那边传来一个年轻女人的声音。崇史报出自己的岗位和姓名，说找负责日本研究员人事的人。不一会儿，一句流畅的日语传进耳朵："电话转接了。"仍是个女人。

崇史再次报出名字，表示想了解今年调到总公司的三轮智彦的岗位和联系方式。

"您是敦贺崇史先生……对吧？能否告诉我您的身份识别号码？"

崇史说出工作编号，对方要他稍等。大概在用电脑确认身份吧，他想。

"让您久等了。三轮先生被分到了研究中心的 B7。"崇史顿时愣住了，智彦真的在洛杉矶！不过，对方继续说道："只是现在不在那边。"

"啊？不在？"

"他加入了一个特殊计划，所在地不能公开。"

"啊……那个，联系方式呢？"

"有急事请与 B7 联系，这样就会被转达给他本人。"

"不能直接联系吗？"

"没错。但如果您留下电话号码，我想三轮先生会主动给您打过去的。"崇史觉得，对方的语气越来越公事公办。

"明白了，那就这样办。"

"转回接线员吗？"

"麻烦了。"

电话转回总机后，崇史请对方转接 B7。在 B7 接电话的是一个男人，操着一口难懂的英语。崇史要他转告三轮智彦，让智彦跟东京的敦贺联系，但对方究竟懂没懂自己的意思，崇史完全没有自信。

就算意思表达清楚了，他也怀疑对方会不会真的转达给智彦。加入了特别计划，所在地不便公开，无法直接取得联系……大概是害怕泄露机密吧？有这个必要吗？倘若真有必要，那究竟又是什么计划呢？

崇史怎么想也想象不出来，便熄了灯走进卧室。上床时，他发现麻由子正睁着眼睛。

"刚才一直在看书？"她问道。

"嗯。"他边回应边想，麻由子究竟是什么时候起来的呢？

次日，崇史到公司后，发现邮箱里有一封航空邮件。一看发件人的名字，他夹在腋下的包差点掉到了地上——发件人竟是三轮智彦。

崇史急忙来到座位上，用裁纸刀打开信封。信封是Vitec美国总公司的，里面的便笺也一样。

信的开头是"前略，你还好吗"，是用黑色的墨水手写的。最近几天来一直压在崇史心头的某种东西顿时烟消云散。笔迹无疑是智彦的，平假名的写法尤其具有他的特点。

没跟你说一声就来了这里，我心里一直很难受，但我连写信的空暇都没有，所以一直拖到现在。总之，赴美国总公司的调令下得急，动身也急。或许你也听说了，我连静冈的老家都无暇回去。加上抵达这边之后，每天都被拽着东奔西走，弄得我自己都不清楚现在在哪儿，好在没把身体弄垮。

我现在在隶属中央研究中心的B7，主要研究脑电磁波解析。只是我现在并不在研究中心，而是在Vitec的某分公司的研究所里。很遗憾，我无法告诉你地点。虽不是多么了不起的研究，但挺夸张的。

住宿也在这边，环境还不错，自然风光优美辽阔，食物也不坏。不过我昨天遇上了麻烦，被邀到朋友家做客时，晚宴上竟端上了牡蛎。你也知道我对那个最头疼，可为了避免破坏对方的心情，我还是勉强吃了。

怎么说呢，尽管不时会发生这种事，我还是很健康的。我还会写信的，也希望你能把近况告诉我。信封上写了地址，但你最好还是寄到B7。代我向大家问好。

崇史把信读了两遍，特别是结尾的部分，他一看再看。

刚开始读信时的轻松心情彻底消失，一度消散的胸闷更厉害了。

这封信是不是假的呢？崇史怀疑起来。

关键词是"牡蛎"。

智彦的确不吃牡蛎，但理由并不是信上所写的"不喜欢吃"。

崇史想起初中时智彦说过一个有关祖父的故事。

"自从我的腿因病变坏以来，爷爷就不再吃牡蛎了，说在我的腿恢复原样之前戒掉以前最爱吃的牡蛎。爷爷已经去世三年了，可这事我直到最近才知道。以前我还在他眼前狼吞虎咽地吃牡蛎，真是对不住他。"

所以智彦说，他决定不吃牡蛎了。

崇史认为，智彦本人不可能这样写，因为牡蛎对他来说是大有深意的食物。

崇史假定这封信是由其他人所写的，此人只知道智彦不吃牡蛎，误以为他讨厌吃，为了制造出智彦本人执笔的假象，便刻意提到此事。

这是可能的，而且如此理解也会比认为是智彦亲笔所写更合理。

但笔迹又是怎么回事呢？崇史立刻摇摇头，这种事情总能办到，只要弄到智彦的笔迹，让电脑记住模式特点即可轻松完成。

问题是对方为什么要这么做。而且更大的疑问是，智彦究竟怎么了？

这一天崇史几乎没有做任何工作。须藤问了句"怎么了"，可崇史无法说出理由。他知道这件事不是对任何人都可以说的。

崇史比平时提早离开了研究所，但无心回家，只呆呆地朝六本木走去。他认为自己需要仔细思考。如今，他恐怕正站在一个重要的路口。

"这不是崇史吗？"忽然，某处传来了招呼声。崇史停下脚步张望，只见一个身穿红色超短裙的年轻女人正笑着走来。女人的嘴唇跟衣服一个颜色，她开口道："好久不见了，你还好吗？"

这女人是谁？迟疑了一下，崇史立刻想了起来。他们以前曾一起在网球小组待过。

"夏江？真是好久不见。"崇史也笑脸相迎，"有两年不见了吧？"

"说什么呢，去年不是还见过吗？在新宿。"

"去年？"

"嗯。对了，是叫三轮吧？他介绍女友的时候。"

"啊……"崇史盯着夏江。他的记忆纠缠在一起，过去的影像混乱起来。

SCENE 5

　　被叫到名字，我做了个深呼吸，检查了一下领带后站了起来。几乎同时，荧屏上开始播放幻灯片。首先映出的是"视听觉神经的信息输入研究　第七号报告"。我环顾室内，眼前是一个平常给学生上课用的阶梯教室，拉着黑色的窗帘，几乎座无虚席。一百人，不，至少来了有二百人，这就是备受瞩目的证据。但我没必要向这里的所有人披露研究成果，我只须关注坐在前三排的人。他们都来自 Vitec 公司，来调研他们的低年级学生究竟拥有何种程度的科研能力。如果得不到他们的认可，就无法进入核心部门。加油，崇史，不要紧张，把你的能力展示出来。

　　"我是现实工程学研究室的敦贺崇史，下面我将就视听觉神经的信息输入研究，向大家报告迄今取得的成果。"我的陈述比预想的要流畅得多，这样下去肯定没问题。只见坐在第二排的一个男人扶了扶眼镜，之后，下一幅幻灯片跳上了荧屏。

　　已进入七月份，例行的研究发表会正在 MAC 进行，各研究班

123

都要选派一个人为代表汇报该班的研究课题。这种报告由谁来做都行，但当班内有人已确定下一期将被分配到 Vitec 时，一般会由该人来做，所以今年就轮到我来报告。

"……这一张图表记录的是借助此次运用的系统，将视觉信号化了的苹果和香蕉的影像输入实验对象的脑部时，脑内产生的反应，信号的内容并未告诉实验对象。接下来的这张图表，是给同一实验对象展示实际的苹果和香蕉时的脑内反应的记录。除去细微的频率成分，就会得到如此相像的模式图。然而，我们询问实验对象在接收到刚才的信号时看到了什么，实验对象回答其中一样是香蕉，另一样则看不清楚。香蕉的大小和形状都比较独特，辨识起来很容易，而苹果形状大小跟球相近，需要更加详细的信息才能辨认。"

为了准备这场报告，我已有一周未能睡好。小山内建议我把重点集中在"如何让听众听明白"上。能够理解研究内容的人少之又少，列举一些琐碎的例子也没有意义，因此要尽量把一般人都能够理解的花哨内容放在前面，让那些审查委员自以为理解，自然就会很满意地给出很高的评价。这是小山内的想法。当我要把研究过程中的艰苦经历加进去时，这位导师当即命令我删除。

"你的辛苦没人愿意听。"小山内老师说，"他们想要了解的是你的研究究竟取得了多大进展，距离实用化还剩下多少障碍，投入商品化生产能够赚到多少钱，仅仅是这些而已。听明白没有？原则只有一个，不要说辛苦。你需要讲的只有一点，即这项研究有价值。"

"这和一般大学或学术会议的论文报告不一样。"他补充道。

"……以下内容将作为今后的课题：第一，形状及颜色识别数据的细分化；第二，数据输入的高速化；第三，与眼球变位量的比对等。

我的报告就此结束。"我一面低头致意一面收起指示棒。掌声响起，但只是礼节性的，并非对我的报告做出的评价。灯光亮了起来，观众的面孔展现出来，后面还有人在使劲打哈欠。

主持人征求提问，前排立刻有人举手，询问数据分析手段。这是我早就预想到的，于是轻松地给出了解答。之后的两个提问对我来说也如同面试时被问到兴趣爱好一样容易。照这样下去，马上就能顺利结束了。然而，就在我窃喜时，第三排的一个男人举起了手。主持人示意他提问。

"关于脑内电流的解析，我向来认为是不错的。"这个头发稀疏、可看上去还不到四十岁的男人先是褒奖了一句。我顿时警惕起来，共同研究者席上的小山内也有些紧张。男人继续说道："可是上次的第六号报告中略有涉及过有关脑内化学反应的分析，你这次似乎并没有做，这是为什么？"

终于还是来了——说实话，这是我真实的反应。我一直想避开这个问题，可既然被问到了，就只好硬着头皮作答。

"脑内化学反应现在尚在研究。您也知道，这需要外科手术患者的配合，所以很难收集到大量普遍性的数据。因此，这次主要是以能够获取不特定多数的数据的间接刺激法为中心来推进解析。"

"上次的报告也是这样说的。但个人的情绪与视听觉认识密切相关一事已经很清楚了，对吧？"

"您说得没错。"

"既然要把情绪提取为参数，就必须掌握化学反应才行。如果不将这些考虑进来，我想，你刚才报告的一半以上脑内反应图表就会失去意义。尤其是第四幅图表。"

这时，负责播放幻灯的人多管闲事地把那个图表调了出来。

"并不是我们未予以考虑。对于这张图表，我们也计划从化学反应角度来分析。但如果这么做，我不得不承认，结论可能会完全不同。"我没办法，只好后退一步，"当然，尽管这种可能性极低。"这好歹算是我的一点反击了。

男人似乎很满意，点头落座。主持人宣布时间到，我的报告结束了。

"可让他整惨了。"回到休息室后，我对小山内说道。小山内也露出苦笑。

"那个男的是搞化学的，好像姓杉原，以前是搞脑内麻醉药的。"

"这个名字我也听说过，怪不得。"

"早知道那家伙来了，应该提前准备的。模拟化学反应的数据有吧？"

"有是有，可大概没用吧。他又不是瞎子。"

"那倒也是。"

我们视听觉认识系统研究班最近一直在为一个障碍而烦恼，就是刚才那个提问者指出的脑内化学反应的问题。在使用猴子的实验里，我们怎么也得不到预期结果，有时结果甚至会完全相反。最终，依靠外科手术的实验只能使用实验动物，而在需要询问实验对象意见的实验里却只能使用人，这个矛盾阻碍了研究的进展。

"啊，也用不着太在意。Vitec 公司是认可你的实力的。"小山内拍拍我的肩膀，"累了吧？到研究室的床上躺一会儿吧。昨夜肯定没睡吧？"

"嗯。"我松开领带，"但我还想听听其他班的报告。"

"不可能听到像你那样的报告了。"小山内安慰道。

我想听智彦的报告。那个姓筱崎的研究员曾兴奋地谈论智彦的研究如何了不起，这是上个月的事情，恰恰从那时起，他们班的活动出现了一些疑点。比如智彦和麻由子他们似乎总在研究室待到很晚，还严格限制其他部门的人进入他们的房间。他们总是拉着窗帘，从外面都无法窥视。

莫非取得了划时代的成果？如此考虑也并无不妥。当然，除了我，似乎也没人在意他们。有不少人以为他们是在报告研究成果之前突击提取数据，事实上，在发表会之前，这种事也并不鲜见。原本各研究班就都对外保密，有不少班都不允许外人进入。

可仍让我放心不下的，自然是智彦跟麻由子的事情。最近我几乎没和他们碰面，午饭时在食堂里环顾一圈，也经常见不到他们的影子。偶尔见面时不露声色地问他们在干什么，他们也躲躲闪闪，含糊其辞。

他们的态度太过冷淡，令我不禁怀疑，这或许跟研究无关，而是智彦不想让麻由子和我走得太近。自从我和麻由子打了网球，智彦阴郁的眼神就从未从我的脑海里消失过。

不过，事情显然不是这样的，看看智彦在谈论研究之外的话题时的态度就会明白。这时的他会一如从前，只是身处这样的环境中，很难一直谈论跟研究全无关系的话题。有时为寻找话题，甚至会陷入令人窒息的沉默。更重要的是，无论原因是要对研究内容保密还是其他，最终的结果都是智彦在妨碍麻由子跟我接近。其实麻由子也很想跟我说说研究的事情，一看她的表情就能明白，可同样意识到这一点的智彦决不允许她这么做。

我已经好多天未跟麻由子搭过话了，心中有点焦躁。由于要准备研究报告，最近我经常睡在研究室里。一看到智彦他们房间里的灯亮到很晚，而且门也时常上锁，我就禁不住浮想联翩，密室中的两个人在做什么？尽管我知道里面并非只有他们二人，而且在里面所做的也肯定只有研究。

智彦他们的研究班做报告的时刻临近了。我脱下西装，解下领带，进入会场。尽管开着冷气，可盛夏里穿西装，这还是进入Vitec公司以来的第一次。

会场内已暗了下来，主持人开始介绍。"接下来我们进入下一场报告会，是现实工程学研究室记忆包研究班的报告，报告题目是'关于过往型虚拟现实所致的时间错误的可能性'，报告人是须藤隆明先生。"

什么？我差点从椅子上跳起。我怀疑自己听错了，但站在讲台上的无疑是须藤老师。智彦去哪里了？没有一个人坐在共同研究者的坐席上，不要说智彦，就连麻由子和筱崎的影子也没有。

怎么回事？我的目光转回须藤老师身上。他已淡然地开始了报告。

奇怪的不只是智彦他们不见了，报告的题目也不由得令人纳闷。尽管标题看上去有点唬人，可大致上讲的就是在以住的虚拟现实装置下，会让人对时间的经过产生何种程度的错觉。这种装置往往利用某种监视器给予信息，如果监视器内的世界和现实世界的时间经过完全相同，自然能感觉到真实的时间。如果让监视器内的时间经过比实际稍快一点，结果会如何呢？当事人以为是一日的体验，实际上只过了一分钟，这种情况究竟有无可能实现呢？研究的就是这种问题。

这一点其实已经解决了。从结论而言，在极有限的条件内是有可能发生的，除此之外绝不会实现。其实想想也很正常。人有生物钟，睡眠间隔是由其控制的，食欲也能被其清晰地感知，疲劳以及疲劳的恢复也是同样的。虽然因虚拟现实装置而混淆了现实和假想空间的状况经常会有，但这只在短时间内说得过去，长时间内这种情况不可能发生。

这么陈腐的课题，为什么智彦他们的研究班现在才做，而且还要由导师来报告呢？除非是取得了划时代的发现吧。可听听须藤老师的发言，无非是把已得到确认的内容再描述了一遍，幻灯片也净是些似曾相识的东西。

须藤老师的报告正好持续了十五分钟，完全控制在规定时间内，真厉害。

主持人照例征集了提问。我原以为这种内容大家一定会有不少意见，可出乎我意料，竟没有一个人抱怨。或许是导师做报告的缘故吧，仅有一个感觉像是恭维的提问。

随后进入休息时间，坐在前排的审查委员都站了起来。我不禁纳闷起来，人数比我做报告时要少。我迅速环视一圈，可以确认至少少了三张面孔，其中就包括向我提问的杉原。

奇怪，审查委员应该听完所有的报告才对。莫非他们提前获知须藤老师的发言内容非常陈腐，就不顾常规地退席了？

先找到智彦再说。我离开阶梯教室，径直赶往记忆包研究班的房间。那家伙在干什么呢？

来到他们研究室，只见房门开着。我祈祷着麻由子出来，可出来的是一个身穿西装的大个子男人，一看就知道不是日本人，茶色的头发和前额凸起的面孔似曾相识，却想不起来是在哪里见过。

接着又冒出一个人。这张面孔我很熟悉，准确地说刚才还看见过，就是 Vitec 公司的杉原。那个外国人和杉原一面严肃地交谈，一面朝着与我相反的方向走去，根本就没朝这边看一眼，可见谈得多么投入。

我朝门口靠去。为什么杉原没去听须藤老师的报告，而出现在这个研究室呢？还带着一个外国人……

想到这里，我忽然记起是在哪里见过那外国人了。是在 Vitec 公司内部的报纸上。此人是来自洛杉矶总公司的研究主任，好像叫弗洛伊德，听说是做脑解析的专家。他为什么会出现在这儿？

我决定先敲门。既然杉原几人都出去了，在里面的人肯定就是智彦他们了。可还未等我的拳头落到门上，身后忽然有人招呼："有事吗？"

我回头一看，是刚才还在讲台上发言的须藤老师。

"啊，我找智彦，不，我找三轮有点事。"我放下拳头答道。

"很着急吗？"

"不，也不怎么急，只是有点事想问问他。"

"既然这样，"须藤老师说着挤进我与门之间，"请你待会儿再问，我们现在有个会要开。"

"是吗？"

"抱歉。"

我点点头，准备走开，但立刻又回过头喊了一声："对了，须藤老师。"正要拽开门的须藤老师盯着我。"刚才的报告是怎么回事？"

我问道。

老师挑了挑眉。"什么怎么回事？"

"你们该不是为了那样的报告加班熬了好几夜吧？还有，为什么不是三轮来做报告？"

须藤老师耸耸肩膀。"这个嘛，我们自有理由。"

"究竟是什么理由，能否请教一二？"

"我想你们也会有自己的内部情况吧，那种不大适合对外人讲的事情，比如脑内化学反应之类的。"须藤老师冷笑一声，走进了房间。

研究发表会结果公布，我是第一名，但并不值得开心。Vitec公司倾力推进的新型现实相关研究近几年来通常是第一，我的评价也不会因此获得提升。尽管如此，研究发表会一结束，我还是如释重负，甚至打算放松一阵子。

发表会次日，我遇到了好久没见的智彦和麻由子。去食堂吃午饭的途中经过他们研究室时，二人碰巧走了出来。智彦先打起招呼，语气跟以前毫无不同。

"恭喜你得到第一名，到底还是厉害啊。"智彦伸过手来要跟我握手。

"你为什么不去做报告？"我并未跟他握手，径直问道，声音不由得激动起来。

"啊，这里面有种种原因。"仿佛不知该如何应对，智彦把手插进白色工作服的兜里，皱起眉头。

"须藤也是这么跟我说的。"

"简单来说，就是还没到可以发表的阶段。我想加点 N 后再发表。"所谓"加点 N"，指的是增加样本数。

"昨天我看见 Vitec 公司的杉原从你们屋里出来，还有一个外国人……好像是叫弗洛伊德。"

智彦面露尴尬。"你说的是布雷恩·弗洛伊德吧？他的确来过我们研究室，不过也没什么特别的事，只是说想看看实验装置，我们就让他看了。"

"在研究发表的关键时刻来随便看看？"

"弗洛伊德先生又不是审查委员。杉原先生跟他很熟，就兼做翻译陪他同来了。他们已经跟发表会的主席打过招呼了。"

我的视线从越来越较真的智彦身上移开，看了麻由子一眼。她似乎把一切都交给了智彦，只是默默地低着头。这再次使我不快起来。

"听筱崎说，你们得出了十分有意义的结果。"

"所以我说他口无遮拦。"

"是吗？可我只觉得你们在有意隐瞒什么。"

智彦皱起眉头，瞥了麻由子一眼，又望向我。"喂，崇史，既然在做这种工作，有一两个小秘密不是很正常吗？我也用不着什么都向你报告吧？"

麻由子诧异地望着智彦的侧脸，我也有点吃惊。自初中以来，我从未听他说过这样的话。

我轻轻点头，接着点头的幅度越来越大。

"你说得没错，你没有义务把什么都告诉我。"这话一半出于愤怒，一半出自真心。的确，我也需要表明态度，现在跟共同分享秘密的学生时代不同了。"抱歉，我再也不问了。"

智彦十分尴尬地闭上了嘴。

"去吃饭吧。"麻由子发出爽朗的声音。我们慢腾腾地走了起来。在食堂里，频频说话的只有麻由子一人，我和智彦都沉着脸，只是随便附和一两句。

尽管对智彦说不再问了，我对他们在干什么仍心存疑虑。连智彦自己都暗示了某种秘密的存在，我越发起疑。

他们在研究发表前疯狂加班，发表会结束后又恢复了常态。大家似乎都觉得，他们果然只是因准备发表而忙乱，我却不这么认为。为了那种程度的发表，根本没必要如此大费周章。

我心中还一直有一个疑团。研究发表那天，会不会另有一场发表会在主会场之外的某处同时进行呢？那地方不用说就是智彦他们的研究室了。

我也曾听到这样的传闻。Vitec公司真正关注的研究内容即使在公司内部也不会公开，不会写成通常的报告，只会把相关人员集中起来进行秘密研讨。

若真是这样，一切就合乎逻辑了。须藤老师的报告只是个幌子。不仅如此，说不定包括我的报告在内，那天的所有报告都是在掩人耳目。若是以研究发表的名义把Vitec公司的主要技术人员一次性全派到MAC，就可以不引起任何人的怀疑。

这么说，记忆包研究班和智彦竟取得了如此惊人的成果？筱崎上次说过的话又在我耳边响起：从根本上颠覆了现实工程学常识的重大发现……

我不得不承认，我很嫉妒，而且很焦虑。智彦一定取得了比我更卓越的研究成果。我根本就没有心情去祝福他，这让我心绪不宁，却无能为力。

就这样，七月九日到来了。对我们来说，这是个特别日子的前一日。七月十日是麻由子的生日。

傍晚离开MAC之后，我在附近徘徊。天空阴沉沉的，湿重的空气压得人难受。每当车辆经过身边，灰尘的粒子总会向黏糊糊的肌肤扑来。我不停地用手绢擦着脸，蓝白格子的手绢很快就脏了。

说是徘徊，其实并不是漫无目的地溜达。去处当然有，可究竟该不该去，我迷惘不已，脚步却不由自主地向那里迈进。我忽然意识到，我只是在假装迷茫，只是通过这样来减轻一点罪恶感。

不久，我在一家珠宝店前面停了下来。这家店曾来过一次。去探望感冒卧床的智彦的途中，麻由子曾在这家店前面停下。

那枚镶嵌着蓝宝石的胸针还在吗？那枚她想要的胸针。

今天，我仍和智彦他们一起吃了午饭。从那次以后，我和智彦之间就一直充满尴尬的气氛，就像信号不良的收音机一样，我们的心的频率发生了偏离。尽管如此，我仍和他们在一起。是因为不想破坏和智彦的友情吗？不是吧，另一个我在说，是因为想和麻由子在一起。说得更准确一些，是想监视他们的关系会如何进展。我曾决意斩断对麻由子的情愫，尽量避免接触他们，现在却正做着截然相反的事情。

午饭时，智彦对明天就是麻由子生日一事只字未提。很显然，他已决定明天晚上与她单独庆祝。一旦告诉了我，随着谈话的进行，很可能会造成我也一同去的结果，他无疑在害怕这一点。他肯定觉得，我很可能不会说出那句"明天我不会去打扰你们"。为什么会这样呢？莫非他凭借敏锐的洞察力察觉到了什么？

我凝视着珠宝店的陈列柜，让麻由子眼前一亮的那枚蓝宝石胸针仍在以前的位置。宝石闪着淡淡的蓝光，一定会让轮廓分明的女子的侧脸气质倍增。

即使会让智彦察觉到我的内心，我也顾不上了。

我边想边在珠宝店门口站定。自动门无声地开了。

我在家庭餐厅简单吃完晚饭，又喝了两杯咖啡，离开餐馆时已近八点。我走到地铁东西线高田马场站，买了票，乘上与平常方向相反的电车，在高圆寺下了车。

我不知道麻由子的住址，只知道在这个站下车。我走到站外，看见一个公用电话亭，便走进去，摸出记事本确认她的电话号码。我一直记着这个号码，也曾数次想拨打，却都放弃了。

呼叫音响了三次，第四声时电话接通了。"喂。"她的声音传来。

"喂，是我，敦贺。"

"啊。"她的声音让我仿佛看到了她的微笑，"怎么了？真是稀客啊。"

"我在你家附近，就在高圆寺。"

"啊……"她不知所措。这也难怪。

"你能不能出来一下？"

"现在？"

"嗯。十五分钟就行，我有事。"

沉默了一会儿，她问道："明天不行吗？"

"抱歉，不行。"

她又沉默了，无疑是在推测我有什么事。她说不定已经察觉到我的心思。即使察觉到也是理所当然的。

不久，她说道："你附近有家咖啡厅吧？"

我把听筒贴在耳朵上，环顾四周。一家与蛋糕房相邻的咖啡厅映入眼帘。我告诉了麻由子。

"那家店我知道。你能不能在那儿等我一下？我十分钟左右就会赶去。"

"知道了。"我放下电话，拔出电话卡，出了电话亭。俨然和初中时第一次给女孩打电话一样，我的心扑通扑通地跳了起来。

说是十分钟，我进店不久，麻由子就出现了。她看了我一眼，随即笑了，我稍稍安下心来。

"这么快啊。"

"嗯，就在那边。"女服务员走了过来，麻由子点了红茶。

"研究怎么样？忙吗？"

"算是忙吧，反正正在拼命，连自己所做事情的一半意义都还不清楚。"

"内容不能告诉我吧？他们肯定也不让你说，对吗？"

麻由子露出一丝痛苦的神情。"智彦肯定也想把真相告诉你，只是似乎有种种苦衷……"服务员端来红茶，麻由子闭上了嘴。

"没事，你也不要太在意。正如他所说，研究内容不能擅自告诉别人。但你能不能回答我一个问题？只回答 yes 或 no 就行了。智彦一定发现什么了吧？"

麻由子正端起杯子要喝茶，闻言又放回桌上，沉默数秒后，看着我的脸慢慢点点头。"我想，应该是 yes 吧……"

"多谢。这就足够了。"

"我想，近期内智彦大概就会有一个解释。"

"若是这样就好了。"我把今天的第三杯咖啡端到嘴边。

麻由子向上翻了翻眼珠。"你说的事情就是这个？"

"不。"我放下咖啡杯，打开一旁的包，取出一个方形小盒放到她面前，"我想把这个送给你。"

麻由子眨着眼睛，反复打量着我和盒子。

"明天是你生日吧？"我说道。

"你知道？"

"智彦说的。"

"是吗？"她惊讶的表情一瞬间变成困惑，又慢慢变成了僵硬的笑容，大概是不知道该如何反应，"吓了我一跳。"

"也许吧。"

"为什么要送我呢？"麻由子问道，表情有点僵硬。

"没有为什么。听说是你生日，就想送你点礼物。就是这样。"

"嗯……"

"不打开看一下？"

麻由子有点迷茫，拿过包装盒，用小指的指甲剥下透明胶带，小心地打开包装。一个小方盒露了出来，她取下盒盖。

一瞬间，她睁大了眼睛，嘴角微微露出笑意。

"我想你大概会喜欢吧。"我说道。

她用闪闪发光的眼睛望着我，可眼角立刻生出了阴郁。"这件事他……"

我摇摇头。"不知道。我什么都没说。那家伙找我商量送给你的礼物时，我也没说这枚胸针。"

笑意彻底从她脸上消失了。她凝望着胸针，思忖了一会儿。"这下可麻烦了。"她喃喃自语，"没想到会变成这样。"

似乎说的是我们三人的关系。

"说实话，我也很为难。我不知道这样做究竟好不好。大概不好吧，但我没办法。"

"所以就把事情全丢给我了？"

"也不是。不过，让你为难了，这是事实。"

"是很为难。"说着她喝了口水。"不过……或许这种事不该说吧，"她把胸针放回盒子，"感觉并不坏。"

"是吗？那太好了。"

"但我不能接受。"

"你没必要想太多了。"说话的同时我不禁问自己，真的是这样吗？

"你这么说也没用。"麻由子笑了，但笑意已跟刚才明显不同。她盖上盒盖，试图将包装恢复成原样。

"我想把这枚胸针送给你。仅此而已。"

她停下手来看着我。"真的是仅此而已？"

我抱起胳膊，叹了口气。我找不到巧妙的回答。

"跟往常一样就行了。若是接受了这个，我就无法跟从前一样和你说话了。"

"真没办法。"

"我不喜欢那样。我喜欢三个人说话。"

"没有商量的余地？"

"不可能。"她包上了盒子。由于透明胶带剥得很巧妙，重新包装好之后就像从未打开过一样。她将盒子放在我面前。"好了，请收回吧。"

我抱着胳膊，凝望了一会儿盒子，问道："智彦肯定也准备好礼物了。你会接受吧？"

"嗯，大概会。"

"就因为他是你男友？"

这种问法似乎让她很诧异。她顿了顿，答道："是的。"

我只有点头，把手向咖啡杯伸去，可咖啡不知何时已喝完了，杯子是空的。

"最近智彦说要我交还他家的钥匙，看来是打算交给你了，但我还没有还他。我是不是应该赶紧还给他呢？"

麻由子把手放在膝上，撑着手臂，环顾店内一圈后又看了看我。"这件事已经了结了。"

"了结了？"

"他也和我说起过，要把钥匙交给我。好像是在上周。"

"然后呢？"

"我回答不需要。"

"为什么？"

"为什么……"麻由子耸耸肩膀，"我只是不想这么做。"

"嗯。"我明白了。怪不得从那以后智彦再没提及此事。同时，我从各个方面来说都松了一口气。

隔壁的蛋糕店要打烊了，这或许是个好时机。"走吧。"我说。

麻由子微微一笑。

走出店门,外面正下着小雨。麻由子没有带伞。我正担心,她说:"没事,很近的。再见。"

"稍等。"我叫住她。看着她瞬间露出诧异的表情,我递过那个盒子。"我还是希望你收下。若是不喜欢就扔了吧。"

麻由子的眼神有点悲伤。我的决心几乎动摇,但手并未缩回。

"我喜欢上你,"我说道,"是在智彦之前。"

麻由子的嘴唇微微张开,似乎发出了声音,我却并未听见。她的眼角慢慢红了,神情也严厉起来。

"两年前,你一直乘坐京滨东北线吧?"

麻由子并未回答,表情仿佛冻结一般。

"每周二我都乘坐山手线。两列列车并排行驶时,我总是注视着你。你那时留着长发。"

她仍保持着沉默,但这沉默反而坚定了我的信心。她果然和我一样,当时也在从对面的车厢里注视着我。

麻由子望着我的眼睛,然后摇摇头。"那种事我不记得了。"

撒谎!我刚想说出口,可还是咽了下去。现在责问这些已没有任何意义。我再次递过盒子。"希望你收下。"

麻由子凝视了盒子一会儿,伸出右手慢慢接过。"那我先保管,"她说道,"直到你的头脑冷静下来。到时告诉我一声,我肯定会还你。"

"我很冷静。"

"不是。"她摇了摇头,径直向夜幕下的街道跑去。

第五章

混乱

"这么说的确是。"崇史望着夏江点点头，"是在新宿见的，当时你也在啊。"

　　"你怎么这么说啊？这么冷淡。对了，从那以后你连一个电话都没打来过，怎么回事？"

　　"啊，也没什么……就是忙这忙那的。"

　　"也是啊。嗯，现在正儿八经做起职员来了。"夏江上下打量崇史的西装打扮。

　　崇史不由得烦躁起来。的确，那天在那个地方，这个女人也在场。为什么呢？崇史想。为什么会邀请夏江？而且为什么此前会忘记这件事呢？

　　"你现在在做什么呢？"

　　"老样子，还是给人在活动上帮忙之类的，但最近也没什么有意思的工作。"她拢了拢棕色的长发，指甲和衣服颜色相同。"对了，那一对还好吗？"

"哪一对？"

"就是三轮和他女友啊。当时看着还挺幸福的,后来怎么样了？"

崇史皱起眉毛。"刚才就在这么说,你想错了。当时三轮带来的根本就不是他女友。"

"啊？"夏江睁大了眼睛,"为什么？不是说是女友吗？"

"不对,只是普通朋友。在电脑店认识后熟悉起来,那天就带来了,仅此而已。"

"咦？"她再一次低声叫了起来,"怎么会这样？你当时邀请我时明明说,他要介绍自己的女友,所以这边最好也是两个人一起啊。"

"不可能……"话还没说完,崇史闭上了嘴。

他的记忆忽然模糊起来,脑中似乎出现了一个洞,里面笼罩着雾霭。

他渐渐觉得夏江的话变得真实起来。镶着玻璃的咖啡厅,从二楼俯瞰大街,旁边是夏江,他跟她谈着三轮的事:三轮和他从初中时就是挚友,虽然腿脚不好,可没必要拿它当回事,而且今天是让那家伙来介绍女友的……

崇史摇着头,勉强挤出笑容,可连自己都能感觉到表情的僵硬。"你误会了。她不是那家伙的女友,是很熟的异性朋友。是你误会了吧？"

这次轮到夏江摇起头来,而且比崇史摇得还厉害。"敦贺,你到底是怎么了？不是说是女友吗？啊,真难以置信。你为什么要这么说呢？"夏江的声音像铜管乐器一样响亮,引得路人纷纷侧目。

崇史后退了一步,用右手按着眼角。轻微的头痛开始了。他感到什么东西从胃部上涌,心跳也开始加速。他再次望着夏江问道:"真的说是女友吗？"

"是啊。你到底在说什么啊？到底怎么了？"夏江一脸担心。从她的表情中，崇史确信，她并非在逗自己。

"离开咖啡厅后去了哪里？"

"啊？"

"不是说和智彦他们是在咖啡厅碰头的吗？那之后又去了哪里？"

"哪里？那个，好像是……"夏江用食指按了一会儿太阳穴，然后答道，"店的名字我已经忘了，是家意大利餐厅。"

"意大利餐厅？"崇史轻轻闭上眼睛，记忆复苏了。昏暗的店内，放置在墙边的蜡烛，对面是麻由子，旁边挨着智彦……"对啊。"崇史睁开眼睛说道，"是一家意大利餐厅，我还在那儿吃了大虾。"

"喂，你没事吧？好像脸色不对啊。咱们找家店坐坐吧。"

"不，再这样稍微陪陪我，眼看就想起来了。"

"想起来？"

"你先等等。"崇史伸出右手。

夏江大概是被吓着了，有些不知所措。

模糊的影像逐渐清晰起来。崇史问夏江："是不是用咖啡干杯了？"

"啊？什么？"

"在那家餐厅里，最后不是四个人一起拿着咖啡杯干杯吗？"

夏江一脸莫名其妙，但表情立刻就放松下来，点了点头。"对、对，干了，干了，用咖啡杯。还是你提议的呢，说是为了他们的将来干杯。"

"他们……"

"那两个人啊，三轮和女友。对了，是叫麻由子。"

"对啊。"崇史点点头。为了那两人的将来，他记得自己说过这句话，连当时有点苦涩的心情都能清晰地再现出来。自己当时为什么会有那样的心情呢？因为麻由子是智彦的女友，而不是自己的？

"喂，敦贺，你到底是怎么回事？"夏江仰面盯着他，"净说些奇怪的话。"

"啊，没事了。别在意。"

"你就算这么说，也很难让我不担心啊。"

"我真的没事。可能是最近有点累了，不知不觉就说起胡话来。或许是神经衰弱吧。"崇史刻意大笑起来，可就连自己都觉得演技很糟。

"是吗……既然你说没事那就算了。"夏江抬眼看了他一会儿，脸上透出迷茫的神色。她担心崇史，可大概还是觉得最好不要干涉太多。

"夏江，你不是说要去什么地方吗？"为了支开她，崇史说道。

夏江嘴角放松下来，点了点头。"嗯，是要去一下。"

"不好意思，刚才讲了些胡话。"

"没事，那就再见。"她抬起右手。

"嗯。"崇史说完，夏江便迈开了步子。他目送着她的背影，忽然想起一件事来，又叫住了她："夏江！"她回过头来，崇史问道："我们是不是还谈了小提琴的事？在那个餐厅里和智彦。"

夏江翻了翻眼珠，点点头答道："嗯，谈了。"

"是吗？果然是这样。"

"又怎么了？"

"没什么。"崇史摇摇头，并没有说只是想证明自己的记忆没错。他微笑道："没事，多谢。"

"别工作得太累了。"

"我会注意的。"

"那就再见了。"说着，夏江轻轻挥挥手，加快脚步离去，或许是害怕再次被叫住。

崇史走了一会儿，来到大街上。他搭上一辆出租车，对司机说："去新宿的伊势丹。"

在出租车里，崇史闭上眼睛，想重新检查脑中的影像。

在跟夏江谈话的时候，几段记忆变得清晰起来，尤其是让智彦介绍麻由子时的情形。对，当时智彦的确是把她以女友的身份带来的。现在，崇史能够清楚地在脑中再现当时的情形，甚至包括谈话的内容和麻由子的行为举止。

可同时，他又产生了新的疑问，而且问题错综复杂，对他来说事关重大，压迫着他的心。他之所以搭了出租车，除了急着赶到新宿之外，还出于身体方面的原因——他已经难以继续站立了。

第一个疑问是，为什么自己会拥有与过去事实不一样的记忆呢？智彦是把麻由子作为普通朋友介绍给自己的，当时夏江并不在场——为什么会一直坚信是这样呢？他无法解释。

但对于这种记忆的偏差，崇史发现自己并未受到太大的冲击，这是拜最近频频出现的那种不协调感所赐。麻由子并非自己一直以来的女友，而是智彦曾经的女友——这种念头很自然地浮现在心头。由于不愿解释，崇史一直在自我安慰，将其当成一个梦。但那不是梦，而是事实。

第二个疑问才是最重要的，即智彦把麻由子以女友身份介绍给了自己，可麻由子为什么又变成了自己的女友呢？而且麻由子对曾与智彦交往一事只字不提。不仅如此，有一次崇史向她确认和智彦的关系时，她还变了脸色，责问崇史是不是在怀疑她。

那就是麻由子撒了谎。可这又是为什么呢？

头又针扎般痛了起来。崇史把头靠在窗玻璃上。

到达伊势丹后，崇史走了几步，在一座楼前驻足。在一大排饮食店的招牌中，有一家叫"椰果"的店。前一阵子路过这里看到这块招牌时，他也曾五味杂陈。他能记得曾跟智彦和麻由子三人来过这里，可当他回想麻由子究竟是谁的恋人时，便瞬间混乱起来。当时，尽管崇史勉强说服了自己，但……

现在，那时的情形清晰地在脑中浮现出来。崇史仍觉得像是在做梦一样，可这不是梦，而是现实。

他乘电梯来到五楼。出了电梯就是店的入口，里面似乎很拥挤，一群下了班的年轻男女正聚集在入口。店员看了崇史一眼，问道："您几位？"崇史竖起食指，店员说了句"请稍候"，便消失在店内。

等位的那群男女先被引了进去。崇史从入口处环顾店内，想确认自己的记忆究竟在多大程度上是正确的。

紧挨收银台的墙壁上贴着很多快照，拍的似乎都是造访此店的客人。

一个场景忽然在脑中复苏。崇史越发仔细地查看起那些照片来。

他寻找的照片在最下边。尽管光线昏暗，可照片上的人一眼便能认出。看着照片，崇史只觉得全身的血液慢慢地冷却下去。

没错，那果然不是梦。

崇史摇摇晃晃地走出店门。正在这时，店员走了过来，说位子已安排好。崇史未加理会，径直按下电梯的按键。

照片上是崇史、智彦和麻由子，拍下照片的则是一个身穿花哨的夏威夷衬衫的男人，崇史连这些都想了起来。照片中的智彦一反常态，头上戴着花环。

并且还搂着麻由子的肩膀。

崇史则距离他们稍远，冲着相机露出不自然的笑容。

房间里的灯没开，麻由子还未回来。崇史取出一瓶波本威士忌和一个杯子，连衣服都没换就在饭厅里喝了起来。混乱的心情仍未平静下来，他想把自己灌醉，让精神稍微轻松一下，可他也明白，自己恐怕不会喝醉。

必须冷静地想想。一口气喝掉半杯威士忌之后，他思考起来。无论多么匪夷所思的现象，也必然能够用理论加以说明。若只是莫名其妙任大脑一片混乱，则什么用都没有。

他决定先思考为什么记忆会跟事实相反这一问题。只是单纯的误会？他端着杯子摇了摇头。不可能，绝不会是这样。那么，就是某种可改变记忆的东西发生了作用。这究竟是意外事件还是人为意图？

不可能是意外事件，否则记忆与事实的偏差导致的矛盾早就应该表面化了。但现在的状况并未与崇史错误的记忆产生矛盾，比如麻由子是他的女友这件事。

对，必须问问麻由子。崇史看看表，已过八点，最近她从未回家这么晚。难道是让实验耽搁了？

他喝了一口威士忌，重新开始思考。

既然不是意外事件，那就是由某人制造出了这种奇怪状况。到底是谁呢？为什么要这么做？

崇史决定先尝试这样思考：改变人的记忆能否人为实现？

那不就是修改记忆吗？他想。那是他们研究的新型现实的终极目标。

不会吧。他摇摇头，这种技术尚未开发出来。若是能够实现，他们现在的辛苦就全无意义了。

但是……

崇史的目光凝滞了。自己现在不正有着被修改过的记忆吗？倘若这样，还真有实现的可能性。在现有的技术条件下，再寻找一些窍门，是有可能实现的。不，自己是不是真的已准确把握现状了呢？他又怀疑起来。说不定在自己不知情的地方，早已产生这种荒谬的技术了。

想到这儿，究竟是谁在操控这件事已经变得很清楚了。崇史从上衣兜里掏出那封伪造的三轮智彦的信，放到桌上，一面凝望一面慢慢地喝酒。

造成这种状况的元凶无疑是 Vitec 公司。炮制这种信对他们而言易如反掌。既然做了这种伪装，就说明智彦根本不在美国总公司，至少并未如这封信上所言加入了什么特别计划。

崇史确信，自己的记忆被修改与智彦消失一事不无关系。Vitec 公司为什么要这么做呢？他们只是研究员，而且数月之前还是在 MAC 学习的新手。

他把端到嘴边的杯子放回桌上。

难道说在 MAC 时就有秘密?

到底会有什么呢? 崇史刚要思考,又停了下来。因为他意识到,自己的记忆未必就是真实的过去。

真相究竟是怎样的呢? 哪一个才是被制造出来的不正确的过去? 必须先把这一点弄清楚。

先从麻由子着手。她曾是智彦的女友,这无疑是事实。说她和智彦只是单纯的朋友,这是错误的记忆。她被介绍给崇史时,他大吃一惊。因为他曾对她一见钟情,这也是事实。这么说来……

崇史再度心乱如麻。尽管她是挚友的女友,可自己还是重新点燃了对她的情愫?

崇史站起来,在桌子周围来回踱步,然后朝洗手间走去。他拧开水龙头,用凉水洗了把脸,然后径直抬起脸来对着镜子。他苍白的面孔映在上面,眼里的血丝也不只是酒精的作用。头发濡湿了,紧贴在额头上。

他面对自己确认着。对,自己是喜欢上了智彦的女友。尽管也知道不可以这样做,可还是无法斩断对麻由子的爱慕,每日每夜都在想着她。自从她进了 MAC 之后,这种思念就越发强烈了。每当看到她的身影时都很痛苦,却又禁不住想看。越是想放弃,她在心中就越醒目。

突然间,一个场景复苏了:初夏的日光,网球场,跃动在球网对面的麻由子。崇史想起了和她打网球时的情形,这是实际存在的事情。为什么会是自己跟她呢? 难道发展到那种关系了? 他立刻明白了缘由,因为在这场景中,智彦正俯瞰过来。即使在那时,麻由子仍是他的女友。

之后，沉闷的日子仍在继续，崇史则隐藏起真心，继续同智彦和麻由子来往。

后来又怎样了？他皱起眉头努力回想。此后的记忆又模糊了。麻由子究竟是从什么时候起成为自己女友的呢？智彦对此又是如何接受的？这些他完全弄不清楚。

只是，他又想起了一件事——智彦的研究。当时崇史很在意他的研究，怀疑他有了非常重大的发现或发明，却一直瞒着自己。

"从根本上颠覆现实工程学常识的重大发现"——曾经掠过脑海的那句话再次浮现出来。这句台词……对了，是听筱崎伍郎说的。

筱崎伍郎现在也下落不明。

自来水还在流。崇史拧上龙头，又看向镜子。

说不定，他想，智彦正在进行记忆包的研究，也就是操纵他人的记忆。若他的研究已完成，现在发生在自己身上的现象就可以解释了。难道自己成了他的实验品？

崇史想起智彦的家被翻得底朝天，所有数据都被拿走了。毋庸置疑，他的研究肯定和此事有密切的关系。

总之，必须先问问麻由子。崇史看了看表，已过九点了。真奇怪，麻由子也太晚了吧。若是这么晚，理应打个电话回来。

崇史走进卧室，打开灯，一面换衣服一面下意识地环顾周围，视线在桌子上停了下来。那里立着一面小镜子，麻由子一直用它来化妆，可本该放在前面的化妆品竟不见了。

他打开衣橱，里面横着一道横杆，上面可以挂衣架。大多数衣架本该由麻由子的衣服占据，此时映入眼帘的却只有几件被挤到一角的崇史的西服，剩下的衣架都失去了主人。

崇史急忙查看别的衣橱。麻由子一直带着的大旅行包消失了。不仅如此，她所有的东西都不见了。

他拿起无绳电话，焦急地按下号码，打给麻由子在 MAC 的研究室。

呼叫音响了十下后，崇史切断电话，然后又开始按键。这次的电话号码是高圆寺公寓的。考虑到父母，现在麻由子的住处也仍保留着。

可是，电话那头传来的竟是日本电报电话公司（NTT）的服务讯息声：“您所拨打的号码已停用。”麻由子并未说过此事。

他走进厨房，喝了一杯水，心跳加速，不安的感觉开始袭来。

他从桌上拿起钥匙，径直冲出房间。

虽说是寻找，可崇史毫无头绪。他从未听麻由子说起平时跟谁来往密切。没办法，他只得朝高圆寺赶去。

麻由子无疑已离开崇史的住处，原因不明。这件事难道也是一系列离奇事件中的一环？他找不到可以否定这种推想的理由。

到达高圆寺后，他朝着麻由子的公寓跑去。他无法慢慢地走，只觉时间过得越久，麻由子就会离开得越远。他后悔回家的时候没有立刻走进卧室看看。

麻由子的住处就在破旧公寓的三楼。崇史从楼下仰头望去，不禁睁大了眼睛。房间的窗户透出灯光。他连电梯都没乘，径直跑上楼梯。紧挨着楼梯的三〇二室就是。崇史不管不顾地按下门铃，室内有动静。

咔嚓一声，开锁的声音响起，门开了，却仍挂着门链。还没等喊出麻由子的名字，崇史就把话咽了回去。一个陌生女人正从门缝里诧异地望着他。

"你是哪位？"女人年纪很轻，皮肤却显得脏兮兮的，烫过的长发又干又涩。

"那个，啊……"崇史看了看门牌，并没有名字，但门牌号无疑是三〇二，"这儿不是津野小姐家吗？"

"你弄错了。"

"是您住在这儿吗？"

"嗯。"女人脸色阴沉起来，眼看就要关门。

"从什么时候开始住的？"

"上个月。"

"上个月……"

那么麻由子腾空房子便是更早的事了，而这些崇史从未听说过。

"那个，没事了吧？"女人不耐烦地说道。

"最后一个问题。关于以前住在这儿的人，您听说过什么没有？"

"没听说过。这下行了吧？"女人猛地关上了门，上锁的声音中都透着不快。

崇史盯着房门上的数字呆立了一会儿，然后回过头来，按下三〇四室的门铃。出来的是一个学生模样的男人。

"什么事？"男人问道。屋内飘出咖喱的香味。

崇史指着三〇二室，问他知不知道以前住在那里的女人是什么时候搬走的。年轻男人别有意味地干笑一声。

"啊，那个美女啊，好像是姓津野吧。"崇史点点头。那人冷笑着继续说道："是三月底吧。我春假回老家探亲，回来之后她就不在了。"

"那您知道她去了哪儿吗？"

"这个就不知道了。毕竟，平时就是碰面也没打过招呼。"那人上下打量崇史，俨然在问"你跟那美女是什么关系"。崇史道了谢，结束了对话。

为谨慎起见，他又找到其他住户打听，却未得到更多信息。住在这种公寓的住户之间不可能有什么交流。

崇史出了公寓，无精打采地走在通往高圆寺站的路上。他想明天再给 MAC 打一次电话，又觉得即使打了也没用。他本能地意识到，问题绝不简单。

崇史认定麻由子是消失了，如此解释最为稳妥。从目前状况来看，麻由子不是遭到了绑架，而是按自己的意愿消失的。可见，麻由子对此事内幕也掌握得相当多。

这算什么！竟然只有自己没意识到记忆扭曲了！

高圆寺站前有个电话亭，崇史试着打往家里，说不定麻由子已经回来了。可他的期待立刻落空了，话筒中只传来恼人的呼叫音。他拔出电话卡。

这时，一家店映入他的眼帘。是蛋糕店，隔壁就是咖啡厅。

对啊，当时……

正下着雨，就是在那家店前面交给她的。是生日礼物——盒子里装着蓝宝石胸针，是她一直想要的东西。

"我很冷静。"他是如此对麻由子说的。麻由子又是怎么回答的呢？想了一会儿，崇史摇摇头。他想不起来。

SCENE 6

七月十日的夜晚，我是带着复杂的思绪度过的。我一面在常去的饭馆里吃套餐一面想，或许麻由子现在正和智彦吃意大利菜吧。我大口喝着啤酒，想象二人用白葡萄酒干杯的样子。出了餐厅之后会去哪里呢？或许还会再稍微喝点酒吧。若餐厅就在酒店里面，或许会直接去能看见夜景的酒吧喝上几杯鸡尾酒，再去早已预订好的房间。

这不是很明确吗？着急也没用。既然那两个人是情侣，无论发生什么事情也毫不奇怪。我该向智彦祝福，祝福他幸福的开始。我反复劝慰自己，可还是抑制不住混乱的思绪，于是在酒吧买了瓶野火鸡威士忌，一回到家便加上冰块喝了起来。我没心情在酒吧里喝，因为连我自己都不知道到底会醉成什么样。

我努力去想别的事情，可除了那二人以外，脑子里想不起任何东西。现在他们在哪里，在做什么，正在谈什么呢？她高兴地接受了智彦的礼物吗？她今晚会决定对他以身相许吗？想到这里，我脑中立刻条件反射似的浮现出麻由子的裸体。手淫的时候，我曾无数次在心中描绘过那个身影。可今夜，我根本没这种心情，甚至连勃起都不能了，只有强烈的焦躁感让身体变得滚烫。虽然打开了电视，我却只是用眼睛追逐流动的画面，内容一点也钻不进大脑。综合建筑公司的贪污事件如何？巨人队获胜没有？明日的天气如何？我完全视而不见。我一面凝视新闻主播一本正经的脸，一面想象着双人床，上面躺着智彦和麻由子。

　　这有什么不对吗？我忽然想。现在他们是情侣，就算发生关系也是理所当然的。正如我也曾和过去的女友发生过关系，对麻由子来说，现在她只可能跟这个男人发生关系，我不能再一一计较下去了。可是刚以为想通了，我却再次被难熬的情感俘虏。我不希望她被夺走，可大脑的一角仍在无端地担心无疑还是处男的智彦究竟是否遂了心愿。我混乱极了。

　　仿佛感觉到有地震发生，我翻身坐起。我似乎睡着了，脑子里迷迷糊糊的。电视里正播放着黑白的旧西部片。

　　咚咚咚！粗暴的敲门声传来。我摇摇晃晃地站起来，开门前先问了一句："谁？"

　　门外没有回应，我警惕起来，悄悄望向门镜，只见智彦蹲在门前。我吃了一惊，慌忙打开门。智彦一不留神撞在门上，跌坐在地。

　　"怎么了？"我抓住智彦的胳膊想扶他起来。智彦皱着眉，脸色苍白，呼吸中透着酒气。

　　"我想喝水。"他呻吟道。

　　"先进来再说。"我拽着智彦的胳膊。他脸都歪了，似乎连轻微的拉拽都让他痛苦不堪。我还是第一次看到智彦如此烂醉，这让我自己的醉意顿时烟消云散。

喂了水之后，我正要让智彦躺下，他说头晕，随即吐在了地板上。他说要清扫，我让他老实待着，自己迅速收拾完毕。我不禁想起大学时代的迎新联欢会。

闹了一会儿，智彦终于坐在我的床上平静下来，但脸色仍很难看。

"究竟发生什么事了？"我盘腿坐在地板上，仰视着智彦问道。智彦双手抱头沉默不语，并未当即回答。我无奈地换起电视频道，但净是些低俗的节目，最终还是转回了原先的西部片。

智彦咕哝了一句。"什么？"我问道。

"被拒绝了。"他抬高音量，说道。

"被拒绝了？什么？"

"我说房间早订好了，结果她说不行。"他把胳膊放在双膝上，额头顶在上面。

我明白了。智彦果然预订了今晚酒店的房间。"可能是有什么不方便吧。"我说道，"女人嘛，总有各种麻烦事。"

智彦摇摇头。"不是因为月经之类的，她说不是。"

"那……"还未说出"为什么"，我就闭了嘴。我没有刨根问底的权利。

智彦说道："'总之今夜就先回去吧'，她就是这样说的。"

"嗯。"我凝望着肮脏的墙壁，想不出该说什么。

"到头来，我们不过是这种程度的关系而已。原来只是我一个人在空欢喜。"

"不会吧？"

"就是这么回事，我知道。"智彦把两手插进头发，拼命挠了起来，"我被她拒绝的不止这一件事。"

我仰起脸来。"什么意思？"

"我还说了将来的事情，试探着说，如果可能，想早点结婚。"

"结果呢？"

"她说再给她点时间，她想仔细考虑一番……"

"这也不是被拒绝了啊。"

"不，我心里有数。她很为难，这是委婉的拒绝。"他晃晃头，"她今天的样子一直很奇怪，跟她说话她也心不在焉的。为了活跃气氛，我到处找话题，结果全是我一个人在瞎忙活。虽然和我在一起，她也完全不快活。没错，最终就弄成了这样。"他甚至有些口齿不清了。

不知道他们对话的具体情况，我无法判断智彦说的是否准确。单凭他的这些话，事情还不至于乱成这样，但考虑到智彦的心境，我也并非不能理解。对爱情毫无自信的他却得到了麻由子这么出色的女人，正因如此，发生了今晚的事情后，他自然会盲目担心起来，唯恐她会远离自己。所以他现在的心情或许已低落到如同失恋的境地。

麻由子到底是如何想的呢？难道是我昨夜的行为影响了她？眼下这么想最为合理了。

难道麻由子选择的不是智彦，而是我？

不会吧。我抑制住蠢蠢欲动的非分之想。

此后，智彦仍目光呆滞，说麻由子对他的感情大概也是出于同情，她也和其他女人没什么两样，絮絮叨叨地重复了好多遍。和他相处这么久，我才第一次知道他醉酒时竟可以如此冷静。或许是因为今晚情况特殊吧。

面对这样的他，我整晚都在安慰：不必太在意，智彦，这种事也常见。她大概也会稍微慎重一些，只是还没有下定决心，她还是喜欢你的，我敢打包票……

自我厌恶、焦躁和嫉妒接连向我袭来。没错，我不得不承认，麻由子还没有变成智彦的女人，这让我感到安心，同时也觉得智彦是自作自受。

不久，智彦躺在床上，打起鼾来。我给他盖上毛巾被。

我关上灯，想在地上躺下，智彦忽然说道："崇史。"

"什么事？"

他并未立即回答。大概又睡过去了吧，我刚想到这里，他又开口了："麻由子是个不错的女孩。"

"是啊。"

"什么样的男人都会被她吸引，这是理所当然的。"

"……或许吧。"

"可是，其他男人会有其他的女人，多的是，不必非得是麻由子不可。"

我略一迟疑，并未回答。

"可我只有麻由子一个，像她那样的女孩再也不会出现了。"

我仍没有回答。

"我不想失去她，不想被任何人夺走。"

我继续沉默。黑暗中，我知道智彦在等待我的回答，可我只能选择沉默。

早晨起床时，智彦早已不见踪影。床上留下了一张纸条，写着"抱歉 智"。

星期一。

实验已告一段落，我决定先喝杯自动售货机的冰咖啡。就在自动售货机吐出纸杯，投进碎冰，然后注入适量的浓缩咖啡和水时，我透过窗户凝望着外面。天气炎热，似乎连远处的景色都摇晃起来，可令人吃惊的是网球场上仍有人，并且全是老师，这让我越发惊讶。尽管 MAC 的老师中有很多自诩体力好，可没想到竟有这么多。

从自动售货机里取出纸杯时，我忽然发现旁边多了一双穿着牛仔裤的腿。我的视线慢慢上移，只见麻由子正在微笑，笑容僵硬复杂。

"啊。"我招呼了一声，"觉得好久不见了似的，虽然只是两天没见。"

"是啊。"她把零钱投入自动售货机，按下冰茶按钮，不久便传来纸杯落下和冰块加入的声音。"今天没去食堂吗？"

"去外边吃的。好几年没吃什锦煎饼了。"

"什锦煎饼？啊？"她似乎差点脱口而出"我也想吃"，可终未说出，相反却问道，"为什么不在食堂吃啊？"

"为什么？这个嘛，"我喝了一大口冰咖啡，依然不是很好喝，"你当时不也说了吗？再也无法跟从前一样了。"我指的是交给她礼物的时候。

"我不喜欢那样，才不想接受。我是这样说的吧？"

"可我不喜欢在那家伙面前演戏。"

麻由子叹了口气。"可真麻烦！为什么要变成这样呢？"

"我只是不想让你为难。"

"可我最终还是为难了。"

"那我只能说声抱歉。"

"你不后悔吗？"

"不知道，这是我的真心话。我现在轻松了，这是事实，但我也知道，自己闯了不小的祸。"

"你的确闯祸了，应该深刻反省。"

麻由子的语气有点开玩笑的意味，我松了口气。"他到我那儿去了。"

麻由子有点纳闷，大概没听明白。

我喝下冰咖啡润了润喉咙，继续说道："你生日那晚啊。脸色苍白，满嘴酒气，连脚底都打滑呢。"

麻由子把纸杯拿在胸前，垂下眼帘，忽闪着睫毛。"然后呢？"她催促道。

"然后就说了和你的事。他醉得厉害，但我大体上还是听明白了。"

"是吗？"她将冰茶喝完，长叹一声。她表情平静，可我很清楚，这是努力装出来的。

"听了他的话，我很难受。"我对麻由子说道。

她一下子捏扁了纸杯，转身扔进身后的垃圾筐，头也不回地说道："请不要误会。那天我没接受他的请求，并非因为我知道了你的心意，而是因为我想重新审视自己对他的感情。说实话，我现在很混乱。我已经没有自信，不知道就这样跟智彦结合对还是不对。让我产生动摇的是你，但如果我对智彦的感情是真的，恐怕就不会这样。我对自己的动摇也很惊讶、很失望，但同时也很庆幸早早意识到了这一点。"

"那就是说，我的行为带给你的也不全是坏处了？"

"也可以这么说吧。"她扭过头望着我。

"那干吗不告诉那家伙呢？"我试探着说道。

"告诉什么？"

"我对你做的事情。"

"这能说吗？"麻由子瞪了我一眼，悲哀地说道，"如果我这么做了，两个人的关系就完了。"她口中的两个人，指的自然是我和智彦。

"没办法，是我先背叛的。既然都背叛了，还想和他保持友情，天下哪有这么好的事。"

"友情不光是你一个人的东西吧？对他明明也很重要。"

"我不想对他撒谎。"我冲着她的侧脸说道，"不能和喜欢的女孩在一起，分明喝不下却还要灌酒，最后又跑到我这里。那家伙现在仍最信任我、最依赖我。可我想告诉他，其实我并不值得他那样信任。"

"他去你那儿，还是因为你值得信任啊。"

"可让他苦恼的元凶就是我，我却还要瞒着他安慰他，你不觉得这很可笑吗？"

"可你不还是安慰了他吗？"

"我只是说了言不由衷的话，其实心里在期盼他失恋。"

"即使说谎也行啊，只要能帮上他就行。今后也请继续下去吧，谁让你们是朋友呢。"

"别乱说了。"

"你才是乱说呢。花了十年时间建立起来的东西，哪能像积木一样说推倒就推倒。"

正当我们对视时，三个身穿实验服的人走了过来，其中两人是我熟悉的研究员。我强颜欢笑向他们致意。

三人离去后，我把纸杯丢进垃圾筐。"今天智彦的情况如何？当时可十分低落。"

"嗯……怎么说呢？"麻由子拢了拢头发，"看上去倒是跟平常一样，但还是有点不自然吧。"

"午饭是一起吃的吧？跟平常一样？"

麻由子的嘴抿成了一条线，摇了摇头，答道："今天是分开吃的。"

"分开？为什么？"

"因为实验离不开人，就交替着去吃了。"

"这种事真是少见啊。"

"是啊。"

"那么，我就把现在的真实想法告诉你吧。"听到我的话，麻由子不安地抬起眼睛。我注视着她的眼睛说道："要是你们的关系就这样一点点地恶化下去就好了，我就是这么想的。"她似乎终于愤怒了，露出严厉的神色，但我仍继续说道："我就是这种人。"

不可思议的是，我话音刚落，严肃感就从她的表情中消失了。她低下头，很快又抬起脸来说道："那就说好了，不许告诉他。"说着，她竖起右手的小指。那是年轻女孩中少见的指甲剪得很短的小指，因为长指甲会妨碍实验。

我慢慢伸出小指跟她的钩在一起。"那家伙早晚会察觉的，说不定他已经察觉了。"我不禁想起智彦喝醉后来找我的情形。不想失去她，不想让任何人夺去……

"不能让他察觉，这也是为了我们三人。"

"也就是说，你永远都不会答应我？"

麻由子看了我一眼，立刻垂下视线。"也可以说是吧。"声音平静而果断。

第六章

自觉

崇史彻夜未眠，连睡袍都没换，一直静静地躺在床上。事实上，他或许曾昏沉沉地睡着过，自己却不觉得。他一直认为自己不可能睡着。

　　麻由子始终没有回来。

　　对此他并不感到意外。根据现有情况冷静分析，很容易就能预想到，她不会回到这里了。他为此悲伤，同时也感到轻松。自同居以来，麻由子从未夜不归宿。若在平常，他一定会担心得坐卧不宁。

　　崇史整夜都在思考原来的回忆，尤其是关于智彦和麻由子的事情。

　　他想了起来，自从在麻由子的生日前夜送了蓝宝石胸针，他对她的感情更深了。对于自己希望智彦和她的关系破裂的想法，他也作为既成事实接受了。最终，他不得不承认，自己的确重色轻友。这让他很悲伤，因为他曾一度坚信，自己与智彦的感情比亲人更深。

　　初中时代以来与智彦在一起的若干回忆出现在他脑海里，就像在看"怀旧电影著名片段集锦"一样，其中包含若干青春剧中常见的感人场面。

初中二年级的时候，崇史因急性阑尾炎住院。请假的事倒是无所谓，可有一件事让他惦念不已。一款人气很高的游戏软件即将面市，他准备在发售当日一早去店前排队购买，可是在发售日之前，自己不可能出院。他心灰意冷。到了游戏软件发售日当晚，智彦竟来到了医院，慢慢取出了他一直惦念的那款游戏。他问起缘由时，智彦若无其事地回答："我早就知道你想要，所以就去排队了。"读了当日的晚报后，崇史才知道，能抢购到那款软件的，只有那些在开店三小时前就排队的人。智彦拖着行动不便的身体，在店前替他站了数小时！

毋庸置疑，智彦把崇史当成最好的朋友。崇史也一直发誓，一定不能辜负他莫大的信任。初中时代，崇史的职责便是保护智彦不受那些歧视残疾人的浑蛋欺负，这种人到处都有。开运动会时，看到智彦穿着体操服出现后，有个男孩说："你不是来看热闹的吧？"他使用了当时歧视腿脚残疾的人时常用的三字词语，现在说出来也同样招人厌恶。他嘲笑说："居然还会有适合×××的体育项目？"崇史把他带到智彦看不见的地方痛打了一顿。男孩尽管挨了揍哭着鼻子，还是继续用他常用的歧视用语喊道："我说的是真话，有什么不对？"崇史因此揍得更狠了。后来班主任知道了，把崇史叫去。崇史说出缘由后，班主任只说了句"那也不能用暴力"，就没有再批评。崇史坚信，自己做了一件正确的事。

崇史不认为当时愤怒的心情是假的，或是出于自我满足和优越感才那么做的。可一想起自己一年前的行为，这种自信就动摇起来。

不可否认，在设法把麻由子追到手的行为背后，崇史内心分明也存在着傲慢的想法：比较一下智彦和他，没有女人会不选择他。依据就是智彦身体有缺陷，这一点他也不得不承认。如此说来，他跟当时说歧视用语的男孩没有什么不同。

崇史觉得，自己似乎看到了曾一直奉为"绝对"的东西的本质。他根本没有资格谈论友情，也无权蔑视其他歧视者。

那么，最终还是该放弃麻由子吗？大概是这样吧，他只能这么想，但心里并无悔意。他能够想象，若是麻由子就那样和智彦结合，自己一定会痛苦难耐。

我是一个懦弱的人，崇史试图这么想。尽管这么想可以让心情稍微放松，可他同时也意识到，这只不过是在耍赖和逃避。

他慢腾腾地从床上起身，换好衣服，走向洗手间。刷牙时，他的目光停在了一把放在那里的粉红牙刷上。麻由子似乎忘了带走。

这是为什么呢？崇史一面对着镜子刷牙一面想。为什么麻由子没有选择智彦，而是选择了他？根据记忆，她依从崇史的可能性几乎为零。

只有一个可能——麻由子和崇史同居一事也包含在一系列阴谋当中，同智彦和筱崎的离奇失踪以及崇史记忆被修改不无关系，即她一直在演戏。

"我喜欢你。"

"我也喜欢你。非常喜欢。"

崇史想起两人在床上的对白。难道她的台词也都是早已谋划好的？

不可能！崇史摇摇头，却找不到依据来支撑他的判断。牙刷在他嘴里一动不动。

崇史拖着沉重的身体来到公司，脑袋像灌了铅一样，周期性地发痛。这就是他目前的状态。

他跟往常一样插进身份识别卡，打开现实系统开发部第九部的门。

他立刻觉得有些不对劲。

平时崇史一开门，放在门边的笼子里的黑猩猩乌比几乎会同时动起来，每天都是这样。可今天早晨，他没有听到这种动静。再一看，昨天还好好地放在那里的笼子不见了。

他纳闷地走进房间，随即看到了更大的变化。

实验器具全部消失了。不仅如此，崇史和须藤的桌子也不见了，剩下的只有窗边的白板。

崇史莫名其妙地走到空荡荡的房间中央，呆呆地环顾周围。他弄不清究竟发生了什么。

丙烯树脂的隔断对面是另一个研究小组的成员，他们也狐疑地望着崇史，同期生桐山景子也在。他们的办公区域里似乎毫无变化。

看到白板上贴着一张纸条，崇史走过去，拿在手里。

致敦贺：来公司之后请到房间里来一下。大沼

看到留言，崇史有点紧张。大沼是 Vitec 公司的董事、现实系统开发部的负责人。虽说在会议上见过，可私下里并未说过话。崇史是新员工，这也理所当然。

到底是什么事？正当崇史纳闷的时候，身后传来招呼声："搬家了？"

他吓了一跳，回头一看，只见同期生桐山景子正站在那里，两手插在白衣的兜里，粗框眼镜后面的眼睛里透着诧异。她眉头紧锁，这似乎是她认真听对方说话时的习惯。

崇史摇摇头。"我也不清楚，或许是吧。"

"没听说过搬家啊。"

"我真的不知道。你们今天是什么时候来的？"

"九点十分前后吧。"桐山景子看了看手表答道，"我是第一个来的，当时就已经是这种状态了。大家刚才还在议论，以为是突然搬家了呢。"

"须藤老师呢？"

"今天还没看见呢。"

崇史点点头，目光落在手表上。若是平时，须藤早该来了。

"总之我先去董事那里看看。"

"董事？"

崇史把纸条递给皱着眉的景子，她睁大了眼睛。

董事室在跟崇史他们的房间同一楼层的走廊尽头，白门的一旁安装有内部对讲机。崇史轻轻做了个深呼吸，按下按钮。"哪一位？"隔了几秒后，低沉的声音从扬声器里传来。

"敦贺。"崇史说道。

"进来。"话音刚落，便传来了门锁打开的声音。

崇史打开门。"打扰了。"

大沼就坐在办公桌后面，背对着放下来的百叶窗。桌子上放着打开的笔记本电脑，大沼正看着显示器。

"先坐那儿稍等一会儿。"说话间，大沼仍在敲打着键盘。这位在美国总公司从事软件开发的董事，打字的指法就跟钢琴家一样柔和。

崇史在一旁的沙发上坐下。这里虽说是董事室，却并不宽敞。墙边放着塞满文献的书架，还有电视会议用的大显示屏，感觉上只是勉强配了一套接待设施。

"好，差不多了。"大沼自言自语着敲完键盘，摘下眼镜站起来，来到崇史旁边。听说他已年过五十，可身材并未发福，再加上据说是假发的头发乌黑油亮，看上去顶多也就四十五六。他觉得人一旦胖了，连大脑都会迟钝，所以一直在减肥，这传闻崇史也听过。总之，他是一个传闻很多的人物。

"我不想浪费时间，就长话短说了。"大沼说着坐到崇史对面，"你们的研究现在临时冻结了。"

"啊？"崇史不禁探出身子，"冻结？为什么？"

"公司认为已没有继续研究的意义，这就是理由。"

"啊……但我不能理解，为什么会认为没意义呢？"

"公司是从前途、发展性、可行性等方面来综合判断的。这一点已经决定了，无法变更。"大沼直直地盯着崇史的眼睛，像配音演员一样字正腔圆地说道，声音中透着一种不容辩驳的力量。

崇史一片茫然。事发突然，他根本就无法整理头绪，但还是想出了一个合适的问题。"那今后我该怎么做？"

"哦，"大沼点点头，把手伸进上衣，掏出一个黄色的信封，"我决定让你去专利许可部。这是委任令，你去找专利部的酒井部长吧。"

"专利部……"崇史只觉得视野四周顿时黯淡下来。他始料未及。

"不用担心。你是我们特意在 MAC 培养出来的优秀人才，我们不会让你永远干那些事务性劳动。你权且把它当成下个研究课题下来之前的待机时期就是。"

"下一个研究课题？"

"美国总公司正在研讨呢，一旦决定下来就会立刻通知。在此之前，你先在专利部彻底调查其他公司有关现实工程学的专利。虽说是待机，可也不能贪玩哦。"说到这里，大沼似乎已交代完毕，站起身再次坐到桌前。

"那个……"崇史说道。

大沼回过头来，露出异样的表情，似乎在说"你怎么还没走"。

"须藤老师怎么样了？"

"须藤去美国了。"大沼说道，"今早出发的。"

"美国……"

"我刚才说过了。为了摸索下一个研究课题，就请须藤去了那边。还有没有其他疑问？"

"没，没有了。"

"那就好好干吧。"大沼戴上眼镜，转向办公桌。

"那我告辞了。"崇史点头致意，出了房间。难以言喻的痛苦瞬间袭来，他勉强忍住不叫出声。

专利许可部的酒井部长一头花白的头发打着发蜡，身穿藏青色西服套装，西裤的裤线就像直尺画出来的一样笔直。看到崇史，酒井把正在阅读的文件仔细地放到桌角。

"你的事我都听说了，打算请你来负责与现实工程学相关的专利和许可的事情。这是新技术，我们想要一个具有专业知识的人。"

崇史带着复杂的心情望着酒井满意的表情。听大沼的意思，自己被分配到这里只是临时性的，可酒井的语气却像是获得了生力军。他想就此提出质疑，但还是决定暂时忍耐下来。或许有复杂的内幕，一旦说错了话，破坏了酒井的印象就无趣了。即使是短期的，眼下他还是崇史的上司。

崇史被领到办公地点，介绍给直属上司。此人顶着主任的头衔。在 Vitec 公司，早在若干年前就不怎么有科长或股长这种职务了。

崇史的办公桌被安排在几乎排成正方形的办公区最靠近走廊的一角。直到昨天为止，这张桌子还安放在第九部的实验室里。即使发生了职务调整，桌子也不会更换，这是这个公司的一贯做法。桌子的转移甚至比人还早，这不禁让崇史痛感自己只不过是巨大组织中的一个齿轮。

长着一副骷髅般面孔的主任最初给崇史安排的工作，是整理最近与现实系统相关的专利。虽然大致上布置了工作程序，可由于说明太过粗略，崇史不得不多次请示。对方的解答毫不热情，语气连公事公办都称不上，简直就是粗鲁，似乎在很厌烦地说："为什么会有一个像你这样的家伙来到这儿？"想到这里，崇史打量四周，似乎每个人都很疏远他。他们简直就像是一个小学班级，刚刚迎来了一个不知来历的转校生。对他们来说，我来到这里肯定也是个意外，崇史想。

他一面用电脑检索专利数据，一面思考这次岗位调整，不由觉得这也肯定和那一连串不可思议的事情有关。就在崇史察觉自己的记忆被修改并且背后牵涉 Vitec 公司之后，麻由子就失踪了，自己的岗位被调整，须藤也不见了。这一切绝不可能是偶然。

为什么？崇史忽然想大喊一声。为什么要做这些事情？ Vitec 公司究竟出于什么目的非要把他逼到这种境地不可？

他抬起头，看向前方。新同事们的后背就像墓碑一样死寂地排列在那里，他不禁觉得整个公司都在无视他。

尽管引进了弹性工作时间，大家吃午饭的时间仍大致相同。崇史跟大家一起走出房间，朝职工食堂走去，可新同事中没有一个人跟他打招呼。他没办法，只好决定采取主动。坐在他左前方的一个男人就在眼前急匆匆地走着。此人姓真锅，崇史是看了名牌后知道的。

"专利部的人比我预想的要多啊，真没想到。"崇史挨近真锅，搭讪道。真锅一瞬间似乎没反应过来崇史是在跟他打招呼，在视线交会后吓了一跳。他山羊般的脸立刻环顾四周，崇史觉得简直像在求助。崇史发现，周围的人似乎都害怕被牵扯进来，纷纷加快了脚步。"有多少人啊？"崇史继续问道。

不知为何，真锅神情紧张起来。"啊……多少人？"

"专利许可部啊，一共有多少人？"

"这个嘛，有三四十人吧。"真锅歪着头答道，鼻尖上渗出了汗珠。

"这样还人手不够？"

"不，我想人手是够的。"真锅的视线明显在躲着崇史。

"可酒井部长却说人手不够，所以才急忙调我过来。"崇史故意搬出酒井的话，真锅顿时不安起来。

"呃，既然部长是那么说的，那就是不够吧。我只是做自己的工作，对整个部门的情况也不很清楚。那个，不好意思，我得走了。"
说着，真锅匆匆朝走廊另一侧走去。崇史停下来，呆呆地目送他离去，
等回过神来时，周围已空无一人。

　　独自一个人吃完午饭，崇史用公用电话打往 MAC。麻由子的
学籍现在应该还在脑机能研究班。他没有报自己的名字，只让对方
叫麻由子接电话。可是，果然跟预想的一样，麻由子已不在那里了。

　　"津野昨天调到别的部门去了。"接电话的男人冷冷地说道。

　　"那能否告诉我她的联系方式？"

　　"啊，很抱歉，这个恕我不能告诉您，这是规定。如果您非要跟
她取得联系不可，我们会通知她的，请报一下您的名字和联系方式。"
男子打发道。

　　完全一样，崇史想。为联络智彦而打电话给美国总公司时，对
方也是同样的反应。

　　即便留下名字和联系方式，崇史也怀疑对方并不会转达给麻由
子。就算转达给麻由子了，他也不指望她会联系自己。如果她有意
联系，家里的电话昨夜就该响了。

　　"那就算了吧。"说着，崇史挂断了电话。

　　到了下午，崇史一面重复单调的检索，一面在大脑中拼命寻找
解开谜底的线索。Vitec 公司暗地里牵涉其中，这已经毫无疑问，可
既然没有证明的方法，就不能惊动对方，眼下只能先静观公司的动静。

　　他不停检索有关现实系统的专利信息，直到发现了自己的名字。

　　视觉信息输入用磁脉冲装置　敦贺崇史（MAC 现实工程学
研究室）

这是自己前年申请的专利。名字很唬人，却不过是将磁脉冲装置的探针形状稍加改良。尽管如此，对崇史来说，这是他第一个专利，算是值得怀念的一个回忆。

看着屏幕，他想起一件事来。在 MAC 所做的研究以实验研究报告的形式提交给 Vitec 公司后，应该都放进了公司的数据库。那么智彦的研究也会被记录在内。

崇史敲打着键盘。报告内容虽无法看到，可标题很容易就能查到。只要看到标题，不就能推测出智彦的研究究竟是什么，又取得了何种进展吗？

崇史用三轮智彦的名字进行检索。他要调查智彦所有的报告。可当他看到出现在屏幕上的文字之后，不禁怀疑起自己的眼睛来。他以为是自己操作失误，就又尝试了一次，结果出来的文字跟刚才一样。

符合条件的报告份数　0 份

"浑蛋。"他小声骂道。智彦的报告一份也没有登记，这根本不可能。智彦在 MAC 的同期生中提交的报告最多，这一点崇史最为清楚。他还亲眼看过其中的几份。

可能性只有一个——报告全部被公司注销了。

下午六点，崇史离开了公司。他并未直奔车站，而是中途进了一家咖啡厅。这里宽敞明亮，能够望见街景。

崇史坐了几分钟，桐山景子走了进来。她稍一张望，发现他后便微笑着走了过来。看到她身穿粉红色套装的样子，一定很少有男人会认为她是做科研的吧，崇史如此想着。

"真是破天荒啊，在这种地方见面。"点了杯柠檬茶后，她说道。

"突然把你叫出来真抱歉。很忙吧？"

"现在也不是那么忙了。总公司的监督也不严。"

"那就好。"

下午崇史给景子打了个电话，问下班时能否见一面。

"听你一说我吓了一跳。"她说，"专利部？怎么回事啊？"

"我也不知道，说是在下一个研究课题确定下来之前先待在这里。"

"嗯？居然会有这种事？"景子轻轻摇头。

"研究进展如何？"崇史问道。

"说实话，停滞了。我想大概会重新审视计划吧。"

"最近在 MAC 听到一件事，说 Vitec 公司已开始放弃视听觉认识系统了，这是真的吗？"崇史提起从 MAC 的小山内那里听来的话。

桐山景子的表情阴郁起来，似乎并非因为自己的研究遭到了中伤，而是因为崇史所言属实。"从预算来看，很难认为公司那边抱有太大的期待。"

"被削减了？"

"差不多吧。"

柠檬茶被端了上来。桐山景子从包里拿出香烟，问了句："可以抽吗？"崇史有点惊讶，可还是答了声"可以"。他从不知道她竟会抽烟。研究室内是禁烟的。

"这事也是在 MAC 听到的，说是 Vitec 公司正在考虑把记忆包作为新型现实的有力候补项目呢。"

桐山景子斜着吐出一口烟后说道："有可能。"

"果然是这样。你听到什么没有？"

"谈不上听到，毕竟我也是个新手。"

"那也是我的前辈呢。"

"只是形式上而已，马上就会被你超过的。"

"别开玩笑了，我早听说他们对你评价很高。"

桐山景子并未被选入 MAC，而是两年前直接进入中央研究所。她不是从大学，而是从职业教育机构毕业的，这也是唯一能够解释她职务安排的理由，崇史常常这么想。

"这种评价根本就不可靠，所以我正郁闷呢。算了，咱们不谈这些。你刚才问公司是不是要对记忆包加大扶持力度，对吧？具体情况我不清楚，但听说脑研组增加人手了。"

"这似乎跟 MAC 一样，听说脑机能研究班也增员了。但光是这些的话……"

"不光这些，听说负责人也由杉原主任担任。"

"杉原……那个脑内物质的？"

"没错。"景子端起茶杯点头道，"那人在脑研之中是热衷于记忆包的一派，最近发表的报告也几乎全是有关记忆机理的。"

"杉原老师……以前不认识啊。"

崇史想起一年前在 MAC 的研究发表会，杉原还向他提出了有关脑内化学反应的问题。然后，崇史又想起当天杉原跟布雷恩·弗洛伊德一起造访智彦他们的研究室的情形。

各种情形都符合，崇史想。如果把这些汇总起来，再适当搭配组合，应该能够弄清究竟正在发生什么，但眼下他只能望着面前的拼图碎片发呆。

　　"关于记忆包的研究成果，你最近听到过什么没有？比如划时代的发现之类的。"

　　景子摇摇头。"没听说。不过既然特意把杉原主任指派为负责人来撑腰，或许已经处于期待某种成果即将出现的水准了吧。"

　　"记忆包的研究是在脑研做的？"

　　"那边也在做，但主导权或许已经被移交到大海那边了。"

　　"总公司？"或许吧，崇史想。布雷恩·弗洛伊德金色的头发又在脑海里复苏起来。

　　"为什么会如此钟情记忆包呢？"问过之后，桐山景子像是想起了什么似的点了点头，"对了，我想，下一个研究课题或许就是这个吧。"

　　"不，并非这样。"

　　"那为什么？"景子直盯着他，脸稍稍倾斜，刚才吐出的烟雾仍萦绕在她的脸上方。

　　崇史心生冲动，真想把正在自己身上发生的事情说出来。他想找个人倾诉，但又丝毫不敢保证可以这么做，弄不好会招致无法挽回的后果，还极有可能给桐山景子带来麻烦。同时，自己也没有一点根据可以断定桐山景子值得信任。

　　"信息还没证实，所以你只当是在这儿听听就行了。"考虑再三，崇史决定只告诉她一小部分。看到他朝餐桌上方探出身子压低声音，景子也把脸凑了过来。"好像有人的记忆被修改了，是被人刻意这么做的。"

她盯着崇史，皱起眉头。"哪儿获得的信息？"

"这个我不能说，抱歉。"

她摇摇头。"难以置信。"

"我也这么想，但可信度很高。"

"那不会是病理性的吧？比如说受了脑障碍的影响，或者像神经官能症那样由精神因素导致。"

"若是记忆丧失或混乱，这种可能性很高，但此人拥有完整的记忆，而且这记忆还与事实截然不同。不用说，已不是记错的程度了。"

"精神正常？"

"正常。"断言之后，崇史决定再加以修正，"我想是正常的。"

"难以置信。"景子又说了一遍，"在没亲眼看到与此人记忆相关的数据之前，我不敢妄加评论。不过我想，历来的虚拟现实之类，若只依靠我们现在研究的技术，不可能进行完美的记忆修改，至少在理论上如此。毕竟，它跟热衷游戏的孩子产生的俨然置身游戏世界的错觉是不一样的。"

"我也这么认为，所以想了解有关记忆包的研究。"

"嗯。"景子抱起胳膊，略一思索后便微笑起来，"你把这些告诉我，却又不告诉我信息来源，是不是太残酷了？"

"不久会告诉你的，一定。"

"那我再问一遍，那个人的精神真的正常？"

崇史点点头，但立刻又改变了主意，答道："让我先确认一下。"

"这才是先决条件。"景子说道。

SCENE 7

盂兰盆节假期结束，人们不得不又把精力投入工作，而按照惯例，我们在东京都内的一家酒店举行了宴会。我穿着极少穿的有点过时的夏季西装，跟柳濑和小山内他们一起走进酒店。

"真是浪费时间和金钱，搞得这么夸张。"在乘坐自动扶梯赶往会场的途中，柳濑小声说道。他也不习惯穿西装。

"是啊，这也算是公司的一种关怀吧。"小山内苦笑着说道。

"有可能，但这关怀的重点也偏得太远了。若真是想慰问一下，还不如把钱发给各研究班，让我们想怎么吃喝就怎么吃喝来劲呢。"

"是吗？我倒觉得这种慰劳方式挺不错的。难道你觉得住潮湿的温泉旅馆，敞开浴衣瞎唱卡拉 OK，这种旧式的慰劳会更好？"

"我可没这么说，但你难道不觉得这种方式并不适合日本人吗？"

"所以这样也好啊。每次出席这种宴会时你就能发觉，啊，原来我们的高层并不是日本人。喂，你不这样认为吗，敦贺？"

我嘴角露出微笑，点了点头。

跟一般公司常见的慰劳会和联欢会不同，每年八月，MAC 就会把所有职员和研究人员汇集起来举办一个大型宴会。今天是我继去年之后第二次参加。与其说是慰劳会，不如说更像是来自 Vitec 公司的大人物们边饮酒边激励研修中的研究员的动员会。

宴会采取的自然是站立用餐的形式。听完干部们无聊的致辞，大家干杯之后就可以去吃餐桌上的菜肴了。

看到麻由子时，我正往盘子里盛烤牛肉。我扬起脸，目光正好和桌子对面的她交会。她穿着淡蓝色的套装，金耳环熠熠闪光。

我飞快地环视周围，发现有一张空桌，便把盘子放了过去，然后抬眼寻找麻由子，发现她已经来到一旁，手里也托着盛有菜肴的盘子。

我决定先开口。"真的是好久不见了。你还好吗？"

"啊，还算可以。"麻由子答道，"你呢？"

"老牛拉破车。"我说道，喝了口兑水的威士忌。

最后一次说话是在什么时候呢？我已无法准确忆起。恐怕从她生日的第二周周一以来就再没说过，但我不敢肯定。也许在那之后曾打过招呼，可正儿八经地说话已经一个多月没有过了。

"智彦没来？"我环顾周围，试探着问道。要是没来就好了，我怀着这种心情，不容否认。

"来了。我想现在正在跟老师说话呢。"

"是吗？"我并未掩饰满脸的失落，"后来跟那家伙相处得好吗？"

一瞬间，她似乎想说些什么，可似乎又放弃了，表情僵硬地努力露出微笑，点点头说道："嗯，还在相处。"

对于这一个月里我躲避着他们的事，麻由子什么都没有问。大概她不用问也知道答案。我不想看到他们亲密的样子，也不想在智彦面前装出挚友的模样。

但我们之所以疏远，原因也并不只在于我刻意躲避他们二人。他们也不再像以前那样邀我一起吃午饭了。我想，说不定智彦预感到了什么，有意不让我接近麻由子。麻由子生日那晚他酩酊大醉地来到我家的情形又出现在我脑中。他脸色苍白地说不想失去她，不想让她被任何人夺走。那不正是对我的宣言吗？

正当我回想这些时，麻由子问道："盂兰盆节外出了吗？"

"去了北海道。"

"一个人？"

"没有人陪着一起去啊。"我说道，随即就后悔了，真是水平低劣的讽刺，"你出去了？"

"嗯，出去了一下。"

"哪里？"

我瞥了一眼麻由子，她又像刚才那样欲言又止。她只是看向我身后，表情平静地说道："他好像发现了我们，要过来了。"

"那我们换个地方吧。"我端着酒杯就要移步，麻由子眉间顿时堆起皱纹。

"为什么？就在这儿待着。像逃跑似的，不奇怪吗？"

"我就是逃跑。我不想在你们面前演戏。"

"哪怕是演戏也请你待在这儿，求你了。"

她简直像在哀求，我犹豫了，无法拒绝，但我知道无法继续在这里待下去。我正要说点什么，右臂被人轻轻拍了一下。

"哟。"我装出刚发现智彦的神情对他说道，"刚才去哪儿了？"

"让中研的人抓去了。竟然在这种场合问我那么久以前的报告，我真服了他们。"智彦反复打量着我和麻由子说道，接着又把手中的酒杯端到嘴边，目光落到桌上的盘子上，"似乎没怎么吃啊，不赶紧吃菜就没了。"

"我去取点东西吃吧。"麻由子说道。

"好啊，听说奶汁烤菜很好吃。"

"那我去取些来。"

"不用，让她去吧。"智彦轻轻伸出手阻止了我，冲麻由子使了个眼色。等她离去之后，智彦再次看向我。"好久不见。"

"刚才也正跟她说这个呢。"

"嗯。"智彦点点头，看了看手中的酒杯，随即抬起头来，"上次很抱歉。"

"上次？"

"就是喝醉了闯进你家那次。给你添麻烦了。"

"啊……这都多久以前的事了，不用在意。"

"那就好。"

"工作怎么样？进展顺利吗？"

"嗯，时好时坏。你那边怎么样？"

"还是老牛拉破车。"

"不会吧？"智彦往摆满菜肴的大餐桌那边扫了一眼，又转回头，脸上挂着谄媚般奇怪的笑容，"刚才跟她谈什么了？"

"没谈什么，闲聊。"

"刚才看上去那么严肃。"

"我们？你想多了吧。我跟她哪有严肃的话题？"

"我也觉得没有，但总有点不放心。没什么就好。"

"什么都没有。"我一面回答一面感到难以言喻的不快。继续这样假装挚友到底有什么意义？

麻由子回来了，两手各拿着一个盘子，盛着同样的菜。"喂，给。"说着，她把右手的盘子递给我。

"谢谢。"我接过盘子。

智彦则一副理所当然的表情，让麻由子端着盘子，吃起奶汁烤菜。"好像也有寿司啊。"智彦停下拿叉子的手说道。

"有啊。我去取吧。"

"不，算了。反正这种地方的寿司也好吃不到哪儿去。"说完，智彦朝麻由子笑了起来，"上次去的那家店寿司很好吃啊，真想再去一次。"

"啊……"不知为何，麻由子飞快地瞥了我一眼，然后点点头，"是啊。"

"你发现好吃的店了？"我问道。

"不是。我们去的是'福美寿司'，那家店完全没变样。"

"福美寿司？"我心中一凛，"初中附近的那家？"

"嗯。"智彦点点头，随即露出一副刚刚反应过来的表情，"对了，还没对你说呢。上次休假的时候我回了趟家，把麻由子也带回去了。"

"你的老家……"我不由得望望麻由子。她默默地低着头。

"难得回家一趟，也只有趁这种时候介绍麻由子了。"

"介绍给你父母？"

"嗯。"智彦露出理所当然的表情。

"哦，那可真是……"我把兑水的威士忌倒进喉咙，只觉得心如针扎，但还是继续说道，"那可真是太好了。阿姨他们也乐坏了吧？"

"兴奋得都不知怎么好了，做了那么多菜。他们一定是打算做一桌盛宴吧。"

"啊？可你们不是去了寿司店吗？"

"那是第二天。尝我妈的手艺是头一天。"智彦继续说道。

那么她住在了智彦的家里？我本想询问，又改了主意。至少在智彦面前，我过分关注这点未免太奇怪了。

智彦的家我去过几次。我努力回想那里有没有能让麻由子一个人睡的地方，随即发现这想法太愚蠢，就放弃了。无论如何，智彦的父母也不可能让他和女友睡在同一个房间里。

回过神来，我才发现同班的柳濑和智彦那边的筱崎他们来到了一旁，正在大声谈笑，似乎早已开始商量宴会结束后继续喝酒的事了。

我本想问问麻由子抱着何种想法去智彦家、智彦又是怎样把她介绍给父母的，可在这种状况下似乎太勉强，而且，我就是问了，又能如何呢？

"所以嘛，那家店太小，不行的。干脆去我熟悉的一家店吧。没问题，价钱我会去交涉的。"筱崎神气十足地说着。大概是声音太大了，智彦回头看了他一眼。

"那就交给你了。没想到你对这类店这么熟悉啊。"柳濑感慨地说道。

"这还真是稀罕，乡下来的家伙竟会这么熟。"另一研究班的山下揶揄道，"肯定是一来东京就熟读旅游手册了。"

"啊，肯定是。"柳濑也表示赞同。

筱崎说道："什么啊，说的是谁啊？"

"装什么呢？难道不是你吗？"山下笑着指着他。

"我？"筱崎的语气中透出疑问，"我可不是从乡下来的。"

"什么？不是乡下？"

"打住。"柳濑冷笑道，"筱崎不喜欢别人把广岛当成乡下，对吧？"

"广岛？啊，就因为这个啊？"筱崎露出恍然大悟的神情，"没错，大学的确是在外地上的，可也不能因此就把我当成乡下人啊。上大学之前我可是待在这边的。"

柳濑被啤酒呛了一下。我同时发现，正注视着他们的智彦脸上现出了狼狈的神色。

"这边是哪里？"山下怀疑地问道。

"就是东京啊。"

"啊？你也是在东京？还真不知道啊。东京哪儿？"山下分明用的是开玩笑的语气，可被他针对的筱崎浑然不觉。

"阿佐谷。"他坦然答道。

山下扑哧一笑。"原来如此。从小就住在那破公寓里吧？一家老小都住在里面，六叠①一间的房子，这也太小了吧？"

"说什么呢？今年以来那房子就一直是我一个人租住的。这不很正常吗？我父母家在车站附近。"

根据筱崎的语气，我感觉出他并非在开玩笑或说谎，他说的大概是真的。我对筱崎的出生地一点都不了解，可对于他的朋友们来说，他的这番话似乎匪夷所思。山下跟柳濑对视一眼，仍面带微笑地问道："你当真了？"

---

①日本计量房屋面积的单位，1叠约为1.62平方米。

"我是认真的。你们才是开玩笑呢。"

"你家真的就在阿佐谷？"

"嗯。"

"可现在是在广岛吧？"柳濑从一旁说道，"父母在广岛？"

筱崎转向柳濑，一瞬间现出了不安的神情，但立刻点了点头。"搬家了，因此我才去了广岛的大学。"

"那高中是在东京吗？哪里的高中？"山下问道。

"高中……"说到这里，筱崎语塞了，脸上僵硬起来，"高中……那个，啊，高中也是在广岛，搬家是在那之前。"

"就是说到初中时还一直在东京？那初中的名字是什么？"山下继续问道。

"初中的名字……"筱崎一度露出想要回答的样子，却并未说出。他微张着嘴，抬着头，目光虚无，反复眨了几下眼睛。"初中……初中的名字是……"

"得了吧。"山下发出不快的声音，转向柳濑，"这家伙是在开玩笑呢。算了，无聊。"

"我没有开玩笑！"筱崎斩钉截铁地大声说道，然后又陷入沉思。

柳濑叹了口气。"筱崎，你早就说过，出生和长大都是在广岛。你现在撒这种谎有什么意义？"

"我说了，我没有撒谎。"

"那你说说初中的名字。小学又是在哪里？"山下用不耐烦的语气问道。

"所以，我的初中是……"筱崎的手微微颤抖起来。他把没端酒杯的那只手按在额头上，脸有些扭曲。"奇怪啊，奇怪啊。"他咕哝起来。

　　酒杯从他另一只手里滑落，径直落到地板上摔碎了，声音很干脆，淡淡的兑水威士忌和尚未融化的冰块飞散开来。筱崎双手抱头，目光里失去了焦点。

　　最先跑到他身旁的并非眼前的柳濑他们，而是智彦。他架住筱崎腋下，想扶住他。"快把须藤老师叫来。"智彦命令麻由子。

　　她点点头迅速离去，脸色苍白。

　　面对这突如其来的状况，柳濑和山下呆住了。周围的人也都投来目光，不知发生了什么。

　　"智彦，这究竟是……"

　　智彦没有让我说完。他似乎在拒绝我接近似的，伸开右手把我推开。"没什么，大概是有点喝多了。"

　　"可是……"

　　"没事的，这儿交给我好了。"智彦的声音里透着一种不由分说的坚决，眼镜后面的眼睛上挑了起来。

　　麻由子把须藤老师带了过来。须藤看到筱崎的样子，立刻靠近，对智彦耳语道："带出去。"

　　"我来帮忙吧。"我说道。

　　老师也像刚才智彦所做的那样，向我伸出手掌。"不用，没事，不用担心。"然后，他似乎故意说给周围的人听似的，用诙谐的语气说道："年轻人真是没分寸，真让人头疼。明明不能喝酒，偏要多喝，结果弄成了这样。"说罢，他假惺惺地笑了笑。

　　柳濑在我身旁嘟囔道："筱崎明明没喝多少啊。"

　　筱崎被智彦和须藤老师架着离开了会场。有几个人脸上挂着嘲笑的表情目送他们离去,并未怀疑须藤的解释。

麻由子也追着他们离开会场。我快步跑过去,一把抓住她的手腕。她吃惊地回过头来。

"怎么回事?筱崎怎么回事?"

麻由子十分为难地摇摇头。"我也不清楚。"

"须藤老师和智彦慌乱的样子不寻常,难道是发生什么意外了?"

"我无可奉告。抱歉,请放手。"她甩开我的手,出了会场。

直到麻由子的身影消失后,我才返回原先的桌旁。柳濑和山下正愁眉不展地悄声谈论。我朝他们走去。

"我想问你们点事。"我说道。二人端着酒杯,探过身子看着我。"有关筱崎的出生地,他到底是在东京出生,还是在广岛出生?"

"广岛。"柳濑笃定地答道,"从进入 MAC 的时候起,我就跟那家伙在一起,他自己一直是那样说的,说是出生以后从未离开过广岛。"

"你敢肯定?"

"没错。"柳濑说道,随后他露出一副沉思的表情,"他为什么突然那样说呢……"

"他怎么那么要面子?真奇怪。就是对我们说谎也没有意义啊。"山下似乎也很不解。

我望着他们离去的出口,一个念头在脑中浮现,但我并未说出口。

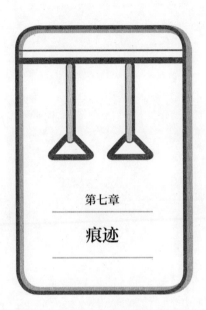

第七章

痕迹

直井雅美穿着粉红色网球衫和牛仔裤出现在了咖啡厅。她把长发扎成了马尾辫，肩背运动员经常使用的大背包。上次听她说在读专修学校，不知究竟学的是哪一方面，崇史还是有点好奇。

　　雅美发现他后，嫣然一笑，朝他走了过来。一名服务员正好经过，她说了一声"来杯冰咖啡"，便坐了下来。崇史把面前的账单递给服务员，说："账一起结就行。"

　　雅美有点为难。"今天还是我来结吧。"

　　"没事，不用在意这个。突然把你叫出来，真抱歉。"

　　崇史给筱崎伍郎的女友直井雅美打电话是在昨晚。在下班回家的电车上，他打了个盹之后，忽然回忆起一件事情，就想起和她联系。

　　"知道伍郎的下落了？"

　　"谈不上知道，但找到了一点线索。"

　　"线索？"

　　"他跟 Vitec 公司正在进行的一项重要研究有关，因此消失的原因也一定与其有关。"

"原因跟研究有关……怎么回事？"

"我还没有弄清楚，不过唯独这一点我可以肯定。筱崎并不是自愿消失的，其中恐怕涉及 Vitec 公司的意思。"

雅美似乎仍很困惑，不安地望着崇史。"Vitec 公司的意思？就是说，是公司命令他这么做的？"

"一般情况是不会的。"崇史答道，"可这一次却不是一般情况，一切都不一般。"

"怎么会……公司为什么要做这种事情呢？这不是很奇怪吗？"

"所以我会继续调查。"

"难以置信。"正当雅美喃喃自语时，冰咖啡被端了上来。她并未立刻伸过手拿，而是问崇史："那个研究究竟是什么？"

"详细情况我不能说，就是说了，你也不会理解。"崇史含糊其辞。他觉得，不止雅美，普通人都无法理解记忆修改的概念，而且一旦解释不当，还会徒然使对方感到不安。"总之是一项划时代的研究，这一点我可以断言。"

"啊？"她终于拿起吸管，插进冰咖啡搅动起来。冰块哗啦哗啦地发出清脆的声音。"伍郎参与了这么厉害的研究？"

"没错。"崇史点点头。

"难以置信。"雅美摇摇头，马尾辫在脑后摇晃起来，"伍郎曾说过，他周围都是些厉害的人物，只有自己是跑腿的。就算听了上面的人们谈话，有时也是一头雾水。"

"那是他谦虚。"

"是吗？"雅美纳闷地歪着头，把吸管贴近嘴唇。

望着她喝冰咖啡的样子，崇史想，不能把实情告诉她。听到参与研究一事，雅美似乎以为筱崎是参与了研究工作，可实际上，他应该是成为了实验对象。

"总之，他的失踪与幕后背景有关。因此我想问问你，Vitec 公司有没有主动跟你接触过？比如说有人跟你会面，或者打来电话之类。"

还没等崇史说完，她就摇起头来。"这种事一次也没有过。为伍郎的事情跟我联系过的，就只有你一个。"

"是吗……"

"敦贺先生，我今后该怎么办呢？我该不该报警呢？就说伍郎因为公司的事情而失踪了。"

"你就是这么做也没用，因为你没有任何证据，现在最好是保持沉默。对了，我昨天拜托你的那件事，没问题吧？"

"就是查看伍郎住处的事吧？嗯，没问题。"雅美轻轻拍了两下放在一旁椅子上的包，"我已经拿来了他母亲托我保管的钥匙。"

"那就赶紧去看看吧。啊，不急，你先喝完再去也行。"

"我马上就喝。"说着，雅美使劲地吸起吸管。

去筱崎的住处干什么呢？说实话，崇史也还没决定。若一定要说，其实就是去找点线索，但究竟什么东西才会是线索，他一点也说不上来。唯一可以确定的，是筱崎的失踪肯定跟这一系列事情有关，所以先亲眼看看他的住处再说。

离开池袋的咖啡厅，崇史拦了辆出租车，告诉司机"去阿佐谷"。一旁的雅美有点意外。

"你去过伍郎的公寓？"

"啊，没有。"

"那你怎么知道是在阿佐谷？"

"哦，听他说起过。"

一个场景出现在崇史的脑海中。宴会的会场，筱崎伍郎正说着什么，周围有几个男人。

"他出生和长大都是在广岛吧？"

听到崇史的提问，雅美莫名其妙地点点头。"是的。"她似乎想说"怎么这种时候还在问这样的问题"。

"听说他的父母在东京住过，这种事你知道吗？"

"没有，也根本不可能。我听说，他的父母从未离开过广岛。"

"嗯……"崇史的视线投向窗外。他想起去年夏天举行的宴会。筱崎强调自己是在东京出生，语气并不像在开玩笑或是说谎。

记忆被修改了，崇史推测。筱崎阴差阳错地直接在这种状态下去了宴会会场，因此智彦他们才那样慌乱。

"是伍郎那样说的吗？"雅美问道。

"什么？"

"就是声称父母是东京籍。"

"不，也不是。我只是问问，你不用在意。"

"是吗？"雅美低头陷入了沉思。或许是有什么心事吧。正当崇史猜测时，她抬起头转向他。"可如果是伍郎，倒是有可能撒这种谎的。"

"为什么？"

"伍郎对出生在广岛一事很厌恶。嗯，也不是说广岛就如何如何，而是他一直为自己不是东京人而感到羞耻。"

"真荒唐！"崇史苦笑道。

"真的。说是乡下人被瞧不起……为了让别人把他当成东京人，他似乎一直在努力，甚至尽量不露出广岛口音。"

"哦。这种事算什么，我也是静冈出生的。"

"可伍郎性格懦弱。"雅美忽然说道。

出租车从青梅大街进入岔道，往北行驶了数十米后又拐进一条小路。路线是雅美途中指示的。

从墙面的裂缝和变色情况来看，公寓起码有二十年历史了，外部楼梯的扶手也像是得了皮肤病，涂漆剥落，生满了锈。崇史跟在雅美身后爬上楼梯。

并排的四个房间中，最靠边的一个便是筱崎的住处。崇史一走进去，立刻嗅到一股灰尘和发霉的气味，还微微混着一丝咖喱的香味，大概是渗进墙壁中了。

雅美打开荧光灯，一个六叠大的和室出现在眼前。墙边有两个彩色木箱和一个小整理柜，木箱上面放着 CD 播放器。窗边是一台十四英寸的彩电，一旁堆满了旧杂志。最上面的杂志书页打了卷儿，露出泳装女星照。

崇史犹豫了一下，脱掉鞋子走进去，打开了整理柜的抽屉。里面放着几件衣服，数量应该不能满足日常生活的需要。崇史把这点告诉了雅美。

"伍郎如果是去旅行，必要的衣服也可能会全部带走。"雅美略加思索后说道。

"反过来说，也可以理解为，为了让一切看起来更像是他一个人去旅行了，才把衣服拿走了一些。"

雅美闻言吓了一跳，皱起眉头。

崇史仔细地查看室内，想要找出任何能解开当下谜团的线索，但留下来的成堆的报纸和杂志中似乎毫无线索，被塞进壁橱的衣服也不会提供任何信息。尽管找到了几本专业书，也说明不了任何问题。崇史盘腿坐在房间正中央，榻榻米上落满的尘埃让他实在受不了。

雅美则在查看小水槽周围，脚边放着一个纸袋。

"那是什么？"崇史问道。

"这个？好像是工作服和鞋子。"

"给我看看。"崇史接过纸袋查看，里面放着一套米色工作服和安全鞋，每一样都是 MAC 的男性助理研究员要穿的。崇史记得筱崎也曾穿过。工作服的上衣上用记号笔写着"筱崎"。

似乎有些不对劲。这东西放在这里，无论如何都让崇史无法释然。这是为什么呢？他也不清楚。

"那东西有什么不对劲吗？"雅美担心地问道。

"啊，没什么。"带着一丝困惑，崇史把工作服和安全鞋放回袋子。

"似乎没有线索啊。"

"是啊。"

令人窒息的沉默一时间笼罩了狭小的房间。

"那个，敦贺先生。"

"什么？"崇史看看雅美，不禁一愣。她正用极其惴惴不安的眼神看着他。

"伍郎还活着吧？"

"啊？"

"不会有意外吧？"

雅美的话语刺痛了崇史的心。他也隐约感受到了这种可能性，却只能移开视线。

"你最好别这样想。"崇史说道。这句话也是说给他自己听的。

"我不想这样想，可忍不住……"雅美垂下眼帘，"最近我经常做梦，是父亲葬礼的梦。出殡的时候，父亲的遗像是我拿的，那个情景我梦到了好多次……"

"没关系，还有人说梦到葬礼是吉兆呢。"

崇史的安慰没有效果。雅美脸色苍白，伫立在那儿。崇史觉得该早点离开，便站了起来，拉上窗帘。

就在这一瞬间，一个不可思议的形象造访了大脑。

契机就是"出殡"一词。棺材、细长的四方形箱子、运送棺材的人们……崇史感到意识仿佛被什么吸走了，渐渐消失，身上也没了力气。

雅美的声音变得遥远起来……

SCENE 8

Vitec 公司的人事部找我，是在宴会结束的一星期之后。我穿着宴会时所穿的西装赶往位于赤坂的公司。已进入九月，可暑热未消，途中，我脱掉上衣搭在肩上。在车站的站台上，我忽然发现了一个打扮跟我一样但比我年轻的男人，我想起了稍早前的自己。原来还有人在求职啊。

到公司后，我先去找人事部下属的人事科科长。戴着眼镜的秃头科长听到我的名字，眯起了眼睛。

"是敦贺吧？告诉你一个好消息。"

他突然这么说了一句，我的心情自然不坏。"什么事？"我的神情稍稍放松下来。

"具体情况到另一个房间再给你解释。你到走廊，往左走到二〇一号会议室。你在那儿等一下，我马上过去。"

"知道了。"

还真会装模作样。尽管这么想，我还是决定照他说的去做。我径直推开了二〇一室的房门。原以为里面不会有人，没想到不是。一个身穿藏青色西装的人正背朝小会议桌坐着。我刚想为自己的失礼道歉，可看到对方回过头来，我把话咽了下去。是智彦。

"呀。"他叫了一声，"这么晚？"

我一边打量他的装扮一边在他一旁坐下。这身西装穿在身板单薄的智彦身上，就像是挂在衣架上一样。"智彦，你也被叫来了？"

"嗯，昨天研究室发来邮件。你也是这样吧？"

"啊。"我点点头，问道，"你听说我要来？"

"虽然不知道是你，可我早就知道还要叫一个人来了，就想大概会是你吧。"

"那你也知道找我们什么事了吧？"

"嗯，大体上知道。"

"什么事？"

智彦犹豫着移开视线，用食指扶了扶眼镜说道："人事科长什么都没说吗？"

"他只说是个好消息。"

智彦点点头，嘻嘻地笑了。"没错，是个好消息。"

"到底是什么事？快告诉我，别让我着急了。"

"我不能说，但你马上就会明白。"

"我还不稀罕呢。"我皱起眉，用指尖挠了挠太阳穴。智彦笑嘻嘻的。看他这样，我差点忘了自己正在破坏彼此间的友情，似乎又回到了从前。我想起有件事必须要问智彦。这或许会让融洽的气氛发生骤变，可我不能不去确认。"对了，筱崎后来怎么样了？"

果然，智彦脸色急变，笑容消失了。"什么怎么样了？"

"就是上周的宴会之后啊。他样子有些奇怪，你们慌慌张张地把他带了出去，不是吗？"

"啊，那件事啊。"智彦又露出笑容，却和刚才完全不同，"他醉了，喝多了。就是再尽情欢闹也不该弄成那样啊，后来被须藤老师严厉训斥了一顿。"

"我可不这么看。"

智彦的神色顿时严厉起来。"什么意思？"

"我也没有别的意思。"略加停顿后，我继续说道，"我忽然想起来，不会是实验的影响吧？把筱崎当成实验对象，你们以前不就说过吗？"

智彦脸上没有了表情。他的视线投向我背后，分明在思考该如何辩解。他似乎很快就想了出来，正要开口，我抢先问道："那个实验也可能实现对记忆的修改，这种话你也说过吧？"

这句话让智彦毫无表情的脸崩溃了，他不断地眨着眼睛，额头也稍稍发红。这是他狼狈时的特征，我最清楚。"那个……"他终于发出声来，"那个跟实验没关系。那天的筱崎，真的是，那个，喝醉了。"

"是吗？从那以后似乎就再没看见过筱崎的身影。我还想，那次一定是发生了什么意外吧。"

"哪儿是什么意外，真的没什么。"

"那就好。"我说着点点头，从智彦身上移开目光。

我知道不可能从他口中问出实情，但从他刚才的反应中，我确信自己推测对了。筱崎在那次宴会上的奇怪行为果然是受到了实验的影响。难道筱崎的记忆一直处于被修改状态，无法复原？明明出生于广岛，他硬要说成东京——那一幕又出现在我脑中。

可是……

我心底还有一种试图否定这种推测的心情。修改记忆不是那么容易就能实现的，那是现实工程学研究者的终极课题。

正当窒息的沉默开始在我和智彦之间蔓延的时候，门很合时宜地开了，人事科长走了进来，身后还跟着一个近四十岁的男人，身穿做工精细的灰色西装。这人我在上周的宴会上看见过，是从美国总公司临时回国的，姓青地。

人事科长在我们对面坐下，徐徐开了口："把你们二位叫来也没别的，主要是想确认明年春天之后的分配问题。"

我盯着他的脸。他反复打量我和智彦。"我想你们也知道，每年都会从 MAC 选一两个人送到洛杉矶总公司，前提条件是必须优秀。因此，明年的选派就选定了你们俩。"

我看了智彦一眼，智彦也飞快地瞥了我一眼，立刻又看向前面。"定得这么早啊。"我说道，"我还以为得到明年呢。"

"往年都是这样的，今年是有些特别。"人事科长继续说道，"虽然不确定去那边之后的工作内容是什么，但我想应该是继续现在的研究。在那边待的时间现在也还未决定，起码两年，最长会待到退休。"

"一般是五到十年。"一旁的青地用金属般的声音补充道。

"怎么样？"人事科长再次面朝我们，"有没有想去洛杉矶的意愿？啊，当然，并不是要你们立刻答复，不过，考虑的时间也并不多。"

"可能的话，我想在三天之内得到你们的回复，"青地说道，"因为一旦你们拒绝，我们需要立刻考虑其他人选。"

"不过，我想你们也不会拒绝吧？"人事科长说道。

以我的心情，现在就可以回复 OK，根本没必要考虑三天。从进入 Vitec 公司的第一天起，被分配到美国总公司就一直是我的梦想。

"三天后我们会再次联系你们，到时候给一个答复就行。有没有问题？"

听到科长的询问，我回答了一声"没有"，智彦也说没有。

"那就下周见。啊，还有，这件事不能告诉其他人，即使 MAC 的老师也不能透露，只有这一点希望你们注意。"

"明白了。"我们齐声答道。

在返回 MAC 的电车中，我和智彦并排坐在一起。尽管知道自己头脑发热，我还是抑制不住声音中的亢奋。

"真吓了我一跳。没想到今年这么早就探询意向了。"

"接收方也有自己的情况，所以就想早点确定下来吧。"

"或许是吧。不过说实话，我还是松了口气，因为我根本就没有信心会被选中。"

"崇史若是落选那还像话吗？"

"哪有的事。我说不清楚，但我觉得运气不错。"

"这不是运气。"智彦抱起胳膊，凝视着斜下方。

我扭过身体，转向智彦。"智彦，去洛杉矶的事你早就知道了吧？"

"隐隐约约。"

"为什么？"

"上次跟青地谈过，他当时就提了一下。"

"怪不得你这么冷静呢。"

"不是冷静,准确地说是松了口气。虽说隐约猜到了,可在亲耳听到之前还是不放心。一旦要去美国,还有很多问题需要解决呢。"到底是什么问题呢? 我正思考时,智彦叹了口气说道:"比如她。"

"啊……"这件事我也没有忘记,"那你打算怎么办?"

"怎么办啊。"智彦轻轻叹了口气。

智彦不可能会拒绝去美国。跟我一样,这应该是他最大的愿望。可这样一来,就要和麻由子分开好几年了。美国虽然不远,也无法每周约会。

恐怕他现在百感交集,我想象着,同时也感到幸灾乐祸,甚至觉得最好能让他好好烦恼一下。同时我想,这或许也是整理我自己对麻由子感情的大好机会。只要她在身边,我就无法斩断对她的情愫。大海对面的大地上或许会有可以使我忘记她的东西。

"她,"智彦在一旁突然说道,"能不能跟我去呢?"

我的眉毛不禁抽动了一下。"去洛杉矶?"

"嗯。有点勉强吧。"

"很勉强,她也有工作啊。"

"所以我想让她辞职。"

"辞掉 Vitec?"

"嗯……"

我无话可说,凝视着智彦瘦削的侧脸。他清澈的眼睛正凝望前方。

"你是说要结婚?"我表情僵硬地问道。说出"结婚"一词让我有一种难以言喻的抵触感。

"我打算这样。"智彦答道,"否则,她的父母也不会答应。"

"可是……"话到嘴边,我又咽了回去。我想说的是上次智彦喝醉后来到我家的事。他当时说,他向麻由子提及将来时,麻由子希望再给她一些时间来考虑。

"这或许是一个转折点。"智彦说道。

"转折点?什么转折点?"

"我们俩的。或许这会让一切都尘埃落定。"智彦语气平静,可声音里透着认真。看来,他对自己与麻由子的关系一直抱有危机感。

"嗯。"我只答了这么一句。究竟是什么东西让我表示赞同,连我自己都说不清楚。

希望你跟我过去——倘若智彦这么说,麻由子会如何作答呢?我深知她立志做一名学者,很难想象她会选择传统女人的生活方式,辞掉工作跟着男人去美国。但我并不清楚他们俩的心灵纽带已经紧密到了何种程度。倘若已超越我的想象,她也完全有可能接受智彦的请求。麻由子对智彦的感情中包含了伴有自我牺牲的自恋,这令我更加不安。

倘若麻由子答应了……一想到这里,我顿时全身发热,心绪不宁。若真是这样,那我就只能到洛杉矶目睹智彦和麻由子展开新婚生活了。

"你什么时候对她说?"我问智彦。

"嗯……或许今晚吧。"

"是吗?"我点点头,闭上眼睛。若是从前的我,或许还会加上一句言不由衷的"加油",可现在我已不愿再陷入自我厌恶。

这一夜,我怎么也睡不着。智彦对麻由子是怎么说的?她态度怎样？他们会结婚吗？难道我要跟结了婚的这二人一起去洛杉矶，藏起对麻由子的思慕，装出一副智彦挚友的样子？

我真想给麻由子打电话，甚至数次要把手伸向无绳电话，但我最终没有打。我没有勇气。我在床上翻来覆去，后来头痛起来，胃也开始发胀，更加难以入眠。

我恍恍惚惚地胡思乱想，脑中一团乱麻，完全理不出解决的头绪，唯独弄清楚了一点——我根本无法放弃麻由子。我原以为去了美国或许就会忘记她，可这只不过是我一厢情愿，只能停留在想法中。若是能够下决心放弃她，那么对于智彦和她的结合也早就该想通了。但实际上，我非常害怕这件事，害怕至极，以至于郁闷难眠。

我不想把麻由子交给任何人，无论如何也想得到她的爱，即使因此让智彦悲伤也没办法。从她生日前一天我送她胸针的那一瞬起，我们的友情就已经消逝了。

次日，一到 MAC，我就开始找智彦和麻由子。我无法为询问昨日的结果而造访他们的房间，只能期待着在走廊偶然相遇或者在食堂里邂逅的机会。可无论是智彦还是麻由子，我都没能遇见。我把工作丢在一边，不断寻找理由离开房间，毫无意义地在走廊里踱来踱去。

"你今天怎么有点心神不宁的？"小山内很快注意到了，指责我制作报告漫不经心。

这一晚，离开 MAC 之后，我并未回家，而是径直去了高圆寺车站，走进了交给麻由子蓝宝石胸针的咖啡厅。幸好店内很空，我找了个能透过玻璃望见车站的位置，点了杯咖啡。咖啡加上消费税是三百五十元一杯。我目不转睛地盯着车站，同时拿出钱包，取出三个一百元硬币和五个十元硬币放到桌子上。

第一杯咖啡十五分钟就喝完了，接下来的十五分钟咖啡杯一直是空着的。碍于服务员的视线，我才又要了一杯，然后从钱包里掏出一个五百元硬币，从桌子上拿起一个一百元硬币和五个十元硬币放回钱包。

第三杯咖啡喝到一半时，麻由子出现了。她穿着黄色束腰套装，从远处也能看出稍显疲惫。

我从桌子上拿起账单，取出一千零五十元，站了起来。收银员为前一个顾客结账时费了点时间，我说了句"放这儿了"，随即把账单和钱款放到收银机前。自动门一打开，我便迫不及待地走到了外面。

麻由子正要走进一条小道。我知道这一带路况错综复杂，一旦错失很难再发现，于是一路小跑着追了上去。

听见身后有脚步声跟来，还未等我打招呼，她就回过头来。大概是光线的缘故，她没看清我的脸，眼底掠过一丝疑云，随即她睁大眼睛，停下了脚步。"怎么了？"她露出一副受到惊吓的表情。

"我一直在站前等你。有件事今晚无论如何想确认。"

"什么事？"

"去美国。"我紧盯着她，"智彦都告诉你了吧？"

"啊，"麻由子点点头，笑了起来，"听说你也被选中了。不是挺好的吗？祝贺你。"

"在道谢之前，有件事我必须先问你。"我一面继续靠近一面说。她脸上仍挂着微笑，可警惕的神色也露了出来。我问道："你是怎么回答智彦的？"

"啊……"麻由子的目光开始闪烁。

"希望你跟着去美国，他不是这样说的吗？"

她眉毛一颤，环顾左右后不自然地笑了起来。"你喜欢站在路边说话啊？"

这或许是她尽力开出的玩笑了。我努力放松表情，肩膀也放松了下来。"那我送送你吧。很近吧？"

"五分钟左右。"说着，麻由子走了起来，我跟在她身旁。走了一会儿，她开了口："昨天他跟我说了。"

"去美国的事情？"

"是的。"

"希望你跟着去？"

"嗯。还说希望结婚。"

我沉默了。那你是怎么回答的——我本该这么问，却说不出口，因为我害怕知道答案。我默默无语，机械地交替迈出双脚，连在往哪儿走、又是怎么走的都不清楚。我喘不过气，腋下汗水直流。

大概是因为我不再发问，麻由子也沉默起来。我忽然想到，她一定是不想告诉我她是如何回答智彦的。

突然，麻由子停下了脚步。我心中一紧，盯着她。她露出一丝惴惴的神色，然后嫣然一笑。"就是这儿。"她的声音有点羞怯。我们正站在一栋贴着白色瓷砖的建筑前。入口镶着玻璃门，能够看见排列在玻璃门后的信箱。

"几号？"

她稍一犹豫，答道："三〇二。"

"那我送你到家门口。"

她摇了摇头。"这儿就行了。"

"是吗？"我把两手插进兜里，毫无意义地仰望楼房。

"我，"麻由子说道，声音里透着一股倔强，"我不去美国。"

我吃惊地盯着她的眼睛。她那修长的眼睛中的笑意消失了，取而代之的是意志坚强的光芒。

"你不跟智彦去？"

她看着我点点头。

"为什么？"我继续问道。

"因为我觉得还没到那种程度。一旦心血来潮做出无法挽回的事情，到时候肯定会后悔，这样无论是我还是他都不会幸福的。我们需要更多的时间。"

"可这段时间你们将以分开的形式度过。"

"心灵上的纽带跟物理上的距离没有关系。如果因为分开了，心灵的联系就脆弱下来，那结局也不过如此。"

"你对那家伙也是这么说的？"

"嗯。"

"那家伙接受了吗？"

"似乎没有，但他说这样也行。他还说，他尊重我想工作的想法，而且从客观上考虑，这也是最好的决定。"

这在各种意义上都符合智彦一贯的风格，他不是一个会强行带走心上人的男人。现在，他说不定也跟上次一样，正一个人拼命地灌啤酒呢。

"你想问的就是这些？"她的表情略微放松下来，问道。

"嗯。"

"那就到这儿为止吧。"说着，她开始登上通向入口的楼梯，但踏上一级台阶后又转过身来，"在美国好好努力。你一定能有一番成就的。"

"还有半年多呢。"

"之后就不知道何时能见面了，所以我得提前做好心理准备。"她倏地一下极自然地伸出右手，"真的要好好努力哦。我期待着呢。"

我注视那只手数秒，从兜里抽出右手握住。这是我第一次握麻由子的手，感觉纤细而柔嫩，但骨头结实。我的掌心渗出汗来。我忽然产生了一股想就此把她拉过来的冲动，手指不由得加重了力度。

仿佛看穿了我的心思，麻由子睁大了杏核眼。"不行啊。"她小声说道，像在责备孩子。

"你真的不去美国？"我问道。

她点点头。

我松开了手。"明白了。"

麻由子抽回右手，把包背在身后。"那么晚安。谢谢你送我。"

"晚安。"

她登上楼梯，打开入口的玻璃门走进楼内。直到看不见她的身影，我才离开那里。或许是浑身燥热的缘故吧，就连残暑未消的九月的风都让我感觉那么舒适。

两天后，为了答复去美国一事，我再次来到 Vitec 公司。我仍被安排在那间会议室等待，却不见智彦的影子。太好了，我暗自庆幸。

敲门声响起，进来的是上次见过面的青地。人事科长并未露面，大概是以为根本就用不着听我的答复了。

"决定了吧？"

"是的。"

"好，我们昨天也得到了三轮的答复。那我们马上跟总公司联系。"说着，青地就要从夹在腋下的包里取出文件。

我慌忙说道："那个，您弄错了……"

"弄错了？"青地把脸扭了过来，"什么弄错了？"

"去美国的事……请允许我谢绝。"

青地似乎一时没有明白，呆呆地望着我，然后才缓缓张大了嘴说道："你说什么？"声音像是挤出来的一样。"谢绝？当真？"

"对。是经过深思熟虑后做出的决定。"

"喂喂，你真的考虑好了吗？这可是非常重要的事情。如果现在失掉这个机会，你或许永远去不了总公司了。"

"我知道。我是在考虑这个因素之后做出的决定。"

青地叹了口气，继而使劲挠起头来，梳理好的发型很快乱了。"理由是什么？"

"个人原因。"

"父母反对之类的？"

"不是……必须说出理由吗？"

"啊，那倒不必。"青地双手放在会议桌上，不时交叉手指。很显然，我的拒绝完全打乱了他的计划。

青地抬起脸来。"我想你会后悔的。"

我默默望着他。我也认为自己正在做一件荒唐事，但这是我反复扪心自问之后得出的结论。我已经明白了究竟什么对我来说才是最重要的。

"没办法，看来只好找一个人替补了。"也许是认识到了我的决心，青地叹息着说道，"但可惜啊，太可惜了！"

"这是价值观的问题。"听我这么一说，青地显得有点意外。

这一晚，我在住处等待智彦打来电话。我谢绝去美国一事自然会传入他耳中，他得知后肯定会确认我的真正想法。该如何对他解释呢？我拼命思考托词，可是怎么也想不出不会让他生疑的理由。因低估他敏锐的洞察力而被他看穿谎言的经历，此前已有过多次。

就这样，巧妙的谎言没能想出来，时间却流逝掉了。这一晚智彦没来电话，我总算暂且松了一口气，不过他明天可能会打过来，或者在 MAC 碰面时他就会问到。无论如何，这只是一个时间问题。

可是到了次日，我既没与智彦碰面，也没接到他的电话。难道我谢绝一事他还不知道？若真是这样就好了。

又过了一天，我正在研究室写报告，桌上的电话响了，听筒里传来麻由子的声音。是内线电话，看来她也在 MAC。幸而我周围没人，不用担心谈话被人偷听。

"你能不能出来一下？我有事想跟你说。"她说道。

"好的。你在哪儿？"

"资料调查室。不过这儿没法说话，我正要去楼顶呢。"

"知道了，我马上过去。"

我乘上电梯，前往顶层。麻由子很少主动找我谈话，准确地说，以前她从未找过我。她到底会有什么事呢？我反复思考着。难道她改变念头决定去美国了？想到这里，我顿时不安起来，连电梯的移动也觉得缓慢了很多。

我踏着楼梯从顶层登上楼顶，麻由子正背靠护栏站着。她身穿浅蓝色短袖夹克，修长的双腿从同样颜色的裙裤下露了出来。怎么没穿平时那件白大褂呢？我想。

走近后我才发现麻由子正瞪着我。我正要问怎么了，她却先开了口："为什么要拒绝？"

她的语气中充满责备。我顿时明白了她说的事情，同时也深感意外。她怎么会知道呢？

"我今早去了趟 Vitec，是被人事部叫去的。"

"你？"仿佛墨水滴落在水里，一股不祥的预感顿时蔓延开来。

"他们问我，有没有去洛杉矶总公司的意向。"

"怎么会……"我顿时觉得耳朵深处像有东西裂开一样，"这么……荒唐。可你今年才刚进入 MAC 啊。"

"我也是这么说的，他们说是特例。"

"特例？"

"他们说一个去美国的人选已经决定下来，可无论如何还需要一个助手来辅助他。他们有一名候选人，但对方谢绝了，所以就例外地找我商量。"

我说不出话来，各种念头一齐涌入脑海，就像洗衣机中的衣服一样旋转起来。助手？我只是智彦的助手？不，现在哪里是考虑这个的时候！

"已经决定下来的人就是智彦，对吧？这样一来拒绝的就是你了……我无法相信，也不愿意相信，难道真的是这样？"

我右手按着额头靠近护栏，眼前的景色却进入不了视野。我无法相信，也不愿意相信——麻由子刚才的话正是我现在的心情。

"是我……"我痛苦地喃喃道，"拒绝的那个就是我。"

"果然……"麻由子在一旁摇头的样子映入眼帘，"为什么？为什么要这么做……"

"个人方面的……原因。"

"可这种机会实在是千载难逢。"

我两手使劲抓住铁丝网，忍着不喊出来。"是吗？原来是这样。因为我拒绝了，他们就找你谈话……"某种情绪猛地涌上心头，"太愚蠢了，真可笑。我到底是在做什么？"事实上，我真想笑出来，嘲笑滑稽的自己，面孔却只是丑陋地扭曲了起来。

"那个，敦贺，"麻由子说道，"莫非这跟我那天所说的事情有关？我说不跟他去的事情……"

我沉默不语。铁丝网勒进了手指，可我并未松劲。

"是这样的吧？因此你才拒绝的？"她仍在问。真是令人心痛的追问。

我低下头，顶在铁丝网上。"因为我想待在你身边。"我答道，"我想只要继续待在你身边，或许就能抓住你的心，说不定就能从智彦那里把你抢过来。我就是这样策划的。你说物理上的距离没有关系，可我并不这么认为。最重要的是……"我停顿了一下呼吸，继续说道，"我不想离开你。"

"怎么会……"

"可这种肮脏的事情是不该想的，我马上就遭到了报应。如果你替我去了，我的决定就毫无意义了。"

"只要要求他们取消就行，还来得及。"

"不，不行。算了，"我摇摇头，"这是我自作自受。"

"别这么说，这可是关系到一生的事情。为了……为了一个不值得的我，连生活方式都改变了，你不觉得这很愚蠢吗？"

"我只是做了件对得起自己的事情。"

"可是你也太、太过分了……"

发现麻由子的声音在颤抖，我看了她一眼。泪水已从她眼里滚落，顺着脸颊流了下来。她眼眶红了，紧紧咬着嘴唇，强忍悲伤。我顿时慌乱起来。

"这该怎么办才好呢……你别哭了，根本不是你的错，是我一厢情愿地爱上了你，结果作茧自缚。你根本不用在意。"

"可是，照这个样子……"

"真的，没事。"

我缓缓抬起右手，向麻由子的左脸颊伸去。她没有动，一直用真挚的眼神望着我，眼里充满了血丝。不久，我的指尖碰到了她的脸颊，她仍没有动。我用拇指的指肚擦拭她被泪水濡湿的眼睛下方。仿佛感到了静电似的，火辣辣的刺激顿时在我体内激荡起来。我全身僵硬，一阵燥热。

麻由子用左手握住我的手指问道："为什么是我？"

"不知道。"我答道。

楼梯那边吵嚷起来，或许是进入午休了，这里恐怕会有人来。我们不由得松了手。

"什么时候答复去美国的事情？"我问。

"他们让明天之前。"

"是吗……跟智彦说了没有？"

麻由子摇摇头。"还没。"

"最好早点告诉他，他一定会很高兴的。"我强装出爽朗的声音，"那就再见。"说完，我朝楼梯走去。正好有两个男人带着高尔夫球杆上来，似乎想练习击球姿势。我暗暗祈祷，最好别让这两个家伙发现麻由子的泪痕。

以这种精神状态，下午继续坐在桌前是不可能了。我对小山内说自己不舒服，然后便早退了。从某种意义上说，这并非装病，我真的连站着都很痛苦了。在洗手间照镜子时，我发现自己脸色灰暗、无精打采，同时也明白了小山内立刻就答应了的原因。

我想喝酒，真想醉到连意识都没有，可我径直回了住处。我不知道哪家店大白天就会让人喝酒，更重要的是我不想到人前去，只想尽早一个人待着。

房间里还有一瓶未喝完的芝华士和一瓶未开封的野火鸡。将它们全部倒进胃里，大概就会醉得不省人事了。可我把自己扔到床上之后，就连动都不想动了，虽然想醉，却连喝酒的气力都没有。我什么都不想做。

我不吃不睡，只是在床上闷闷地打发时间。我究竟是在为丧失了一个极好的机会而后悔，还是为彻底失去麻由子而悲伤，连我自己都搞不清楚。真麻烦，干脆死了算了，我甚至这么想。

就这样待到半夜，我晃晃悠悠地起身，直接喝起半冷不热的威士忌。我什么都不想吃，只是一个劲地灌着酒精。黎明去厕所时，我在门口呕吐起来，吐出的净是黄色的胃液。想吐却吐不出来的痛苦让我满地打滚，就连从窗户射进来的阳光都令我心烦。最终，我决定今天不去 MAC 了，实验也罢报告也罢都无所谓。

刚过中午，电话响了。尽管把声音设得很小，铃声还是加重了我的头痛。我像青虫一样扭动着身子爬下床来，抓起扔在地板上的无绳电话。"喂，我是敦贺。"我只能发出像得了感冒的牛一样的声音。

“是我。”停顿了一下之后，传来了麻由子的声音。

一瞬间，我忘记了头痛。“啊……”我想和她说话，却不知该说什么。

“病了？”

“有点不舒服，不过没事。”

“那就好。”她似乎犹豫了一会儿，继续说道，“我刚才去了一趟 Vitec。”

“嗯。”一瞬间，种种念头在我脑中翻腾起来。为什么要特意给我打电话？难道这是最后通牒？现在智彦一定在狂喜不已。一切都完了……

“我拒绝了。”麻由子说道。

“啊？”整个大脑变成了真空。“拒绝了？什么意思？”

“就是谢绝了去美国的事情。”

我陷入沉默。她也没再说话，微乱的呼吸通过听筒传了过来。

“为什么？”我问。

“因为……因为我觉得不能去。”她说道。

我还想继续问为什么，却没有问。又沉默了一会儿，我问道：“智彦知道吗？”

“不知道。我连征询我去美国意向的事都没跟他说。”

“这样能行吗？”

“能行。”

“是吗？”我咽了口唾沫，味道是苦的，“这次的事情要对智彦保密？”

“没错。”

"我想跟你见面谈谈。"

麻由子犹豫了一会儿,最终答道:"下次吧。"

我并没有失落。"明白。那就下次见。"

"注意身体哦。"

"谢谢。"

我们挂断了电话。

次日,我去了MAC,但魂不守舍,心神不宁,犯了好几次低级错误。别人跟我说话时,我也心不在焉。

"怎么了?你最近有些奇怪。犯了夏季疲劳?"小山内终于问道。我不但连续缺勤,还一直不在状态,他当然会发点牢骚了。

我一边说着"没事"一边返回座位,刚要开始工作,却又想起别的事情。清醒些,有什么心醉神迷的?我斥责起自己。

心醉神迷一词正说中了我真实的心态。我高兴得忘乎所以。麻由子不去美国,而且理由还是对我的体谅,一想到这些,我就禁不住喜滋滋的,感觉就像原以为自己会一直待在黑暗之中,却忽然发现阳光从头顶上照下来一样。

当然,只是如此并不能确定麻由子是否爱我。但她尊重了我对她的感情,这一点毋庸置疑。这对我来说是一个巨大的进展。

我并非没有对智彦心生愧疚,但我尽量忽视它,甚至努力在想,我根本就没有在意这些的资格。

总之,现在真想早点见到麻由子,想端详着她的脸倾听她的声音。如果可能,还想更准确地把握她的情感。我如此想入非非,自然就无法埋头工作。不过说实话,这种感觉并不坏。

"记忆包的家伙们现在正在做什么呢？"我试着用闲聊般的轻松语气对旁边的柳濑说道，"最近怎么看不见他们了？"

柳濑正埋头于小山内吩咐的模拟实验，他扭过疲惫的脸，也有些不解。"最近一直都是这样啊。听说须藤和三轮居然都住进了实验室。"

"住进实验室？这么厉害？"

"有种急着完成什么的感觉。不过当前也没有重要的发表会啊。倘若真是紧急的研究，Vitec 公司也该派人来支援的。"

我忽然想起一件事。"最近跟筱崎还见面吗？"

"筱崎？不，根本就见不着了。那家伙不是也跟着三轮他们吗？"

"我最后看到他，好像还是宴会的时候。"

柳濑使劲点点头。"我也是。对，那件事给人印象太深了。估计在酒上该有点节制了吧。"他说着还哧哧笑了起来。

这天晚上，我拨打了麻由子的电话。我在七点之前打了好多次，她都不在家。我一边看橄榄球录像一边吃廉价的晚餐，之后又开始打电话，可打了好几次仍不在家。八点刚过，电话终于打通了，正好是电视上达拉斯牛仔队要打进制胜一球的时候。

听到我的声音，麻由子似乎并不怎么意外，用一贯平静的声音说了声"晚上好"。

"昨天抱歉。"我说道。由于笨拙，声音有点走调。

"嗯。"

"好像还是很忙啊。"

"今天倒是不大忙，比平时出来得早，结果到处绕了一圈，就回来晚了。"

"是吗？"既然这样，早知道就蹲守你了——本想说句俏皮话，可我还是咽了下去。我不想让她觉得我只用了一天就恢复了心情。"也没别的事。"我说道，"套用老掉牙的说法，就是想听听你的声音。"

电话那头传来咻咻的笑声。"真的是老掉牙的台词。"

"跟智彦说什么了没有？"

"今天几乎什么都没说。他一直闷在实验室里，我在座位上做数据分析。"

"听说他一直住在那里？"

"他啊，毕竟事很多。"

"是筱崎的事吧？"

这句话似乎正中要害。麻由子停顿了一会儿才答道："……你听他说过些什么了？"

"被他巧妙地避开了。但我还是知道。"

"是吗？你说的是宴会时的事吧？"

"算是吧。"

"是很异常啊。"

"筱崎出现了记忆混乱。是实验的影响吧？"

麻由子长叹一声，似乎并不想隐瞒。"是出了点麻烦，不过没事，我今天能早回来也是因为不用担心。"

"已经解决了？"

"嗯。"

"那太好了。那智彦的研究也完成九成了？"

"怎么说呢，差不多八成吧，只差最后一步了。"

"厉害啊。"我说道，然后停顿了片刻，又问道，"那么，记忆能修改了？"

麻由子沉默了。虽然只是数秒，但足以下决心了。她说道："能。"

"是吗？"各种情感顿时向心头涌来：失败感、憧憬、惊叹，还有嫉妒。"智彦是天才。"我说，心中有一种自虐般的快感。

"我也这么觉得。"麻由子也说道。

"这样的天才你就不想跟着？"我说的当然是去美国一事，但立刻就后悔了。这种说法多么拙劣。

果然，麻由子说道："如果你要这么说，那我的决断就没有意义了。"

她说得没错，我无言以对。

"智彦今晚还会住下来吧？"

"应该不会。他说已经告一段落，可以回到好久没回的家了。"

"那或许已经回去了。"

"是啊。你要打电话吗？"

"想试试。"

"那倒也可以……"

"我知道。我不会多说的，只是想问问有关研究的事。"

"那就拜托了。"麻由子说道。她依然想维系我们的友情。

挂断电话后，我立刻往智彦的住处拨打电话，但他仍未回来。呼叫音响到第七声的时候，我挂断了。第二次打电话是晚上十一点之后。我开始喝兑水的波本威士忌。电话仍未打通。过了十二点，我又试着打了一次，仍没人接。

大概还在 MAC 吧。麻由子说故障已经顺利解决，难道又出了什么意外？还是说，只是因为一点小事耽搁了？我换上睡袍，钻进被窝，可总觉得放心不下。凌晨一点整时，我再次把手伸向无绳电话，按下重拨键，听筒里传来的仍只有单调的呼叫音。

我起床换上牛仔裤和棉布衬衫，穿上轻便运动鞋走出家门，从公寓的自行车停放处拽出自行车，骑向 MAC。

MAC 科研楼窗户里的灯几乎全都熄了。我向睡眼惺忪的守卫出示了身份证明。"我忘了东西。明天出差急需。"

守卫不耐烦地点了点头。

爬上楼梯，我快步朝智彦他们的研究室走去。门紧闭着，侧耳拼命听也听不到里面的声音。这里所有的研究室都采取了隔音措施。

犹豫片刻，我试着敲门。尽管可能会引起怀疑，但我只要说我往家里打了好几次电话都没人接，担心不已就行了，而且这也是事实。

门内没有回应。我又试着敲了一次，结果还是一样。我索性拧了拧门把手，门锁着，打不开。

智彦并不在这里。

正在纳闷的时候，外面传来了车辆的引擎声，有人把车停在了不远处。我从走廊的窗户往下一看，只见一辆灰色带篷货车正开着引擎停在网球场旁。驾驶席的门开了，一个男人走下来。他穿着工作服，可光线昏暗看不清脸，似乎是个陌生人。

我把脸贴近窗户。那人正打开货车后部的车门。

这时，两个男人走了过去。我睁大了眼睛。即使离得很远，我也能认出那二人是须藤老师和智彦。

接着，有样东西吸引了我的视线。两台手推车上横放着一个又长又大的箱子，形状就像是冰箱的包装纸箱。

货车司机和须藤老师一前一后抬起箱子。为避免妨碍他们，智彦把手推车推到旁边。司机和须藤老师慢慢把箱子抬上货车的载货台面，就像葬礼上出殡时的光景一样。

箱子放好后，司机关上后车门，跟须藤老师交谈了几句便钻进驾驶席，驾车径直朝出口开去。

须藤老师与智彦并排站着目送货车驶去。车辆消失后，二人推着手推车开始移步。

为避免跟他们撞上，我开始朝走廊的相反方向走去，脚步逐渐加快，不久便跑了起来。

一种莫名的恐惧开始在心中蔓延。

第八章

证据

远处传来声音。起初没弄清说的是什么，但声音逐渐清晰起来。"敦贺先生，敦贺先生。"原来那声音正喊着他的名字，是女人的声音。

　　光亮逐渐从昏暗视野的一边扩散开来，聚焦后，模糊的影像变成了一张年轻女人的脸。

　　崇史不断地眨着眼睛，大脑昏昏沉沉的，视网膜上闪烁着奇怪的残像。他这才意识到自己正靠在墙壁上。一瞬间，他竟弄不清自己是在哪里，可随后就想了起来，这里是筱崎伍郎的住处。

　　"你没事吧？"直井雅美担心地问道，仰着脸盯着他。

　　"嗯，没事。似乎是站得有点头晕。"说着，他按住双眼。

　　"吓了我一跳。有点贫血吗？"

　　"应该不是，可能是有点疲劳。"

　　"你工作很累吧？"

　　"倒也不是。"他想说"现在已被调任闲职了"，但没有说出口。

　　"对了，刚才说什么来着？"崇史按着太阳穴问道。

"葬礼。"雅美说道,"我父亲的。"

"啊,对啊。"

崇史想起了某个场面。那跟出殡很相似,男人们搬出长箱,旁边站着智彦。虽然弄不清以前为什么没有想起来,但现在已变成明晰的记忆储存在脑海中。

崇史一直在想,那个箱子里会不会是筱崎呢?因为得知筱崎离开 MAC 的消息正是在那之后。原来筱崎并非真正离开,而是被悄悄运到了某处。筱崎的身体发生了某种异变,如此推断似乎也比较妥当。

但崇史无法把这件事告诉雅美。原本她就对筱崎的生死存有疑问,若是听了这些话,一定会彻底绝望。事实上他自己也怀疑,筱崎或许已经死了。

总之,崇史认为,即使再待在这里,也不会有收获了。唯一能确认的是,筱崎的失踪被极其巧妙地掩盖了起来。

正要离开的时候,崇史一下子把放在脚边的纸袋给踢飞了。刚才他已经确认了里面的东西,是筱崎在 MAC 时穿过的工作服和安全鞋。当天筱崎大概也是穿的这些吧,崇史想。倘若他真的被装进箱子运到了某处,那一定有人把这些东西又从他身上收了回来,带到了这里。如此不厌其烦大概也是伪装工作的一环。

崇史再次看看工作服和鞋子。每一样都不是很脏,但也没有洗过,再仔细一看,工作服的袖口处还粘着几根细毛,大概是刷毛之类的。

"特意让你把我领来,却没能发现新的线索。"离开筱崎的公寓,走到青梅大街时,崇史说道。

雅美摇摇头。"这是没办法的事。只要有人真心地为他担心，我也会感到有底气。"

"你这么一说，我心里也轻松些了。"他将目光投向道路上的车流，想拦一辆出租车，"我送你吧，有点晚了。"

"没事，我乘电车回去。"

"可是……"

"而且，"她继续说道，"我想在伍郎住过的街上走一走。"

"嗯。"崇史点点头，伤感起来。那天晚上智彦他们搬运"棺材"一事还不能告诉她。"那也好。"说着，他环顾四周。

忽然，他的右眼角捕捉到了奇怪的动静。他感觉有样东西飞快地动了一下，于是条件反射地把脸转向那边，只见两名高中生模样的年轻人边走边谈笑着。正当他继续注视四周时，一辆车从岔道里开出，沿青梅大街驶去。是一辆黑色轿车。

崇史想起上次去智彦家的情形，当时也感觉被人监视了。他怀疑的那个人也是开车离去的。

难道从和直井雅美会面到去筱崎家，自己一直在被监视？一瞬间，崇史起了一身鸡皮疙瘩，愤怒涌了上来。你们到底是要干什么！让我有了这种遭遇，还想要监视什么？你们到底想要什么！

"你怎么了？"雅美似乎发觉了不对劲，问道。

"啊，没什么。"崇史佯装平静，"那你小心点。"

"再发现什么的话请跟我联系。"

"你也是。"

雅美朝他点了点头，随即离开了。崇史凝望着她的背影，脑中却开始思考别的事情。

次日下午，崇史乘上新干线"山神号"。车里有很多空座，可他并未坐，一直站在车门附近。旁边没有其他乘客。

他从东京站给公司打了电话，希望带薪休假。听到他毫无起伏的语气，主任的声音有点慌乱，但还是什么都没问就批准了。部下要求带薪休假的时候是禁止询问理由的。

崇史看了看表，拿起放在地上的运动包。静冈就要到了。

他认为，自己可选的路有两条：其一，无论是须藤还是麻由子，总之先找出一个了解真相的人，问出内情；其二，在自己的记忆恢复正常之前，先找个地方隐藏起来。

他没怎么犹豫便决定选第二条路。他觉得找出麻由子他们恐怕极难，而且在记忆未复原之前，即使行动，也不会有好的结果。

在记忆恢复之前该躲到哪里呢？考虑到这个问题时，静冈的老家立刻在崇史脑中浮现出来。真是讽刺，他以前一直很少回老家，也从未想过要回去。他觉得留恋故乡有一种倒退的感觉，这些事情等到年老再做就行。但考虑到自己的现状，回静冈似乎是最佳选择，那里有真实的过去，很多无须对记忆抱有不安的过去。

车内广播响起，列车不久便要抵达静冈站。此时有数名乘客站在崇史旁边，都是上班族模样的男人。

列车停了下来。车门一打开，那些乘客便全部下车了，没有人上车。崇史在车厢内逗留了一会儿。停车时间是一分钟，他用手表计算着时间。就在车门即将关闭的一瞬间，崇史跳下车厢，车门随即关闭。他环顾四周，似乎没有乘客像他那样在车门临关闭前下车。

他从静冈站拦了辆出租车。告诉司机目的地之后，回头望了望后面，似乎没有被尾随的迹象。当然，即使被尾随也没关系，他觉得只要躲在老家，就不怕被监视。

看到儿子突然归来，比起惊喜，母亲和子的脸上更多的是不安。"出事了？"这是她的第一句话。

"怎么会。出差来到附近，就顺便回来一趟。"

母亲这才放下心来，问起身体情况如何、工作是否劳累等等。崇史有个哥哥叫茂，在当地工作，已经成家立业，所以对和子来说，最不放心的就是独自在东京生活的次子了。

崇史灵活地应答，必要时也撒了一些谎。岗位变动的事还不能说，麻由子的存在也最好隐瞒。同居的事情他怎么也说不出口，而且对于与麻由子有关的记忆，他也没有自信。

"三轮也很好吧？"询问了一番儿子的近况后，和子又问道。

"好着呢。"崇史答道，"那家伙现在在美国总公司。"

"在美国？真的？啊，果然是与众不同。"和子感慨道。她一直坚信，多亏了三轮，自己的儿子才喜欢起学习来。

由于谈到了智彦，崇史忽然想起要去他家看看。他记得以前打听智彦的消息时，智彦母亲的反应很奇怪，似乎在隐瞒什么。崇史想，若是直接去问，或许还能抓住什么信息。面对面交谈比较容易判断对方有没有在说谎，说不定根据具体情况还能追问下去。

崇史说了一声"晚饭之前出去一下"，然后就出了家门。

智彦的家在站前商店街稍微靠里的地方，挂着一块写有"MITSUWA印刷"的招牌。这里没用 MIWA 而用了 MITSUWA①，大概是智彦父亲的匠心所在，但智彦极讨厌这个店名。上小学的时候，有个同班同

①两个发音都可写作"三轮"，但 MIWA 仅作姓氏，MITSUWA 则是一种家徽的名字。

学正是因为看到了这块牌子，才给智彦取了 MITSUWA 的绰号。

好久不见的"MITSUWA 印刷"的大门比崇史印象中的要小很多，门前的道路也很狭窄。崇史想，或许是当时自己小，才会觉得一切都很大吧。事到如今，他才觉得记忆这东西可真是奇怪。

印刷店的玻璃门关得紧紧的，后面拉着白色的窗帘。他试图打开玻璃门，却发现上着锁。印刷店的后面应该是住宅。崇史打量了一下大门，发现信箱上面有个对讲机。他按了一下等待反应，却全无应答。他又按了几次，结果还是一样。

崇史仍在徘徊时，一个身穿工作服的老人从一旁的自行车店走了出来。崇史认得此人，他最初买自行车时就是在这家店，后来还找此人修过多次。但老人似乎什么都没想起来，警惕地望着他。

"今天这家店休息吗？"崇史指着智彦的家问道。

"啊，好像是。"自行车店店主说道，"突然关的店。"

"突然？"崇史皱起眉，"什么时候的事？"

"今天啊。上午还开着，到了下午突然关了。两夫妇拖着大行李箱出去了，一副要去海外旅行的样子。"

"您知道他们去哪儿吗？"

"这就不知道了。"老人龇牙笑着摇摇头。

"两个人是什么样子？"

"什么样子？"

"那个……显得很愉快吗？"

"不是，"老人抱起胳膊，"很慌张。我跟他们搭话，他们都心不在焉的。我耳朵不大好，可能没听清他们的话，但还是觉得他们好像在被人追赶。"

被追赶？恐怕是在躲避什么吧，崇史想，他立刻想起一件事。难道是在躲我？

崇史来到静冈一事，"敌人"完全有可能已经知道。他们害怕崇史找智彦的父母打听，就抢先下手跟智彦的父母取得了联系。不难想象，之前打电话的时候也是这样，智彦的父母也是隐瞒事实一方的人。

所有的人都消失了，崇史想。筱崎、智彦、麻由子、须藤，现在又有两个人消失了。

崇史回家时，父亲浩司早已回来。浩司是一家食品厂的厂长，还有三年就退休了。

就着母亲亲手做的新鲜海鲜，好久没见的父子俩喝起了啤酒。浩司想详细了解崇史的工作内容。崇史知道，作为一名老技术人员，父亲很想给他一些建议。但他只能撒谎。

"你或许会有各种不满，不过公司说到底还是守护员工的地方。相信这一点没错。"

对于这些话，崇史也是随声附和。他不想颠覆父亲的人生观。

吃到一半，哥哥夫妇俩带着孩子来了。孩子已经两岁。望着抱起孙子后变成了一个和蔼老人的父亲，崇史不由得想，我究竟在干什么？虽然回到了家，也解决不了任何问题。

"崇史，你平时都好好洗衣服吗？"晚饭后，母亲忽然问道。

"好好洗啊。为什么问这个？"

"还不是因为今年春天的事。"

"春天？"

"你忘了？你不是把以前攒下的待洗衣物全都用快递寄回来了吗？全部洗完费了很大力气。"

"啊……"倒是有这么回事，崇史忽然想了起来。那时衣服装满了两个纸箱。

"全是冬天的衣服，我都放在二楼的柜子里了。需要的话给你寄过去。"

"嗯，还不用。"

"其他的东西怎么办？丢掉吗？"

"其他东西？"

"一起装进去的书和漫画之类的，都是些乱七八糟的东西。"

我放那些东西了吗？崇史的记忆模糊起来，又觉得似乎是放了。

"都装进纸箱放在二楼房间里了，不要的东西你能不能挑出来？"

"知道了。"崇史答道。

崇史的房间在二楼，是一个四叠大小的和室，靠墙放着书桌和书箱，睡觉的时候就把被褥从壁橱里拿出来。今夜被褥早已铺好了。

崇史坐在椅子上，逐一查看桌上和抽屉里的东西以及书箱里的书。每样东西都寄托着回忆，是现在也可以捡起来的回忆。一切都没变，唯独在和麻由子的关系上，记忆与事实相悖。

书箱前面放着一个纸箱，似乎就是母亲说的那些东西。崇史盘腿坐在被子上，打开了箱子。乍一看，里面也没装重要的东西。首先是十本漫画，因为找不到地方放，扔了又觉得可惜，才决定寄回老家。其次是小说和纪实文学共八本，还有旧闹钟、款式难看的帽子，另外还有几件只能算是破烂的玩意儿散落在箱底。

正叹气时，崇史发现其中有一个小纸包。包里似乎是一个长约二十厘米的细长东西，用包装纸包着，外面缠着胶条。

这是什么？崇史略加思考，还未等找到答案，就把胶条剥了下来，打开了纸包。一个黄色信封露了出来，里面不是信，而是别的东西。崇史倒过信封，用左手抓住滑落出来的物品。

是一副眼镜，镶着金边，右镜片还碎了。眼镜的形状看着很眼熟。不只是外形，连镜框的设计和镜片的厚度都那么熟悉。从高中时代起，"他"就一直爱用这副眼镜。神经质的"他"说其他眼镜不合适，只能用这副。

"他"就是智彦。这是智彦的眼镜。

崇史感到脑袋受到了一种无形的压迫。一种东西正要从记忆底部浮上来，另一股力量却抑制着它。

眼镜。智彦的眼镜。我是从哪里弄到这个的呢？

崇史只觉得视野在缩小，这不是错觉。他不由得闭上眼睛，向一旁的被子上倒去。一个影像正试图映在脑海中，却怎么也清晰不起来，因为遮蔽着浓雾。

突然，浓雾散开来，缝隙间露出一幅鲜明的图像——是智彦的脸，没戴眼镜，闭着眼睛，一动不动。

崇史感觉到了正俯视智彦的自己，还有当时的感情。崇史感到了强烈的不安。他受到了冲击，无比混乱。最终，他叫出声来："是我杀了智彦！"

崇史为这声音惊愕了。刚才的声音是谁的？是我，还是记忆中的我叫出来的？

不久，浓雾又把眼前包裹了起来。

SCENE 9

睁开眼睛的时候，我总觉得有种东西跟平常不一样。起床拉开窗帘，白色的东西正纷纷扬扬地落在玻璃外面。近几年的十二月都没下过雪吧？我回忆着，记得没有。

尽管冻得发抖，我还是在厨房安置好了咖啡机，正往吐司上抹黄油时，桌上的电话响了。

"是我。"是麻由子，"已经起来了？"

"刚起。"我答道。一大早，尤其是休息日的早晨能听到心上人的声音，感觉真不错。今天是星期六。"你那边也在下雪吧？"

"是啊。"她漫不经心地答着，似乎在思考别的事情。我有种不祥的预感。果然，她说道："关于今晚的事情……"

"嗯。"

"我想还是算了吧。我考虑了一晚上，做出了这个决定。"

我拿着听筒沉默了。

邀请麻由子吃晚餐是在昨天，我犹豫再三后做出的决定。最近两个月，我每晚都往她家打电话，却从未跟她提出约会一事。昨夜之所以下定决心，是因为我从她口中听到了智彦约她一起过平安夜。下周二就是平安夜了。

"为什么？"等心情稍微平静后，我开了口。

"我觉得这种关系挺别扭的，不伦不类。"

"跟好几个男人交往的女人有的是。"

"或许是吧，但不合乎我的性格。"

"圣诞节怎么过？要跟智彦见面吗？"

"跟他约好了。但跟你不是没有约好吗？我之前应该说过让我考虑一晚上。"

焦躁感向我袭来。刚才身体还冷得哆嗦，现在却莫名地燥热起来。"那你的感觉如何？"我问道，"比起我，现在仍更喜欢那家伙？"

麻由子瞬间的沉默已说明一切。之后，她又说道："如果是这样，你接受吗？"

"如果不是撒谎就行。但我的心意也不会因此就发生变化。"

呼气声传来，麻由子似乎在叹息。"抱歉，我现在无法回答你的问题。"

"你的意思是说，连你自己都不知道喜欢哪一个？"

"你那么解释也没关系，总之我现在保留意见。"

"这么狡猾啊。"

"嗯，是很狡猾。所以最起码我是不会脚踩两只船的。"

"如果你通情理，我想智彦那边你也应该取消。"

"或许是吧。嗯，我想大概会的。但我还是想好好地跟他谈一次，从别的层面上也是。"

"别的层面？"

麻由子犹豫了一下。就在这一瞬间，我猜出了她要说的话。这大概也是她想回避的话题吧。

"最近他很奇怪，"她说道，"几乎整天把自己关在实验室里，从里面反锁，连我也不让进去。但他根本没做实验，一点声音都听不见，连用电的动静都没有。"

"研究并非只有实验啊。"

"这我知道，可这也太异常了。最近，他偶尔也有打开锁的时候，我往里偷窥，发现他连灯都不开，就在昏暗的房间里一动不动，连我进去都没能立刻察觉。我还以为他出意外了呢。问他在干什么，他说只是在考虑事情。"

"既然他那么说，大概就是那样吧。"

"可每天都是这样啊。你不觉得奇怪吗？"

是挺奇怪的，可我觉得最好还是不要那么说。"或许是因为研究上遇到问题了吧。以前就有这种情况，最好别去管他。"

我的建议似乎毫无效果，她终于谈及核心。"他之所以变得奇怪，我想是研究告一段落的缘故。大概是九月末十月初的时候吧。"

"那时怎么了？"我努力装出平静的声音。

"唯独有一件事让我惦念不已，就是筱崎的事情。"

我心中一紧，但不能让她察觉到我心中的波动。"筱崎？今年秋天离开 MAC 的那家伙？"

"他的离开让人很不放心，毕竟太过突然了。"

"突然就不行吗？"

"我不是这个意思，只是觉得可疑……因此我才想跟智彦好好谈一下。你明白吗？"

"也就是说，以同一研究室伙伴的身份跟他谈？"

"没错。"

"那我就无法插嘴了。"

"抱歉。"

"不用道歉，听着别扭。"

结束通话后，我心中仍块垒未消。咖啡已经做好，我倒进大茶杯，什么都没加就大口喝了起来。占据内心的究竟是什么，连我自己都不清楚。约会遭拒一事并未让我深受打击，那么让我担心的或许还是她关于智彦的话。

我并未告诉麻由子关于智彦他们半夜搬运棺材状箱子的情况。当然，我也什么都没问智彦。箱子里面究竟是什么，他们到底在干什么，我至今仍全然不知。

但有一件事可以想象，且与麻由子的怀疑一致——筱崎的事情。从那天以后，筱崎再未露面，然后就离开了，理由是个人原因。

箱子里装的是筱崎——这样的推断并不离奇，反倒可以说很稳妥。问题是里面的筱崎是何种状态。后面的事情就不用怎么考虑了。猜测是有的，但这只会让心里更加阴暗，更重要的是猜测毫无根据。

我之所以未告诉麻由子，是不想让她产生不必要的担心。只要她不知道，就不会把她也牵扯进去。

想到这里，我心生迷惘。真的是这样吗？我不告诉她的理由只是这个吗？

不。我想，之所以没把"棺材"的事情告诉麻由子，其实是为了我自己。为了自己，我不能说。我害怕一旦说了，一切都会毁坏。

会毁坏什么呢？为什么会毁坏呢？这些我仍未想通，无法形成语言。但害怕的念头的确存在，而且正在向我发出警报。

麻由子要在平安夜跟智彦见面！她或许知道些什么。我害怕的就是这一点。原来，这就是我心中不安的元凶。

星期一是天皇诞生日，所以从星期六起三天连休。若在星期六的晚上能跟麻由子见面，我的身心就可以完全恢复了。可实际上，我只是虚度了三天而已。连休的收获无非是看完了攒下的录像，读完了一本纪实小说。

正当连续休假的最后一晚开始空虚起来时，门铃响了。智彦一脸微妙的表情站在门前。

"怎么了？"我抓着门把手问道。

"嗯，有点事想求你。"智彦神情僵硬，瘦削的脸看上去比往常更苍白、更憔悴。

"先进来吧。"我说道，可智彦始终站在玄关，连鞋都不脱。"你怎么了？进来啊。"我说。

"不，在这儿就行。马上就好。"

"到底什么事？这么一本正经的。"我试着笑了一下，但表情也有点僵硬。

"嗯。其实，我想要你给我一样东西。"

"什么？"

智彦吸了一口气，直盯着我的眼睛说道："安全套。"

这次轮到我倒吸了一口凉气。我抱起胳膊，吐着气点点头。"我知道了。"

"你以前说过，去买大概会不好意思，需要时只管说一声就行。所以……"

我的确这么说过，是在身为智彦挚友时说的。"是吗？因此才特意过来？"我挠着头，目光从他身上移开，"很抱歉让你白跑一趟，我现在手头没有。"

"是吗？"

"啊。"我点点头，看着智彦。

他一直在盯着我的脸，并不显得失望。"是吗？那也没办法。我自己想办法吧。"

"就算药店没有，便利店也会卖的。"

"嗯，我知道。抱歉打扰你了。"智彦抓住门把手。

"去喝点啤酒吧。"

"不，今天就算了。下次吧。"

智彦最后又盯了我一眼，然后走出房间。我迈出一步正要锁门，却停了下来。平常都会听到智彦在走廊里的脚步声，这次却未听见。

那家伙还在那里，在门对面，一动不动地站着。

一瞬间，我明白了智彦来这里的理由。他来是为了确认我对麻由子的感情。现在，那家伙无疑已得到了答案。

我和智彦隔着门，像铜像一样伫立。虽然看不见他的身影，可我知道一定是这样，他也一定察觉到我在这么做。就这样持续了数秒。我像冻结了一样静止在那里，只觉得心中有样东西在慢慢倒下。我曾在电视上看到过亚马逊巨树被砍倒那一瞬间的慢镜头，那一场景如今出现在脑海中，背景音乐则是《安魂曲》。

啪嗒一声，脚步声传来，是智彦迈出第一步的声音。犹如解开封印的暗号，我的身体也动了起来。我一面听着他远去的脚步声，一面锁上门。

这时，我心里产生了一种奇妙的感觉，跟既视感很相似。我感到自己曾有过同样的体验。不，不是这样。今晚的事情我早就预知到了。我早就知道智彦会来，然后二人的友情就会消失。我不知道为何有这样的预感，总之我早就有了。

微弱的头痛袭来，我有点恶心。

我离开家是在将近零点的时候。风很冷，因暖气而温热的身体顿时凉了下来。我把两手插进皮大衣的口袋，在大街上寻找出租车，呼出的气息像吸烟时呼出的一样白。

终于搭上一辆出租车，我对司机说了声"去高圆寺站"，然后便靠向椅背。我想要思考什么，但还是放弃了。望望窗外，明明是半夜，却有跟白天时一样多的车在穿梭。

面对一个想要采取超常行动的自己，另一个极其冷静的自己正在一旁审视，有如第三方一样观察着我的行动，分析着我的思考。而在下一个瞬间，立场又逆转过来，即我在审视着自己，就连我要干什么、结果如何都已知道。可我无法控制，只是看着而已。

出租车从环状七号线进入通向高圆寺站的道路。我让司机在站前停下，付了钱。电车似乎仍在运行，接连有人走出车站。我和他们一起进入一条两侧排满商店的小路。当然，已经没有仍在营业的店了。

我一面回忆上次和麻由子一起走过的路线一面前行。虽说只来过一次，我一点都没有迷路，几分钟便来到那栋贴着白色瓷砖的楼前。我毫不犹豫地登上正面的小楼梯，推开玻璃门。门的右侧排列着信箱，三〇二室的名牌上写着"津野"。

我乘电梯来到三楼。楼梯旁就是三〇二室，门口安着门铃。"我"知道，如果不按下门铃，就会有一个完全不同的未来。其实是不该按下的，这种念头也不是没有，可我还是按下了。"我"看到我的右手从大衣口袋里伸出，慢慢地抬起，食指按下按钮。门铃响了。

门内有动静传来。我盯着门镜，麻由子那双杏核眼应该就在门镜后面。

随着比想象中更大的声音响起，锁开了。门在眼前打开，麻由子的脸露了出来。她睁大了眼睛，不安、惊讶和困惑的表情混在一起。

"怎么了？"她的声音略带嘶哑，发梢有些湿润，大概是刚洗过澡吧。我似乎还能闻到一股馨香。

适当说几句话后离去也并非不可，而且这种念头也曾瞬间掠过我的大脑。可我最终没有这么做。我无法战胜心中的冲动，"我"也早就知道无法战胜。

我什么也没说，一下子把门打开。麻由子嘴角一动。我推搡着她闯进室内，然后反手关门上锁。

"你要干什么？"麻由子投来责难的目光。

"抱你。"

"我"听到了我的声音。

麻由子怒视着我，轻轻摇头。我朝她的脖颈伸出手，她后退着躲开。我脱掉鞋，走进屋里，把大衣也脱下丢在那里。

麻由子呆立在狭小的单间中央。电视开着，一名外国男音乐家正用沙哑的声音唱着叙事曲。电视前面有张小玻璃桌,上面放着盛橘子的筐,一旁残留着刚吃过一个橘子的痕迹。在电视对面,一张床紧挨着墙。

我迈出一步,麻由子后退一步。反复几次之后,她已无处可退。她的背后是阳台的玻璃门,她的后背和我的身影透过蕾丝窗帘映在玻璃上。我不想看自己现在的表情,便移开视线。

我再次把右手伸向麻由子的脖子。她身子一屈,从我手臂下钻了过去,想逃向玻璃桌那边,我立刻抓住她的右手。她失去了平衡,一下跪倒在地毯上。我想把她拉过来。她露出了痛苦的表情,我便稍稍减轻力道。

她默默地摇头,躲开我的手,稍微离开我一点,对着我跪坐下来,紧握的双手隔着运动裤放在膝盖上,眼神悲哀地望着我。一瞬间,这眼神让我犹豫起来,不过只是一瞬。我再次握住她的右手。她企图甩掉,可这一次我没有松劲。她扭着身体企图逃走,我搂住她的左肩,把她拽了过来。

麻由子的脸就在眼前,散发着香皂的香味。她悲哀的表情并未改变。我也没能动弹,犹如被紧紧绑住了一样,只是注视着她的脸。她一动不动地回望着我。

忽然,她瘫软下来,刚才还像石像一样的身体变得轻而柔和。我吻住她,然后抱紧。

仿佛在举行仪式,或是做习惯了的事情,我和麻由子平静地做爱,其间谁都没有说话。关掉电视的是我,熄掉台灯的是她。我脱掉她的内衣,也脱下了自己的。一切都在无言中进行。

结束后，麻由子的头就在我的右臂下面，我用指尖触摸着她的头发。不久，麻由子突然下了床，纤细的身体轮廓在昏暗中若隐若现。她拿起衣服，走进浴室。我打开台灯，把光线调至最暗。

返回时，麻由子已穿上裙子和毛衣。她眉毛微蹙，不知是对灯光感到意外，还是灯光耀眼的缘故。她坐在床上，低着头，看得出在轻轻叹气。

我把手掌覆在她手上。"不考虑跟我结婚吗？"

麻由子肩膀一颤，做了个深呼吸，没有看我便说道："这……不行。"

"为什么？"

她再次站了起来，走到灯光照不到的门口附近才回过头来。"今晚的事你就忘掉吧。我也会忘掉。"

"什么意思？"

"我是说，请把这当成第一次也是最后一次。"

"你是说要选择智彦？"

"我，"她轻轻摇了摇头，"根本没有选择的权利。"

"什么意思？"

"抱歉。请不要逼我多说。"麻由子走到门口，开始穿鞋。

"麻由子……"

"我到外面走走。在此期间请你离开，拜托。"

"你等等，再稍微聊会儿——"

她充耳不闻，开门离去。我从床上跳起，急忙穿上衣服，走出房门，却已不见她的身影。到底该不该等她回来呢？我犹豫了一会儿，还是按下了电梯按键。我能感觉到，只要我等在这里，她就不会回来。

出了公寓，我在夜晚的街道上奔走寻找麻由子。冬天的空气让我微微充血的脑袋急剧冷却，腋下却冒出汗水。四处都找不到麻由子，我仍未放弃。可无论走到哪里，都只有昏暗的道路毫无表情地迎接我。

我心中对智彦生出怨恨，眼看着不断膨胀，直到支配了全部思绪。

麻由子被那家伙俘虏了。如果那家伙身体正常，她肯定早就下决心和他分手了。可是，要抛弃身体有缺陷的他，是她无论如何也做不出来的。他抓住了她的善良，并且最大限度地利用了这点，想最终得到她。

只要没有了那家伙，只要没有了智彦——恶毒的念头填满了我的心。我忽然意识到这一点，不禁愕然。

不，不是这样的。此时的我根本无法冷静审视自己的心情。愕然的不是此时的我，而是审视着我的另一个"我"。

我站起来，环顾周围。"我"在哪里？这里又是哪里？"我"忽然理解了全部。这里是过去，是记忆中的世界。"我"正在审视记忆中的我。

心中有警钟在鸣响，某种东西正在向我发出必须回去的警告。那是"我"心中的某种东西。

"我"挣扎起来，手向空中抓去。

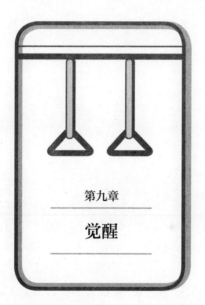

第九章

觉醒

发白的混沌从中央慢慢开裂，模糊的影像在眼前扩散，逐渐形成清晰的轮廓。崇史终于辨清了。最初映入眼帘的是自己的右手，想要抓住空气的手指在颤抖。

　　不久，他发现自己正睡在床上，只有右手在动。

　　"敦贺先生，敦贺先生。"有人正在呼唤他的名字。他扭过头，只见一个身穿白衣、医生模样的中年男人正从一旁看着他，男人身后站着一名纤瘦的护士。

　　白衣男人在崇史面前晃了晃手掌。"看得见吗？"

　　"看得见。"他答道。

　　"请说出您的名字。"

　　"敦贺崇史。"

　　医生跟护士对视了一下。崇史看得出，二人似乎放下心来。

　　"呃，我到底……"

　　刚要起来，崇史发现头上贴着东西。几根细导线从头上引出来，跟枕边的测量器连在一起。他立刻明白了，是脑波仪。

"给他摘下来。"医生说了一声，护士将导线取下。

崇史搓搓脸，直起上身。

"感觉怎么样？"医生问道。

"没什么感觉。也不坏，也不好……那个，到底发生了什么？为什么我会待在这种地方？这儿好像是医院。"他环顾室内，是单调的白色单间。

"我们正想问您到底发生了什么呢。"医生说着搓起手掌，"据您的家人说，您在家里倒下了。最初还以为您只是睡着了，就没管您，可是到了次日早晨仍未起来。无论您的母亲怎么叫，似乎也没有醒来的迹象。就这样到了晚上，您还在睡。这无论如何太异常了，您父母担心起来，这才联系了我们。"

"一直在睡……真的是这样吗？"崇史有着模糊的记忆。他在自家二楼打开纸箱，发现了智彦的眼镜，但此后的记忆就断了。

"可是，"医生说道，"我们检查您的身体，没有发现任何异常，根本就弄不清您为什么一直在睡。您睡眠的时间总共大约四十小时，我们甚至已开始考虑补充营养的问题了。就在这时，听说您醒了，这才赶了过来。"

崇史摇摇头。"四十小时？难以置信。"

"以前也有过这种情况吗？"

"没有，一次也没有。"

"嗯……"医生一脸愁容。

"那个，真的任何地方都没有异常吗？"崇史问道。

"没有。我们最初怀疑是脑障碍方面的问题，可根本不是……"

医生飞快地瞥了一眼脑波仪。

"有什么不对？"

"倒也没什么，"医生先铺垫了一句，"只是感觉脑电波的状态有点奇怪。"

"您的意思是什么？"

"简单地说，就是做了很多梦。"

"就是说，一直在进行精神活动吗？"

医生重重地点头道："一点没错。当然，这种情况在普通人身上也能看到，但您体现精神活动的脑电波出现得极其频繁。"

"是吗？"

"但正如我最初所说，这也称不上异常。事实上，关于睡眠的问题，人们仍没弄清楚。"

崇史点点头。他对此十分清楚。"那我现在可以回去了吧？既然没有异常。"

"待会儿我们再检查一下，如果没有任何问题，您就可以回去了。只是，"说着，医生抱起胳膊，"我想您最近一段时间最好在行动上慎重一点，比如说要尽量避免开车。"

"就像是猝睡症患者？"

"那种病人虽然会突然陷入睡眠，可也就几分钟到几十分钟。"

"明白了，我会注意的。对了，今天是星期几？"

"星期日。您是从星期五的晚上开始睡的。"

太好了，崇史想，这样就避免了无故缺勤。

"他母亲在哪里？"医生问护士。

"在外面。"护士答道，"一直在等。"

"这样啊，那在检查前先让她看看健康的儿子吧。"说着，医生朝崇史笑了。

母亲走进病房，一看到崇史就哭了起来，说真怕他就这样永远地睡过去。听到医生说原因不明，她似乎认为会再次发生相同情形，不安地皱起眉头。

"先在家里观察一下吧。明天一早就跟公司联系，这样就不会被当成无故缺勤了，对吧？"在回家的出租车上，母亲说道。

"那样也行，可也不能永远都待在这儿。"

"但至少也得放松两三天。崇史，你累了，所以才会发生这种事。"

崇史知道，再怎么争辩，母亲也不会改变主意，便沉默下来。

父亲正在家里等候。听完母亲的叙述，他现出不满的神情。"最好去一家更大的医院看一下。"

"那就是这一带最大的医院了。"

"但他们什么都没弄清楚，这怎么能让人放心？"

"你说这些有什么用？"

眼看两人就要争吵起来，崇史好不容易才把他们劝开。

尽管睡眠期间完全没有补充营养，崇史却没感到肚子饿。不过，他还是花时间把母亲做的简餐吞了下去。

到了傍晚，崇史回到自己的房间，悄悄地收拾好行李，用绳子捆起来，慢慢地顺着窗户下的外墙放到后街上。他忽然想起了什么，于是写了封短信放在桌子上，说自己还有工作，就先回去了，让父母不要担心。

当他提出想出去散散步的时候，父母果然表示反对。

"你今天就先好好待在家里吧。"母亲用乞求的口吻说道。

"大概是睡得太久了吧，身体到处都酸痛，我想稍微走走。没事，我不会走远的。"

"可是……"

"我顶多走到商店街。"

崇史离开担心的父母，走出家门，然后绕到后面捡起刚才放下的行李。来到通公交车的大街时，正好有一辆出租车路过，他毫不犹豫地抬起了手。

在驶向东京的"山神号"中，崇史打开包，装有智彦那副破眼镜的信封就放在最上面。他一面凝望，一面喝着在列车上买的啤酒，啃着三明治。

喝光第二罐啤酒，崇史放倒椅背，悠然地靠着闭上眼睛，脑中立刻浮现出最后看到智彦时的情形。智彦闭着眼睛，横躺着一动不动。耳边仍回荡着崇史自己的声音：是我杀了智彦。

他意识到，那既不是错觉，也不是幻觉，而是事实。智彦死了，所以无论哪里都找不到。同时，崇史也想起自己一直对智彦怀有杀意。他曾经想，如果没有智彦就好了。对于当时心中的丑恶，他现在也能清晰地记起。

抵达东京时已过八点。崇史回到早稻田的住处，发现母亲已在电话中留了言，让他到达后和家里说一声。崇史删除留言，并未给老家打电话。他拔下电话线，连衣服都没换就横卧在床上。尽管已睡了四十个小时，头还是有点沉，或许是睡眠过度的影响。

刚过十二点，他出了门。他不清楚现在是否仍有人在监视，但为谨慎起见，他故意多绕了几条小路。途中，他多次回头张望，没发现被尾随的迹象。

崇史徒步来到MAC。整栋建筑静悄悄的,因为是星期天的晚上,应该没人在里面工作。

崇史思考着进入的方法。只要把Vitec公司的工作证向守卫出示,再编个适当的理由,即使在这个时段通过大门也不是难事。但他不想选这个办法,因为他来这里的事情不能让别人知道。最终,他爬上停在道路一边的卡车车斗,翻过MAC的围墙溜进了院内。

进入大楼后,他沿楼梯来到智彦他们的研究室所在楼层。走在空无一人的昏暗走廊上,他不禁想起去年秋天也曾这么溜进来,看到智彦他们搬运"棺材"的那一晚。

跟当时一样,崇史再次来到智彦他们的研究室前。他拧了一下把手,门锁着,这也跟上次一样。崇史抬头望望门。为了缓和关门时的冲击,门上安装了减震器。他摸了摸上面,指尖碰到一样用胶条固定的东西。确认之后,他松了口气。记忆并没有错误。他剥下胶条,上面附着一把钥匙。他把钥匙插进锁孔,往右一拧。钥匙顺畅地转了一圈,接着响起咔嚓一声。

崇史打开门,一进去便闻到一股灰尘味。他打开准备好的笔式手电筒,微弱的光圈照亮了前方的墙壁。

室内什么都没有。仅仅在数月之前,这里还满是不锈钢架子、橱柜、办公桌和各种器械,可这些全被运走了,连垃圾桶都没了,一张纸都没落下。

房间里侧还有一扇门,崇史走了过去。门的那端应该就是智彦他们的实验室了。门并未上锁。或许也没这必要吧,这个房间也空空如也。

崇史站在空房间中央，环视灰色的地板和墙壁。他记忆中的房间是被巨大的装置占据的，由于最初看到那些东西时的冲击太大，他无法相信那个房间与这个空荡荡的房间竟是同一个。但是这个房间的气味很熟悉，是混杂着油与药品的气味。

　　没错，崇史想，智彦就是在这个房间死的，是我杀的。

　　崇史把笔式手电筒照向地面，开始仔细查看房间的角落。他想寻找当时留下的痕迹，那些痕迹昭示着那个梦魇般的夜晚确实存在。

　　可是，证据的湮灭近乎完美，崇史没能发现一样能印证他暗淡记忆的东西。是谁让它们消失的呢？不过对于这件事，他感到已没有思考的必要了。

　　他走出实验室，返回原先的房间，用笔式手电筒在地板上照了一圈，仍一无所获。地板上微微残存着蜡的气味，可以推定是用拖布拖过了。

　　尽管如此，就在离开房间前，崇史把笔式手电筒照向地板的一处。他蹲下来，用指尖捏起一样东西，是一根头发。

　　是谁的呢？智彦的，还是……一时间，他认真地推测起头发的主人，可随即意识到这么做毫无用处。他在昏暗中苦笑起来。这纵然是智彦的头发又能怎样？这里是他们的研究室，就算有一两根他的头发也不足为奇。

　　他丢掉头发站了起来，将门打开一条缝，确认外面没人后才走到走廊。这时，一幅画面在他脑海中浮现出来。它的出现似乎很突然，可无疑是由"头发"一词联想起来的。

　　崇史专心思索了数十秒，这些时间足够理清想法。当锁上门，把钥匙放回原处时，他已经做出一个假设。无论从哪个角度来看，这个假设都没有矛盾。

他原路离开 MAC，决定走同一条路返回公寓。途中，他发现了一个电话亭，于是停了下来。他看看手表，已是凌晨两点。略一犹豫后，他打开电话亭的门，从牛仔裤口袋里掏出记事本，开始翻找直井雅美的电话号码。

次日午后一点，崇史出现在 JR 新宿站东口的检票口附近。他今天也向公司请了假，理由是身体不适。上司未提出任何质疑。崇史认为，之所以会这样，并非只是因为公司禁止询问部下休假的理由。他认为上司是在躲避自己，而且他对这点非常自信。

一点十分左右，扎马尾辫的直井雅美从地下通道出现了。她穿着白衬衫和紧身迷你裙，崇史推测这或许是她打工的制服。

二人站在标有"暂停售票"的自动售票机前。

"抱歉，一直没机会脱身。"雅美大概是跑过来的，脸色发红，脖子上微微渗着汗珠。

"没事，该说抱歉的是我。昨夜就像在威胁你一样。"

由于电话是在半夜响起来的，雅美还以为是广岛的老家出事了。听到崇史的声音，她一度怀疑是骚扰电话。

"没事，只要能获得伍郎的一点消息就行。"她点点头，仍在喘息，看来不只是奔跑的缘故。

"是那样东西吧？"崇史指着她拎的纸袋说道。

"是。你说过不能用手碰，所以就这样带来了。"

"这样就行，多谢。"崇史接过纸袋。

"那个，伍郎的下落有眉目了吗？"雅美抬眼盯着崇史，目光中透着认真。

"现在还不好说，但我想这会是一条重要的线索。"崇史轻轻拍了拍纸袋。

她真挚的眼神从崇史的脸移向纸袋。"是吗……"

"一有发现我就跟你联系。"

"拜托了。像昨天那样半夜打电话也没事。"

"明白了。"

"那么，我还有工作。"雅美点头致意，转过身小跑着离去。

如果她知道真相会如何呢？带着怜悯和一丝好奇，崇史目送着雅美的背影，尽管他知道自己这样有些轻率。

傍晚，他来到地铁永田町站，走进站旁的一家咖啡厅。一个小时前，他跟桐山景子约好了见面时间和地点。而两个小时之前，他还去了一个地方，把筱崎伍郎的工作服带到了那里，确认自己的推断是否正确。结果，他得到了满意的答案。

崇史喝了一半咖啡时，桐山景子走过自动门，来到店内。他轻轻招了招手。

"最近怎么老是约我啊。"她一坐下就从包里取出香烟，然后跟服务员点了柠檬茶。

"因为我只能求你。"

"别开玩笑了，又不是没听说你有那么棒的女友。"景子吐着烟望着崇史，随即发现了他表情的变化，于是收起戏谑的眼神。"女友的事不能谈吗？"

"也不是，而且跟我要求你的事情也不无关系。"

"你到底在打什么鬼主意？"

"只是想弄清一件事。"崇史探身问道，"以前曾对你说过记忆包的事，还记得吧？"

"当然。"她点点头，"有个人的记忆被修改了那件事吧？"

"就是上次那消息的后续。记忆修改是可以肯定的，方法已经被开发出来了。"

景子迅速环视四周，把脸贴近崇史。"确定？"

"确定。"

"难以置信。"她反复眨着眼睛，"如果是真的，为什么公司不将其公开呢？哪怕只向我们这些新型现实的研究者公开也行啊。"

"有内情，不能公开。"

"什么内情？"

"这一点还不能讲，还有待确认。"

"又在装模作样了。"景子撇了撇嘴。

"不是这样。我不想散布一些尚不明确的信息，给你添麻烦。"

"说得倒好听。"

景子把香烟叼在嘴里时，服务员端来了柠檬茶。二人的对话中断了一会儿。"等一切搞清楚之后，我肯定会告诉你。"等服务员离去之后，崇史说道，"也正因为这个，才想请你帮忙。"

景子喝了一口柠檬茶，点上第二支烟。"这个嘛，如果是我能做的，当然会帮你，不过我可帮不上什么大忙，我既没有一点门路，也不是公司高层的情人。"

听到她独特的玩笑，崇史微笑道："不需要门路，有件事非你不可。"

他说出想法，景子顿时皱起眉来。"什么？为什么想这么做？"

"要等一切解决之后才能说。"

景子叹了口气，盯着崇史，眼神里混杂着困惑、惊讶和狐疑。

"我知道这请求很冒昧，可不这么做就无法查清事实。"

"一旦败露了怎么办？"

"我不会让它败露的，绝对不会。就算万一败露，我也绝不会给你添麻烦。"

"就算你这么说也不好办啊。一旦败露，我也无法假装不知情。"

崇史无法反驳，低下头来，然后再次望向她。"你认识三轮智彦吧？"

"名字听说过。是个很优秀的人吧？听说在 MAC 跟你难分伯仲。"

"他现在表面上已去了美国总公司。"

"表面上？"听到崇史微妙的措辞，景子当即问道，"什么意思？"

"其实并没有在美国。"

"那在哪里？"

已经死了——如果这么说出来，这个聪明的美女会露出什么样的表情呢？崇史想。当然，他不能说出口。"也是为了查清这一点，我才需要你的帮助。"

崇史注视着桐山景子的眼睛。她一只手端着茶杯，频频吸烟，同时也盯着他的眼睛。不一会儿，景子把香烟在烟灰缸里掐灭，喝起柠檬茶。"若要行动就只有明天了，否则就没有机会了。"

"你愿意帮我？"

"我别无选择啊。"跷着二郎腿的景子换了一下左右腿的位置，"只是，你真的想干？"

"真的。"

"那儿有什么？"

"有……"话未说完，他就闭上了嘴，"这个也以后才能告诉你。"

"又来了。"桐山景子微微一笑，摇了摇头，"你明天会来公司吧？明天下午我会打电话告诉你具体步骤。"

"多谢。"说完，崇史去拿桌上的账单，却被景子一把抢了过去。"啊。"他叫出声来。

"茶钱还是由我来出吧。不过作为交换，你得把一切真相全告诉我。"

"说定了。"崇史语气郑重地说道。

次日，崇史跟平常一样来公司上班，在专利许可部的工位上继续做着不熟悉的业务。对于他在休息日前后请了两天假一事，周围的同事什么都没有问。不只如此，他们无论什么事情都不问他，似乎都在躲着他，唯恐被牵连进去。他猜测这恐怕并非自己的错觉。

下午一点整，崇史左前方的电话响了。接起电话的是坐在那里的真锅。三言两语之后，真锅仿佛遇到了祸事似的，看了崇史一眼。"你的电话。"

"不好意思。"崇史拿过听筒。

电话是桐山景子打过来的。"准备好了。五点半你来这边一趟，迟一点可就危险了。"

"明白。"只回答了这么一句，他就挂断了电话。

大概是通话太短的缘故吧，真锅诧异地望着崇史，周围其他职员似乎也都竖起了耳朵。崇史环视四周，他们顿时一齐背过脸去，装出埋头工作的样子。

崇史待到五点，做着无聊的事务性工作。五点之后，回家的职员慢慢变多。他也做出一副要回家的样子，收拾桌子，披上上衣。

五点二十五分，他离开专利许可部，尽量避开别人乘上电梯，来到七楼。走廊最靠外的那扇门通往现实系统开发部第九部，那里在几天前还是他的工作地点。

门的一旁有个插卡槽，但他已经没有卡了。他看着表，等到五点三十分整，按下了插卡槽一旁的按钮。

咔嚓一声，门开了，戴着金边安全防护眼镜的桐山景子露出脸来。"没人吧？"她飞快地看了走廊一眼。

"嗯。"

"进来。"她把崇史让进来，立刻关上了门。房间里除了她并无别人。

"其他人呢？"

"两个出差了，剩下的一个刚走。"

"哦。"

崇史环顾室内，不久前他还在做研究的地方现在完全空了。他站在房间中央，摇了摇头。"所有东西都被收走了。"

"你调走之后，这里的设备就全被搬出去了。"

"看来是这样。"

"快，现在不是感伤的时候，时间本来就不多。"景子推来放着黑猩猩笼子的手推车。崇史连忙帮忙。笼子周围围着铝板，以避免让人看到里面。景子打开上面的盖，里面是空的。"有点臭，请忍耐一下，毕竟没时间认真打扫。"

"裘伊在哪儿？"崇史问起原本住在这个笼子里的黑猩猩。

"在房间一角的塑料箱里，让他忍耐一晚。"

"叫声听不到吧？"

"没事。"景子点点头。

崇史脱掉外套，解下领带，与包一起递给景子。"你先找个地方藏起来。如果嫌碍事，扔了也行。"

"那就先放在我的橱柜里。"

"拜托了。"说着，崇史把右脚伸进笼子。

这时，景子开口了："敦贺。"

崇史回过头来。

"你非得查清真相不可吗？"

"什么意思？"

"就是说，"她抱着崇史的衣服和包，稍微侧过脸颊，"我觉得，世上有一些问题是最好不要解决的。"

崇史点点头。"我也这么想。"

"既然这样……"

"不过不行。这个问题必须要解决。"

景子低下头，叹了口气。"明白了，那就进去吧。"

崇史钻进笼子，抱着膝盖蹲了下来，景子盖上盖子。崇史缩了缩头，蜷起身子。盖子盖得非常严实，但四处都有孔透进光亮，似乎是透气孔。

"没事吧？"景子问道。

"凑合吧。"

"我能再问一个问题吗？"

"嗯。"

"你说的那个记忆被修改的人……不会就是你吧？"

崇史沉默了，但这样似乎就等于给出了回答。景子也没再多问。

蜂鸣器的声音响起，接着就传来景子走过去打开门的声音。"辛苦了。"她对来人说道。

"只代管笼子就行吗？"是一个年轻男人的声音。崇史听着耳熟，是那个物资材料部的年轻职员。

"没错。明天请一大早带到这儿。我会提前来的。"

"明白……那个，怎么弄成这个样子了？"似乎是在说铝板。

"防止杂音。我们给黑猩猩安装了特殊装置，必须让它在这种状态下睡一晚上，希望你们把它放在安静的地方。"

果然老练，崇史暗暗佩服她的演技。这样就不用担心被人怀疑了。

"中途不能打开盖子吗？"

"不能，否则一个月的辛苦就要化为泡影了。"

"可如果黑猩猩闹起来……"

"这一点我想不会有问题。万一需要打开，请事先通知我。总之不能擅自打开。"

"明白了。就一晚上估计也没什么问题。"

崇史感到手推车动了起来。"很重啊。"职员说道。

"是装置的重量。"景子说道，"请多加小心。"

"没问题。"职员答道。崇史知道，她对谁都会说"请多加小心"。

崇史保持着难受的姿势被运了出去。他的脖子痛了起来，却无法动弹。手推车通过高低不平的地方时，冲击从腰部一直传到脊骨。

天很热，汗珠滴滴答答地从额头滚下，渗进眼睛。

手推车的去处应该有崇史寻求的答案，他对此毫不怀疑，线索就是附着在筱崎工作服上的毛。

昨天和直井雅美分手后，崇史立刻把工作服带到兽医那里，让对方检查究竟是什么毛。答案立刻就出来了。跟崇史预想的一样，果然是黑猩猩的毛。

真奇怪，筱崎从不接触动物实验，工作服上竟然会附着这种东西。MAC并不饲养黑猩猩。

去年秋天，崇史看到智彦他们悄悄把一个棺材状的东西搬出MAC，并且一直推测那里面装的或许是筱崎。

筱崎被运去的地方很可能会有黑猩猩，崇史如此推断，因此才会有几根毛阴差阳错附着到筱崎的工作服上。可是那些家伙并未察觉。他们直接把脱下的工作服放到筱崎的公寓，大概是想制造他消失之前曾一度返回公寓的假象。

这无异于自掘坟墓，崇史想。

手推车不时停下，上电梯，转弯，似乎正朝向目的地。几次停歇之后，声音传来。

"这是第九部交来的，让保管到明早。"年轻的物资材料部职员说道。

"这是什么啊？怎么看不见里面？"是一个稍显年长的声音，似乎是负责检查物资材料仓库和实验动物管理室进出情况的职员。

年轻职员把桐山景子的嘱托重复了一遍。

"嗯。对其他动物无害吧？"

"应该没有，说是已经睡着了。"

"神神秘秘的。"崇史头顶的铝板咣咣地响了起来,多半是检查人员在敲打。

"危险!小心把黑猩猩吵醒了。"

"先放进饲育室吧。"

手推车又动了起来。究竟是如何推的、推向哪里,崇史一无所知。

车子再次停下,接着传来开门声。职员吹着口哨。手推车似乎被放进了一个房间。关门声响起,崇史周围安静下来。

几分钟后,他慢慢推开头顶的盖子。周围很黑,看不太清楚,只弥漫着动物粪便的气味。

崇史小心地出了笼子,打开口袋里的笔式手电筒。眼前是一个十叠大小的房间,如街头的宠物店一样摆满了各式笼子和箱子,但里面只有黑猩猩和老鼠两种动物。

房门上有一扇小窗,崇史透过小窗窥探外面。走廊上空无一人,也没有说话声和其他动静。他迅速来到走廊上。

同样带有小窗的门排列在走廊两侧,写着"计量仪器保管室""光学仪器室"等字样,都没有开灯,看来没人。

正当他依次看标识时,走廊拐角处传来说话声。他急忙寻找附近的房间。"实验动物解剖治疗室"的标识映入眼帘。他毫不迟疑地打开门溜进去,然后悄无声息地关上门。

他打开笔式手电筒。这里与其说是进行解剖和治疗的地方,不如说是厨房,有水槽和消毒柜之类的东西,还有冰箱。不过,再看看满墙壁的解剖标本,就不难确定这里是小生命牺牲的地方了。

房间里面还有一道门,上面没有窗。崇史轻轻扭动把手,试图拽开,却发现门上着锁。他找了找标识,结果什么也没有。

一定是在这里面，他确信。真相就在里面。

他钻到解剖台下面，藏到一个从入口看不到的位置。他决定在这个狭小的地方等待机会降临。今夜不可能一次机会都没有。

他抱着膝盖等待时机，边等边思考种种事情：麻由子、智彦，还有自己的将来。

他已经下了决心告别这一切。

当灯被打开的时候，在几分之一秒的时间里，崇史竟没反应过来自己究竟在做什么，不禁想要活动一下，但最终忍住了。他刚刚似乎睡着了。

他侧耳听到有人进了房间。一旦被发现，他打算选择强硬手段。但根本没有这种必要，来人径直朝里面的门走去。崇史低下头，看到了那人的脚。是个女人，似乎穿着白衣。

女人打开锁，消失在门内，并未上锁。

崇史爬出来，站起身使劲伸展了一下，朝门走去。他抓住把手，打开了几厘米，从门缝中向里窥视。

真相在他眼前扩展开来。

他把门推开。白衣女人回过头来，是个中年女人。一瞬间，她露出无助的表情，随即皱起眉来。

"怎么到这儿来了……"她呻吟道。

崇史踏进房间。"原来是这么回事啊！果然是这样！"

白衣女人避开崇史，逃了出去。他根本不予理会，径直往前走。

那里放着两张床，上面各躺着一个人。虽然极度瘦弱，连容貌都完全变了，但毫无疑问，一个是筱崎伍郎，另一个是三轮智彦。

两人身上都连着脑波仪和貌似维持生命的设备。

后面传来脚步声,在崇史身后停了下来。"一切都想起来了吧?"说话声传来。

崇史一回头,竟是须藤。"正是。"崇史答道,"这两个人还是死亡状态吧?"

"没错,还是死亡状态。"须藤说道,"你会让他们复苏的。"

SCENE 10

"……也就是说，从 MAC 出来的人，几乎无一例外都在 Vitec 取得了瞩目的成果。希望你们也能继承这些前辈的传统，当然，我相信你们会继承的。"

Vitec 公司的人事部长正铿锵有力地讲话，可我们为了伸着脖子不睡着，已经耗尽了精力。若只是一两个人讲话，乖乖地听一下也不算辛苦，可三四个人轮番上阵就索然无味了。为什么日本人会如此喜欢讲话呢？尤其是在这种激励年轻人的场合，这种好出风头的老年人多了可真让人受不了。

我转动眼珠窥探周围的情形。左前方一个人的后背正在左右摇晃，其他人也都忍不住要打哈欠了。在普通学校的毕业典礼上，因为人很多，就算有一两个人打盹也不惹眼，可今天这屋子里只有数十人。在这种场合下，我不想破坏人事部长对我的印象，以免给以后的分配带来不良影响，所以拼命忍着不让眼皮耷拉下来。

讲话告一段落后，证书发到了我们手里。证书不像一般学校的那么大，只是一张明信片大小的纸片。毕竟仅仅是为实现自我满足的证书，这样就已足够了。

"典礼现在结束。"在主持人枯燥无味的话语中，仪式结束了。

离开典礼会场时，我的肩膀被人拍了一下。智彦正看着我。

"哟。"我说了一声，"刚才坐在哪儿？我还以为你没来呢。"事实上，在典礼之前，我找了他好几次。

"我来得有点晚，坐在最边上了。"

"真稀奇，你连这种事都敢迟到。"腿部有缺陷的智彦做事向来会比别人多预留一倍的时间。

"实验室那边有点事。"

"实验室？在这个日子？"

"算是吧。先别管这个了，"说着，他环顾四周，稍微压低声音继续说道，"出席送别会吧？"

"打算去。"我和智彦所属的现实工程学研究室要为我们举行送别会，会场就在附近的意大利餐厅。

"之后的安排呢？"他问道。

"也没什么。"

"既然这样，"智彦舔了舔嘴唇，"能不能稍微陪陪我？"

"行是行……怎么了？"

"我有话要说，有点复杂。"智彦把右手插进裤兜，又用左手挠挠鼻翼，"我只想咱们两个人聊聊，找个安静的地方。"

智彦语气很平淡，我却感到不安。我想，肯定是麻由子的事情。"知道了。那去哪儿好呢？"

"我们研究室的前面如何？"

"OK。"我点点头。

送别会在下午五点开始。从现实工程学研究室结业的包括我和智彦在内共有六人。大家以我们六人为中心聚集到一起，热烈交谈，啤酒瓶盖也接连被打开。

麻由子是稍迟一些出现的。我恨不能立刻就到她身边，可许多人都找我说话，怎么也腾不出空来。好不容易能靠近她，是在装着去厕所从人堆里挤出来的时候。

看到我，麻由子的身体似乎有些僵硬，但她没有逃跑，只是站在那里。

"我还以为你不来了呢。"我说道。

"要来的，毕竟是照顾过自己的人的送别会。"说着，她的视线从我身上移开。

我点点头，从侧面看她的脸。"气色不错啊。"

"嗯，我很好。"她说道。

去年年底以来，我们没有正式见过面，也未曾说过话。不用说，是她在躲着我。她的电话一直处于录音应答的状态。

"这个结束后我要和智彦见面。"我小声说道。看得出来，她的脸微妙地紧绷起来。我又说道："我想先和你谈谈，一会儿就行。你有没有时间？"

麻由子并未回答。只见她突然露出笑脸，从我身旁走过，朝着正在稍远处说话的男人走去。"山本学长，恭喜你。学长若是不在了，我们会寂寞的。"她有些做作地大声攀谈起来。

"啊，津野，你什么意思？你是在说我走了就没有宴会主持人了？"山本语气诙谐地跟她聊了起来。

我叹了口气，朝厕所走去。

送别会持续到七点。导师小山内邀我和大家换个地方继续聚餐，我说有事脱不开身，拒绝了。

离开餐厅后，为避免被其他人发现，我绕道返回MAC。进门时，门卫问道："忘记东西了？"我答了一句"是"。

今天终于没有人留下来了。时间不算晚，可整座科研楼都静悄悄的。我一个人乘上电梯，听着自己的脚步声来到智彦他们的研究室前。智彦还没来。

我思考着他究竟打算跟我谈什么。有可能是让我放弃麻由子吧。对于一个人去美国的智彦来说，她无疑是他最大的心事。那家伙应该还没有迟钝到连我对麻由子的感情都没有察觉的地步。但我也在考虑别的可能性。智彦和麻由子的关系究竟怎么样了？现在仍能称得上是情侣吗？

电梯门打开的声音传来，我望了望走廊那端，智彦瘦弱的身体出现了。他发出与常人节奏不同的脚步声，向这边靠近。

"半夜待在这儿时，"智彦边走边说，"就会觉得这儿是个跟现实不一样的地方。无论时间还是空间都跟外面隔绝了。"

"那就是说，今天终于从那种世界里解脱了？"

"怎么说呢，我们永远都逃不出这个世界吧。"

智彦站在研究室门前，使劲往上伸出右手，从门上的减震器上取下一样东西。是钥匙，似乎用胶条粘在了那里。他把钥匙插进锁孔，咔嚓一声打开锁。

"进来吧。"说着，他打开门。

智彦按下墙上的开关，荧光灯的白光顿时在研究室内扩散开来。办公桌和橱柜上面已被收拾得干干净净，仿佛昭示研究已告一段落，电脑键盘也都盖上了罩子。跟走廊里冷清的气氛相比，室内仍残留着暖融融的空气。智彦今天或许来过这房间。

"两年时间，真是一眨眼的工夫。"智彦轻轻坐到窗边的办公桌上，把两手插进宽松长裤的兜里。

"是啊。"我拽过旁边的椅子，坐在他对面，"不知不觉间就结束了。"

"真正的历练还在后头呢，加油吧。"

"这该是我的台词啊。怎么说你也是在美国总公司上班啊。"

倘若智彦并不知道我拒绝了去美国，他应该会对我的话感到十分吃惊。可是，他的表情并没怎么改变。他低下头，很快又抬头望着我的脸。"听说你拒绝了。"

"嗯。"

我想他大概会询问理由。到底是找个适当的理由蒙混过去，还是说出对麻由子的感情呢？我仍在犹豫。

但智彦并没有询问。"真遗憾，我还以为咱们又能待在一起了呢。"说完，他释然地点了点头。

这不像是这家伙的风格。他为什么不想知道我拒绝去美国的理由呢？

"你好久没有进这房间了吧？"环视室内后，智彦问道。

我点点头。"这一年想进也进不来啊。"

"你说的是须藤的命令吧。我也觉得不舒服，但无法违背老师的安排。"

"研究内容绝密？"

"我一直觉得告诉你也无所谓，可是须藤老师说，如果不坚决贯彻就守不住秘密。"

"也许吧。"

"我一直觉得对不起你，似乎把你当成外人一样。"

"没关系，都已经过去了。"

"你能这么说，我就会稍微轻松一些了。我一直担心你在恨我。"

"恨你？我？别开玩笑了。"我强装笑颜，夸张地仰头大笑，可这只不过是在掩饰内心的慌乱。在别的层面上，我一直恨着智彦。

"事实上，今天叫你来这儿也不为别的，是想把此前一直保密的研究内容告诉你。"

"啊？"我有点意外。我一直以为他是要说麻由子的事。"但可以吗？不再保密了？"

"当然还是顶级机密，但我还是想和你说一下。"

"嗯。"我不知该以何种表情应对，便含糊地点点头。

"你也想知道我一直在做什么研究吧？"

"算是吧。"

智彦点点头，扶了扶眼镜。"去美国的事情，"他说道，"我十分理解你的心情。也是没办法吧。如果换作相反的立场，我想即使是我也会拒绝的。"

我望着智彦，心想，他到底在说什么？似乎不像是在说麻由子。"什么意思？"

"就是说，"智彦又扶了扶眼镜，这是他心情不安时的习惯动作，"总之如果去美国，也就意味着自己的研究获得了认可，这毕竟是我们的理想。"

听了这句话，我仍不明白他的意思。于是智彦又补充道："如果是我知道要给人打下手，也不会想去美国的。"

我终于明白了他的真意。原来智彦一直以为，我拒绝去美国是因为知道了自己不过是他的一个助手。各种念头瞬间在脑海里翻涌起来。既然他这么想，那就先让他这么想吧，我心中甚至因没提到麻由子而有些窃喜。可在接下来的瞬间，从我口中说出的话却与心中所想截然不同。

"说得是啊，我只不过是你的助手。被问到去美国的意向时还手舞足蹈的，现在想起来真是荒唐至极。"我自己也觉得这话说得太过分，可就是止不住。

智彦轻轻摇摇头。"根本不是这样的，其实助手也很重要。我觉得 Vitec 公司果然有眼光，毕竟要辅助我的研究，没有相应实力的人是难以胜任的。"

"看来是个很厉害的大项目啊。"

"算是吧。我有自信，它会从根本上颠覆现实工程学。"

我不可思议地望着满怀自信的智彦。他以前从未说过大话，一直是一个妄自菲薄的人。

智彦似乎误解了我的沉默，慌忙说道："啊，当然，你们的研究也很了不起。我一直认为你们的工作也很棒。"

"没事，你不用为我费心。"我撇撇嘴，一股厌腻感在心中蔓延开来。

"我真是这么想的。这次我们的研究偶然获得了认可，你们的研究不久也会受到肯定，毕竟扎实的努力是很重要的。"

扎实的努力？我的研究？我明明正在进行最尖端的研究。

我的脸不快地扭曲起来，可智彦似乎完全没有意识到我的想法，继续说道："到了洛杉矶的总公司之后，我打算尽早跟那边的人谈一下你的研究，让他们把你也调到美国。怎么样，是个好主意吧？"

"你不用为我这么做。"我摇摇头。

"为什么？早晚也要去一趟美国总公司，这不是我们的理想吗？"

"可我想通过自己的努力来实现。"

"自己的能力是有限的，你就交给我吧。我一定让你不久也能带着自己的研究到美国来。这样就不用当助手了，也不会自尊心受伤了。"

"自尊心？"

"就是因为这个吧？"智彦说道，语气稍微生硬起来，"你不愿意作为我的助手去美国，就是因为自尊心吧，所以我才想出这么一个不伤害自尊心的办法。"

近乎恶心的不快涌上喉咙，之前为抑制感情起伏而拼命做出的努力在顷刻间瓦解。"不对。"我说道，"不是这样。"

"不是这样？"

"这和自尊心没关系，那种玩意儿我根本就不在乎。我拒绝去美国，可不是出于这种理由。"

"那是什么理由？"智彦站起身来，直勾勾地俯视着我，"你说还有什么理由？"

"你猜不出来吗？"我试着问道。

"猜不出来，一点也猜不出。"智彦答道，眼神变得凌厉起来。

控制我内心的按钮开启了。可随着噗的一声，开关断开了。"麻由子的事。"我说道。

"麻由子？"智彦皱起眉，"她怎么了？"

我盯着智彦。他还问怎么了！他明明不可能察觉不到我的心情。
"我喜欢她。"

智彦一脸能剧面具般的表情接受了我的话。我感到冰冷的空气
瞬间摇晃起来。我们默默对视，车辆飞驰的声音从远处传来。智彦
的喉结动了一下，接着开口了。"到底是怎么回事？"他用沙哑的
声音问道。

"根本就没怎么回事，我就是喜欢麻由子，所以才决定不去美
国。"我顿时感到口干舌燥，可还是继续说道，"我对她的感情，我
想你也察觉到了吧？"

智彦慢慢摇了摇头，踉跄着后退几步，扶住桌子。"我不知道，"
他说道，"这事我一点都不知道。"

"撒谎。"

"不是撒谎。怎么会……你喜欢麻由子……难以置信。"

难以置信的应该是我。智彦不可能察觉不到。"总之就是这么
回事。"我说。

智彦一只手扶在桌子上，目光投向窗户，可是从那里根本看不
到任何东西，百叶窗早已放了下来。"不明白。"不久，他喃喃道，"就
算真的是这样，我也无法理解你因此放弃去美国的做法。她……麻
由子……"他僵硬地朝我扭过头来，"麻由子明明是我的。"

"我一直千方百计想把她弄到手，因此你和她天各一方的时候
就是我的机会。如果再让我补充一句，"我吸了口气，缓缓吐出后
继续说道，"她不属于任何人，也不是你的。"

"是我的。"智彦的声音很小，却很尖锐，"只属于我一个人！"

"不对。"

"就算你这么想，"智彦重新看向我，瘦削的肩膀颤动着，显示出呼吸的紊乱，"麻由子也不会答应的，她只爱我，一定，一定。"他咽下一口唾沫。"她一定只爱我一个人，绝对不会对你有想法。"

他额头泛红。我望着他，站起身来。我已忍受不了继续一动不动地坐在椅子上了。"的确，她现在还没有对我敞开心扉。"

"我就说吧。"

"不过，这是因为有你在。"

"什么？"

"她是不想伤害你，不想让你遭受同时失去挚友和女友的双重打击，所以才不和我见面。"

智彦双拳紧握，对我怒目而视。"你是说，麻由子真正喜欢的是你？"

我点了点头。"我坚信如此。"

"我不相信。你根本就没有证据。"

"我有。"我平静地说道。

智彦似乎意识到了什么，睁大眼睛，反复眨了几次，把右拳抬到胸口，不停地颤抖。"你……抱了她？"智彦用几乎听不到的声音问道。

稍一迟疑，我答了一声："嗯。"

智彦咬牙切齿，下巴颤抖起来。"你胡说！"

"是真的。去年年底的事。"

"去年……"智彦半张着嘴，呼吸急促，脸色苍白。他呆滞的视线抛向周围，然后伸手抓起桌上的电话，从口袋里取出记事本，拨起记在上面的号码。

"你往哪儿打电话？"

智彦并未回答我的问题。不久，电话似乎接通了，他和对方说道："你们那边应该有个姓津野的女人，麻烦叫她一下。"

似乎是某家店。

等了一会儿，智彦再次朝听筒说道："我现在正和崇史在研究室。希望你来一下，马上，我有重要的话要说。"

挂断电话后，智彦看都不看我一眼，说道："就在附近的咖啡厅，十分钟后就来了。"

"你们约好了？"

"嗯。"

"你叫她来想怎么样？"

"问问她的真心话。"说着，智彦在椅子上坐下，"你也想问吧？"

我并未回答，坐在离他稍远的椅子上。

坦承对麻由子的感情究竟好不好，我没有自信。智彦并未察觉我的心情，这令我大为意外。我试图劝慰自己，这事迟早要说。

"刚才的事，"智彦主动说道，"你怎么看？"

"什么事？"

"就是我被夺走挚友和女友的事，你是怎么看的？"

我长叹一口气。"我也很无奈，很痛苦，但最终没能放弃麻由子。"

"是吗……"他又沉默了。

我也闭上嘴，感到空气似乎又冷了一些。

不久，智彦忽然说道："我……"

我朝他扭过脸。

智彦低着头继续说道："我还没抱过她……"

我垂下视线，继续沉默。

走廊里的脚步声越来越近，我想起麻由子穿的是高跟鞋。尽管觉得已过了很久，可看看表，距离智彦打完电话才不到十二分钟。门被小心地打开了，麻由子走了进来。她眼神不安，似乎已知道我们在这里谈了什么。

"专门把你叫来，抱歉。"智彦说道。

"什么事？"麻由子打量着我们。

"有件事想问问你，关于你和崇史的事。"

麻由子望了我一眼，带着似怒似悲的神情。

"崇史把一切都告诉我了。我想知道你的真心。"智彦说道，"你喜欢的究竟是哪一个？我还是崇史？"

麻由子呆呆地站着，紧紧抓着手提包的带子。她的眼睛湿润了，身体晃动着。"这件事……"她痛苦地张开双唇，"这件事，我不想说什么。"

我不忍看她，转向智彦。通过麻由子刚才的话，他应该已经明白，麻由子已不再是他的女友了。

"是吗……不想说……吗？"智彦的眼神黯淡下来。一瞬间，他撇了撇嘴，似乎露出了笑容。是在讽刺还是自嘲呢？带着这种表情，他摇摇晃晃地站起身，迈开步子。

"去哪儿？"我问。

智彦停了下来，稍稍朝我扭过头。"我去哪儿，跟现在的你还有关系吗？"

我无言以对。

"我想一个人待一会儿，之后咱们再聊一次吧。"说着，智彦消失在里面的实验室里。

我呆呆地望着关上的门。里面传来砰的一声，是冷却风扇的声音。

"为什么要弄成这样？"身后传来说话声。我回过头。麻由子正怒视着我，眼圈红了，脸颊上闪着泪光。"这么重要的东西，怎么能如此轻率地毁掉？我都那样求你了，让你不要做得这么绝。我不明白，根本不明白你在想什么。"

"我喜欢你，不由自主地喜欢。智彦也很重要，可我无法兼得两者。哪怕毁掉跟他的友情也无所谓，这是没有办法的事，一切都是做过最坏打算后的决定。"

"我！"麻由子大喊了一句。为了让心情平静下来，她又深呼吸了两三次。"从今天起，我再也不会和你们俩见面了。"

"为什么？"

"因为这是最好的选择。无论选择谁，大家都会不幸。"

"倘若你选择我，我就是从 Vitec 辞职也行。这样一来，就可以永远和智彦见面了。"

麻由子慢慢地摇摇头。"看来你什么都不明白。就是因为这样，才会让大家都陷入不幸。你怎么想的？连被抛弃的他的心情都考虑不到？"

她的话像利箭一样穿透了我的胸口。我什么都说不出来，只是呆望着她的嘴唇。

"你一定也意识到了吧？"她继续平静地说道，"牺牲掉与他的友情，你终究是做不到的。"

我垂下视线。很遗憾，我并没有想要强烈地反驳她。根本没这回事——尽管在这么想，可心里还是有样东西在阻止我说出来。难道我错了吗？这种念头开始在心中蔓延。

背后传来咔嚓一声，实验室的门开了。智彦脱掉了外衣，正望着我，脸色苍白。"崇史，你过来一下。"

"就我一个？"

"嗯。我想跟你单独再谈一下。"

我飞快地瞥了麻由子一眼，走进实验室。

室内满是实验器械，一侧的墙壁前摆满了分析装置，伸出的同轴电缆就像《守宝奇兵》中出现的蛇群一样趴在地板上。房间中央放着牙科诊所常用的那种椅子，似乎是实验对象的位子。

"我要履行刚才的约定。"智彦说道，"先说一下我的研究内容。"

"这个就算了吧。"我摇摇头，"比这更重要的事情……"

"你必须得听。"智彦打断了我的话，"你如果不听，后面的事就没法谈。总之你先听一下。"

"可是……"

"求你了，"智彦投来认真的眼神，"听我说。"

我抱着胳膊，再次环视实验室。我弄不懂智彦的心情。"好吧，我听。"我打开竖在墙边的折叠椅，坐了下来。

"我很久以前就曾说起过，契机只是一件小事。当时，实验对象筱崎的记忆出现了一点偏差。他小学时的老师明明是名中年男老师，他却说是年轻女老师。"

这件事的确听说过。我默默点了点头。

"为什么会发生这种事情？探明其原因是研究的第一步。不久我就找出了答案。一旦知道了，其实也很简单。"智彦把腿叠在一起，两手交叉放在膝上，"其实就是从有意识或者无意识的愿望中产生的空想影响了记忆。"

"空想影响记忆？"

"这也并不稀奇，平常谁都经历过。比如说，即使是讨厌的事情，经过一段时间后也会忘记，对吧？事后再想起来时，居然发现那也是一种美好回忆。实际上，这是在潜意识里把回忆加工成了自己容易接受的形式，当时的痛苦自然就从记忆中消失了不少。"

"关于这个，有观点认为是脑内麻醉药的影响。"

"同感，我也这么想。脑内麻醉药与记忆修改有很大关系。再举一个例子，你有没有这种经历？在给人传话的时候，总会朝有利于自己的方面修改内容。"

"也不能说没有。"我略加思考后答道。

"是吧？我也有过。比如说，在街头被流氓缠上，零花钱被抢走了。之后把这件事告诉别人时，尽管只有两个流氓，可不知不觉间，你就会说成五个，之后的话也会尽量说得不跟这种设定发生矛盾。"

我有这种经历吗？我一面听一面想。

"这件事会告诉各种人，在多次向别人陈述的过程中，印象就会逐渐在脑中固定下来。在这种印象中，对方的人数就是五人，说话内容也会变得越发有条理。再过一段时间，再次回忆起这件事，脑海里浮现出的就不再是实际发生的事情，而是后来自己杜撰出来的印象了。可这时，当事人已坚信这是'正确的记忆'。他会自信地回答说流氓是五人，却根本意识不到正在撒谎。"

"也就是记忆的修改……"

"我曾看到有本书说，在虽已被逮捕却仍声称自己无罪的案犯中，似乎有不少人都会逐渐陷入这种错觉。分明犯了罪，可是在不断作假供述的过程中，就会逐渐将其当成真实。"

"听说过。"

"这一切都只能解释为人类的自我防卫本能。于是我就开始思考利用这种本能，也就是说，能否人为地制造出这种状况呢？这一年间，我从事的研究正是这些。"智彦站起来，把放在一旁的一摞纸递给我，是装订在一起的报告用纸。

我浏览了一遍。不，浏览这个词并不贴切，写在上面的内容令我震惊。

"正如上面所写的，成为诱因的影像只需一个就行。"智彦说道，"将这种诱因在脑中形成影像时的脑机能模式记录下来，再输入记忆区，基本上就 OK 了。"

"接下来就是在意识产生和消失的瞬间的自动处理……了吧？"

"为了弥补记忆的偏差，人会在潜意识中不断变更记忆，最终变成对自己最为合理的形式。因为记忆会不断变更下去，所以就取名为多米诺效果。"

"太令人震惊了！"我从报告上抬起脸来，"太棒了。"

"运气好而已。"智彦说道。

我的目光再次落到报告上：多米诺效果的发现与应用第一号……这绝不是走运，我想。即使处于同样的状况，我也不会有这样的发现。三轮智彦真是天才。"我明白了 Vitec 选你的理由。"我说道，"这是理所当然的选择。"

"你能这么说我很高兴。"

"我说的是真的。"我把报告放在一旁的计量器上，感到身体很沉重。失败感夺走了我的气力。

"崇史，"智彦说道，"你就不想做这个多米诺效果的实验吗？"

我看着智彦，不明白他想说什么。

"把我……作为实验对象。"

"你说什么？"

"我没开玩笑。"智彦脸上透着一种紧迫感，"我希望改变，改变我的记忆。"

"智彦。"

"所以我才跟你解释这种装置。"他摘下眼镜，放在一旁的架子上，"我想忘记麻由子。从一开始她就不是我的女友，我希望变成这样。否则，今后我恐怕无法活下去。"

"原来是这样……"

"喂，崇史，我求你了，就当是帮我一把。"

这的确是个很好的解决办法。如果消除与麻由子的记忆能够帮他，那不是也很好吗？"有没有必要听听麻由子的意见？"

"我希望你事后能向她解释一下，因为我无法和她说。"

"可是……"

"求你了！"智彦露出哀求的眼神，"记忆有时会束缚人，现在让我痛苦的就是记忆，我希望能清除它。"他低下头，恳求着双手合十。

"别这样。"我说道，"你别这样。"

"那你答应我的请求了？"

我按住眼角，思索片刻，脑中浮现出此种场面下常会出现的数句台词，比如"丢弃记忆卑鄙""不要逃避现实"等，可哪一句我都不愿说出口。这世上没有诚意的话语太多了。"明白了，那就试试吧。"犹豫片刻，我说道，"但我能做吗？"

"能做，比电脑游戏还简单。"

智彦把手写的指南拿给我看，同时向我说明操作步骤。的确不难，重要的是时机。讲解完毕，智彦安装好所有装置，坐到房间中央实验对象的椅子上。首先用腰带固定住身体，在头上戴一个被称为"脑网"的带有电极的网罩，然后把头也用皮带固定在椅背上。

"好了。"他向我示意。

我合上第一开关，一个巨大的圆筒状头盔随即落下，几乎覆盖到智彦的胸部。网是感知脑活动的装置，头盔则是通过磁力对其进行控制的工具，同时还有阻断来自外部的电磁波的功能。

"首先检查一遍。"说着，我开始检查各机器是否运行正常，似乎没有问题。"检查结束，没有异常。"我说道。

"OK，开始吧。"智彦答道。

"当作诱因的记忆选哪一个？"

"这个嘛……"智彦略加思索，"就选最初把麻由子介绍给你的时候吧。这样行吗？"

"好的。"我简短地答道，"那就开始了。"

"嗯。"

我首先监视大脑的输出信号，四个电脑画面上出现了不同的三维图像。

"问题一，"我按照指南开始提问，"那是哪里？"

"……咖啡厅，新宿的咖啡厅。名字忘记了。"智彦答道。

电脑画面并没有太大变化。我转移到下面的提问。"问题二，那是什么时候？"

"一年前，进入 MAC 整一年后的春天。是三月。"

"问题三，在那儿干了什么？"

"跟崇史……跟敦贺崇史见面。"

"问题四，为什么要见面？"

"为了介绍朋友，为把津野麻由子介绍给敦贺崇史……"

四个电脑画面全都发生了很大变化。其中一个不再是三维，变成了平面图形，还出现了"ERROR"字样。

"出现错误，智彦。"我说道。

看得出智彦叹了口气。"从头再来一次。"

"明白。"我把一切设回初始状态。

错误的原因无疑是智彦说的"朋友"一词，以朋友身份介绍麻由子的一幕的影像无法形成。

第二次提问时仍在同一个地方出现了错误，这部分跟事实不一样，所以也难怪。

"进行不下去啊。"智彦说道，似乎焦躁起来。

"稍微休息一下？"

"不，继续……喂，崇史。"

"什么事？"

"男人和女人做朋友，这真的会存在吗？"

我心中一凛。我望向智彦，但头盔遮住了他的脸。

大概就是这一点卡住了吧？所以影像才无法形成。

"喂，你怎么认为？"他再次问道。

真是难以回答的问题。我也不明白。从很久以前开始，就有很多人一直在讨论这个问题。很快我意识到，现在需要的并不是解决这个疑问，而是消除智彦心中的迷惘。

"即使恋慕，也是能保持朋友状态的。"我说道。

"什么意思？"

"只要隐藏起自己的心情，就不会演变成超出朋友的关系，至少在形式上。"

"是吗……"咚咚咚，智彦用右手手指敲了敲椅子扶手，"只要我不向她表白，就能起码在表面上保持朋友状态吗？"

"也可以这么理解。"

"嗯，我明白了，这样估计就能形成影像了。从头再来一次。"

听智彦这么一说，我决定重复操作步骤，把电脑的所有数据都还原成初始值。

我体会到了一股压抑在心口的不快。不表露心情而保持朋友状态？这原本不正是我应该做的事情吗？一年前，我若是那么做，现在就不会这样了。而为了解决现状，我竟要求智彦去做我做不到的事情。明明自己比谁都更清楚，这么做会多么痛苦。

"问题一，那是哪里？"

可是，我最终没能提出中止这次尝试。

第三次尝试，智彦终于成功地做出了作为记忆修改诱因的影像，他当时的思考也成功地存储在了电脑里，剩下的就是将影像与思考输入他的记忆中枢，固定下来。

"我想问你一件事。"我说道，"在这个实验之后，我想你最初遇到的记忆矛盾大概就是自己正在这儿做什么吧？对此该怎么办好呢？"

"啊，这个啊，"智彦带着胸有成竹的语气回答，"完成后，我大概会处于轻微的记忆丧失状态，然后会慢慢把握事态，记忆会被修改成对自己最为合理的状态。而它究竟会是什么东西，现在的我也无法预想。到时候你只要迎合着我说话就行。"

简直就是在赌博，我想。"麻由子怎么办？她可不知道你记忆改变的情况。"

"事后由你向她解释。"

"可是——"

"这个姑且不说，"智彦又打断了我的话，"有样东西我希望你收下。我的上衣就搭在那边的椅子上吧？"

"嗯。"

椅子上有一件做工精致的藏青色西装。

"衣服内兜里应该装着一个照片夹。"

我取出照片夹。夹子又薄又小，里面是麻由子的单人照，黑色T恤外套着牛仔夹克，耳朵上戴着红色耳环。

"去迪士尼乐园的时候照的，是我最喜欢的照片。"

"把这个给我？"

"希望你收下，可以吧？"

真是令人痛苦的要求。只要带着这张照片，我的心就不会有安宁的时候。这或许是智彦最低限度的复仇。

"明白了。那我就先收下。"

"那个照片夹旧了，你把它放到一个新夹子里吧。"

这话倒像是神经细腻的智彦说的。"明白了。"我答道。

"好，那就开始吧。"智彦说道，"操作没问题吧？"

"嗯，没问题。"我需要做的只是敲几下键盘，剩下的全都由机器来干。

"OK，开始。"

"那个，智彦……真的可以吗？"

"没事。"他平静地说，"真的可以。"

"那就……"

"嗯，开始。"

我闭上眼睛，做了个深呼吸，然后睁开眼睛敲打键盘。

四个电脑画面一齐动了起来。

诱因影像的输入需要约一分钟。究竟是要花费一分钟，还是一分钟就完成了，我不知道哪种说法更确切。总之，我决定凝视智彦给我的照片来耗掉这一分钟。照片上的麻由子的确很美丽，很灿烂。

我并不觉得自己的所作所为是正确的，甚至还有种卑鄙的感觉，可除此之外还有解决方法吗？不切实际的想法和漂亮话解决不了任何问题。

可是，当面对智彦悲怆的决定时，我心中开始酝酿一个想法——我是不是也该忘记麻由子呢？这样就能制造出一种谁也得不到任何东西的状况了。

这想法应该不坏。我认真地权衡了一下，然后摇摇头。我无法否定自己有种畏缩的心情。

"智彦，你太厉害了。"我抬起头，喃喃道。

发现事态异常就是在这个时候。四个电脑画面中的两个显示脑机能异常，剩下两个中的一个则出现了错误提醒。我看看表，已经过了三分多钟。我慌忙翻开指南，查找出现异常时的应对方法。可是，哪里也没有记录发生现在这种状况时的解决手段。

我打开门喊道："麻由子！"

麻由子正坐在椅子上，似乎在呆呆地思考什么，目光有点游移。

"你来一下，出事了！"

她愣了一下，快步赶了过来。"怎么了？"

我不知道该如何解释，便把她领到实验室。看到智彦，麻由子呆住了。

"为什么他……"

"具体情况我待会儿再跟你说。最重要的是他的脑机能出现了异常。"

麻由子看了一眼监视器，睁大了眼睛。"怎么会这样……"

"他怎么样？"

"智彦给我看过和这个一样的图像。这是沉睡状态，永远都无法从睡眠中醒来了。"

"什么……那该怎么办？"

"不清楚，以前都是在模拟状态下做的。"

"没办法……"我立刻敲击键盘，紧急停止的方法就记在操作指南上。

系统关停后，罩在智彦头部的头盔升了起来。只见他闭着眼睛，面无表情。

我跑过去，解开固定他身体的皮带，呼唤道："智彦，智彦，回答我！"

他毫无反应。我晃晃他的身体，他像人偶似的毫无回应。

"智彦，怎么会这样……"

突然间，我理解了全部。

智彦早就预想到会这样了。失去了女友，又被挚友背叛，他选的道路就是永远沉睡过去。永远的沉睡，这不就是死吗？纵然还在呼吸，还在发送脑电波，可这跟死又有什么两样？

我踉踉跄跄地靠在身后的装置上，放在一旁的智彦的眼镜掉到了地板上。我呆望了一会儿，捡起眼镜。一边的镜片已经碎了。

后悔与悲伤像凶猛的海啸一样以惊人的速度袭来。

"是我杀了智彦！"

吼叫从喉咙深处迸发出来。

第十章

回归

“在那之后，智彦立刻就被运到了这里？”望着床上的智彦，崇史问须藤。

　　须藤点点头。“是的。毕竟这种意外已是第二次了，能快速做出应急处理。”

　　崇史立刻把智彦陷入沉睡状态一事告诉了须藤。须藤神色紧张地赶来，命令崇史和麻由子绝不能把此事告诉任何人。

　　智彦被不久后到来的车运走了。那辆车就是筱崎失踪前崇史目击到的带篷货车，所以他确信，筱崎也陷入了与智彦同样的状态。

　　“从那以后，我再也没有听到消息。智彦在哪里被怎么对待、有没有醒来的可能性，完全没有人告诉我。”

　　“那是因为你没有知道的必要。我们反倒希望你能忘记一切，无论是记忆修改，还是三轮处于沉睡状态的事情。”

　　“也就是说，这是 Vitec 公司的顶级机密？”

　　须藤缓缓地摇了摇头。“这已经不只是 Vitec 公司的问题，全世界的研究组织都在忙着获取有关记忆修改的信息。知道多了对你没有好处。"

"因此你们才利用了麻由子？"

"是请她协助，为了帮助你。"

"那是你们的说法，我可不这么看。"

"不过，"须藤盯着崇史说道，"你不是也同意了吗？没有本人的同意，记忆修改是不会成功的。"

崇史咬紧了牙关。他无法否定。

修改他的记忆是麻由子提出来的。忘掉一切从头再来吧——崇史同意了这个提议。他痛苦至极，无法不接受。

"麻由子的记忆没有修改？"

"原本打算修改，可事情出现了变化。"

"怎么回事？"

"说来话长。"须藤站在筱崎床边，"想必你也隐约意识到了，去年秋天，我们迎来了最初的考验，那就是筱崎的昏睡。本来一切进展顺利，可没想到他的记忆在某段时期里开始发生混乱，最终失去了意识，很可能是保护思考回路不受记忆悖论侵害的自我防卫本能造成的。我和三轮拼命摸索让筱崎的大脑还原的方法，而首先要做的，就是要找到引起沉睡状态的原因。我们认为，只要弄清这一点，应该就能从中找到解决办法。可这件事无法用普通方法进行。我们知道，原因并非只有一个。如果众多的偶然……更准确地说是如果众多的不幸没有叠加在一起，沉睡状态是不会发生的。这实在具有讽刺意味，从这种意义上来说，筱崎真是运气太差了。"

"可智彦不也陷入这种状态了吗？"崇史指着昏睡的智彦说道。

"没错。也就是说他找出原因了，然后就用自己的身体加以证明。"

"兼自杀？"

"这个不清楚。既然你这么说，那或许是吧。总之对我们来说，最重要的是沉睡状态被再现了，因此三轮的研究记录成了我们的调查对象。可奇怪的是，关于沉睡的数据全都消失了。我们彻查了他的住处，但没有找到。"

"因此智彦的住处才被弄得那样乱……"崇史想起了房间里混乱的情形，软盘、磁带、MD……所有的存储介质都被带走了。

"不可能没有，应该就在某处。至少在最后的实验中，他应该还用到了它们。因此我们推测，他或许是在最后的实验之前交给谁了。"

如果说交给了谁，那就只有一个人。

"我？"

"只能如此认为，可当时已经晚了。"

"当时针对我的记忆修改已经结束了？"

须藤点点头。"在你的记忆被修改之后，有关恢复被修改的记忆的技术还有很多部分没有完成。一旦勉强进行，恐怕就会出现第三个受害者。最终留给我们的道路只有一条，就是用我们自己的手找出三轮发现的导致沉睡状态的原因，解救昏睡中的两个人。虽然完全没有公开，可今年 Vitec 公司最大的研究课题就是这个。"

"因此其他项目的预算才被削减了。"崇史回忆起桐山景子的话，说道。

"总之我们拼了命。连日秘密进行众多实验和数据分析，你也参加了。"

"我？"崇史一愣，想起一件事来，"使用黑猩猩乌比的那个实验也……"

"那也是记忆修改技术的一环。让你参与研究有两个理由，一是需要你在现实工程学上的才能，二是为了监视你在记忆修改后的状态。"

"是这样啊……"一切都能对应起来了，崇史想。之所以连一个研究的目标都不清楚，就是因为没有被告知真正的目的。"麻由子和我生活也是为了监视我吗？"

"幸亏她的记忆未被修改。不过希望你不要误解，她是想要待在你身边的。"

"可她在监视我的行动，这是事实吧？"

"你最好不要这么说。她应该也很痛苦。"

和麻由子生活的数个场景在崇史的脑海里掠过，但他决定不去考虑。"……那不久我就开始恢复记忆了？"

"当津野告诉我这件事时，我吃了一惊，我们从未考虑到记忆自然恢复的情况，大概是因为记忆修改技术在各个方面都还不成熟吧，但这无疑是拯救沉睡的二人的大好机会。从那天起，你的行动就全部被监控了。对我们来说，重要的是你什么时候想起从三轮那儿得到数据一事。"

"不明白。"崇史说着摇了摇头，"难道必须采取如此令人烦躁的方法吗？明明只要把真相告诉我，就可能以此为契机让记忆恢复。"

"若是能做到，我们也不用这么辛苦了，可是正如我刚才说过的那样，一个实验对象坚信自己现在的记忆是真实的，我们却硬要让他意识到记忆的偏差，这是极其危险的。筱崎之所以出现这种状态，也是这个原因。"

崇史想起了宴会上筱崎混乱的样子，那果然是不祥事态的前兆。他又想起回老家的时候，自己在想起智彦最后的情形后持续睡了若干小时。那可能也是一种征兆。

"你需要自然恢复记忆，不是让其他人告诉你，而是通过自己的力量察觉记忆的矛盾，回想起正确的过去。明白吗？谁都不能告诉你任何东西。"

"所以麻由子才消失了？还有你和智彦的父母。"

"没错，事实上也发生了千钧一发的险情。尤其令我们意外的是，你接触到了直井雅美，让我们出了一身冷汗。"

"你们也必须向她说明情况。"

"这件事我们会设法处理，你什么也不用担心。"须藤走近崇史，把手放到他的肩上，"以上都是事实。其他的就没有说的必要了吧？你应该已经想起了全部。快告诉我，三轮是把数据交给你了吧？"

崇史推开须藤的手。"嗯，是。"

"在哪里？"

"我领你们去。"

"只要告诉我，我们自己会去取的。"

"我说了我去。"崇史瞪着须藤。

须藤耸了耸肩膀。"好吧。快领我们去吧。"

崇史乘坐须藤驾驶的车返回公寓。车后座上坐着两个陌生男人。

崇史对其中一人有印象，正是崇史进入智彦住处时从对面建筑物中窥探的那个人。

走进家门，崇史径直朝卧室走去，从桌子上拿起一样东西。

那是麻由子的照片，智彦给的。

崇史打开照片夹背面，里面放着一张折叠的纸条和一个卡片形状的东西。卡是微型光盘。倘若依照智彦的话，把照片夹换掉，早就应该发现了。

"看来这就是你们寻找的东西。"崇史把光盘交给须藤。

"真没想到会藏在这种地方。"须藤撇撇嘴，"那纸呢？"

"看起来是给我的信。你们不会要我连这个都交给你们吧？"

须藤迟疑了一下，对带来的二人使了个眼色。二人走了出去。"辛苦了，我们会再联系你。"说着，须藤也出了门。

崇史在床上坐下，读起智彦的信。读着读着，他的眼底热了起来。他很久没有流泪了。泪水洇湿了信上的文字，但他还是反复读了好几遍。

从去年秋天起，我就在为两件事苦恼。一是筱崎，一是麻由子。

我一直认为做了对不起筱崎的事。只想着推进研究，未考虑安全性，夺走了他珍贵的未来。哪怕是牺牲自己也要救他，这是我的义务。

关于麻由子，我一直想尽早放弃。我早已察觉，她的心偏向了你那边。可是我无论如何也无法彻底放弃。像她那样的女孩，我这辈子恐怕再不会遇上了。即使能遇上，也不会像她那样喜欢我。

怀着两件心事度过了这几个月，我终于找到了能同时解决它们的方法，那就是把自己变成实验对象，进行筱崎事故的再现实验。以这一结果为参考，须藤老师他们大概就能开发出解救筱崎的方法。而在我沉睡的时间里，你也可以和麻由子结合。根据我的计算，我的记忆应该会完成修改。醒来的时候，我就可以衷心祝福你们了。

令我放心不下的是你的心情。我无论如何也想确认你对麻由子的感情，因此就故意说了让你不愉快的事情，对此我想向你道歉。得知你真的爱她，我也就放心了，希望你能代替我给她幸福。

记忆修改系统只要操作正确就不会出现故障，你们应该会帮我改变这一年的记忆吧？虽然这只是我的愿望。这样我们就又可以像以前那样相处了。

即使改变了过去这一年，也不会对我们的友情产生影响。

醒来时再会吧，在那之前就先说再见了。

令人苦闷的感动和自责的念头充满了崇史的心。智彦大概以为，在自己进入沉睡状态之后，这封信立刻就会被发现。尽管已处于极限状态，他还是想把与崇史的友情保持到最后的最后。为此，他甚至要求改变记忆。

与他相比，我呢？崇史骂着自己。为了逃避悲伤和痛苦，竟选择了记忆修改的方式……

有声音传来，崇史抬起头。麻由子正站在卧室门口。

二人对视了一会儿。想说和想问的事在崇史脑海里翻滚，可他终究没能说出一句话，只是把手中的信递给了麻由子。麻由子默默地接过，读了起来。她的眼睛很快开始充血，连崇史也看得出来。

　　"我……是个懦弱的人。"终于，崇史挤出了一句话。

　　麻由子站在他面前，抓住他的手。"你当时也这么说过。"

　　眼泪顺着她的脸颊流下，落到崇史手上。

　　记忆中最后一个场景在崇史内心的荧屏上放映出来。

LAST SCENE

在进入实验室之后，我仍没有下定决心。

经历了不快、悲伤、煎熬之后，心中留下的伤痛真的可以用忘掉一切的方法解决吗？恰恰相反，人难道不应该终生抱着这些伤痛生活吗？

背叛挚友、夺走他的女友，又将他逼入形同自杀的境地，我却想忘记这些事实，想当它们从没有发生过，这难道不卑鄙吗？

可是，记住这些有好处吗？

我放弃了与麻由子的结合。既然智彦变成了这样，要想和麻由子毫无隔阂地交往是不可能了。她肯定也有同样的想法。

我们什么都没得到，只是失去了挚友。

不放弃记忆，也只不过是单纯的自我满足，我同时产生了这种感觉。

自从麻由子提议修改记忆，我就一直在思考这些事情，却没有结论，只是在来回兜着圈子。

她希望修改记忆，说想把一切都变成一张白纸，从头再来。

我在迷惘中同意了，然后便在今天来到了这里，我、麻由子，还有 Vitec 公司的一个技术人员。

"抱歉，能不能让我们单独待一会儿？"我对那个人说。他轻轻点点头，走进隔壁房间。

"你还在犹豫？"麻由子问道。

"我不认为这种做法正确。"

"对什么不正确？"

"啊，对自己……吧？"

麻由子摇了摇头。"根本没有什么自己，有的只是自己存在的记忆。大家都被它束缚了，我，还有你。"

"也就是说，改变记忆就是改变自己。"

"我希望你改变，改变自己。我也会改变的。"麻由子注视着我的眼睛，似乎想向我身体里的某样东西倾诉。

我将视线从她身上移开，看了一眼实验对象坐的椅子。一瞬间，我觉得智彦正坐在那里。

"这样坐下就行了？"

"对，身体放松。"

我坐下后，麻由子系好固定用的皮带，给我戴上网罩。

"我想最后问一件事。"

"什么？"

"当时，你一直在对面的列车上注视我吧？"

麻由子慢慢地眨了一下眼睛。"对。"

"果然……"我呼出一口气，"我一直想问这个。"

"那，我要放下头盔了哦。"

"稍等。"我举起一只手阻止。

"怎么了？"麻由子担心地问道。

我看着她，然后说道："我是个懦弱的人。"

她垂下眼帘，沉默了片刻。不久，她扬起脸，睫毛已濡湿了。"我也是。"

她放下了头盔。

我的视野被黑暗包围。

图书在版编目(CIP)数据

　　平行世界爱情故事 / (日)东野圭吾著；王维幸
译. -- 2版. -- 海口：南海出版公司，2019.11
　　(东野圭吾作品)
　　ISBN 978-7-5442-8069-3

　　Ⅰ. ①平… Ⅱ. ①东… ②王… Ⅲ. ①长篇小说－日
本－现代 Ⅳ. ①I313.45

　　中国版本图书馆CIP数据核字(2019)第164880号

著作权合同登记号　图字：30-2019-047

PARARERUWAARUDO · RABU SUTOORII
© Keigo Higashino 1998
Original Japanese edition published by KODANSHA LTD.
Publication rights for Simplified Chinese character edition arranged with KODANSHA LTD.
through KODANSHA BEIJING CULTURE LTD.Beijing, China.
All Rights Reserved.

平行世界爱情故事
〔日〕东野圭吾 著
王维幸 译

出　　版	南海出版公司　(0898)66568511	
	海口市海秀中路51号星华大厦五楼　邮编 570206	
发　　行	新经典发行有限公司	
	电话(010)68423599　邮箱 editor@readinglife.com	
经　　销	新华书店	

责任编辑	张　锐
特邀编辑	蒋屿歌　张逸兰
营销编辑	范雅迪　李鹏举
装帧设计	韩　笑
内文制作	王春雪

印　　刷	北京盛通印刷股份有限公司
开　　本	850毫米×1168毫米　1/32
印　　张	10
字　　数	223千
版　　次	2012年1月第1版　2019年11月第2版
印　　次	2019年11月第16次印刷
书　　号	ISBN 978-7-5442-8069-3
定　　价	58.00元